KB114009

어젯밤, 별이 그리 반짝이더니

어젯밤, 별이 그리 반짝이더니 2

초판 1쇄 찍은 날 | 2012년 6월 15일
초판 1쇄 펴낸 날 | 2012년 6월 20일

지은이 | 이조영
펴낸이 | 서경석

편집장 | 권태완
편집책임 | 이수민
편집 | 장미연

펴낸곳 | 도서출판 청어람
등록번호 | 제1081-1-89호
등록일자 | 1999. 5. 31
어람번호 | 제5-0308호

주소 | 경기도 부천시 원미구 심곡2동 163-2 서경B/D 3F (우) 420-822
전화 | 032-656-4452 팩스 | 032-656-4453
http://www.chungeoram.com
E-mail | chungeoram@chungeoram.com

ISBN 978-89-251-2904-4 04810
ISBN 978-89-251-2902-0 (SET)

어젯밤, 별이 그리 반짝이더니

2

도서출판 청어람

목차

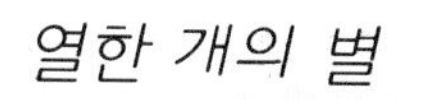

열한 개의 별

"으하함!"

아침 7시 반. 살을 빼겠노라 결심한 후 아침 줄넘기를 시작한 밀레는 한 손에 줄을 들고 하품하며 계단을 내려왔다. 계단을 거의 내려왔을 때였다.

"으, 추워."

어디선가 노숙자에게나 들릴 법한 소리가 들려 우뚝 걸음을 멈췄다.

'잘못 들었나?'

고개를 좌우로 갸우뚱하던 밀레는 이내 잘못 들은 쪽으로 결론을 내리고 통통 두 계단을 뛰어내려 왔다. 그리고 또 쏟아져 나오는 하품을 하려 입을 쩍 벌리는 찰나, '으으' 하는 신음 비슷한 소리가 들렸다. 소스라치게 놀란 밀레는 소리 난 쪽으로 후다닥 뛰어갔다.

"헉!"

지하계단 아래 웬 시커먼 놈이 쭈그려 앉아 있는 게 아닌가.

"누, 누, 누구야?"

놀란 밀레가 소리쳤고, 천천히 고개를 든 라온의 얼굴을 본 순간 까무러칠 뻔했다. 다크서클이 목까지 내려와 우유빛깔 채라온이 아닌 썩은 초코우유를 뒤집어쓴 듯 불쌍한 몰골이 그녀를 올려다보고 있었기 때문이다.

하지만 곧, 어제 커피숍에서 채라온 팬들에게 시달린 생각에 밀레의 얼굴에 심통이 덕지덕지 붙었다. 다시는 알은 체하지 않으리라, 결심했었기에 그녀는 꾹 어금니를 악물고 못 본 체 돌아섰다.

"저기……."

다 죽어가는 음성을 듣자 밀레의 표정이 금방 천사의 얼굴로 변했다. 안티이건 아니건 그는 월드스타 채라온이었다. 세계의 수많은 팬들이 애지중지하는 우리나라 대표 연예인이자 국민남동생.

'우씨.'

부담스럽도록 거창한 타이틀만 떠올려도 여기서 냉정하게 돌아선다는 건 비인간적인 것 같아 마음이 무거웠다.

"미안한데……. 몸이 좀…… 아파서요."

목소리에 1톤짜리 추를 달아놓은 듯 푹푹 꺼져들기에 밀레는 다시 몸을 돌렸다. 내키진 않지만 주춤주춤 계단을 밟아 그가 있는 곳으로 내려갔다. 가까이에서 보니 심하게 몸을 덜덜 떨고 있었다. 밤새 이러고 있었던 모양이라 얼어 죽지 않은 게 다행이다 싶었다.

'대체 집에 안 들어가고 왜 이러고 있는 거야?'

멀쩡한 집 놔두고 여기서 궁상맞게 쭈그리고 앉은 라온이 참으로 이해가 안 됐다.

"어디가 아프신데요?"

라온은 잔뜩 몸을 움츠린 채 끙끙 앓는 소리를 냈다.

"열이 좀 나는 거 같은데요……."

그 말에 밀레는 갈등하다가 그 앞에 쪼그려 앉아 검지를 세워 그의 이마 정중앙에 갖다 댔다. 얼마나 기운이 없었으면 살짝 갖다 댄 손가락 힘에 밀려 라온의 몸이 휘청했을까. 깜짝 놀라 얼결에 그의 팔을 붙잡았다. 이내 스르륵 쓰러지듯 기대 온 라온 때문에 밀레는 그를 안은 채 바닥에 주저앉을 뻔했다. 가까스로 중심을 잡고 어깨에 얼굴을 파묻은 라온을 똑바로 세워보려 애썼다. 열이 심하게 나 마치 난로를 끌어안고 있는 듯했다.

"저저저기요. 오오오빠. 어어어떡해? 정신 좀 차려봐요. 우씨. 왜 맨날 나한테 이래? 히잉."

그를 안고서 안절부절못하던 밀레는 휴대전화도 갖고 나오지 않아 큰소리로 슬우를 부르기 시작했다.

"화가 아저씨! 아저씨!"

2층에 있는 식구들보다 1층에 사는 슬우에게 더 잘 들릴 거라 생각했다. 하지만 복층과는 반대쪽인데다 단단한 벽을 뚫고 그 소리가 들릴 리 만무했다.

키는 작지만 튼튼한 체력의 소유자인 밀레는 하는 수 없이 라온을 들춰 업기로 했다. 조심조심 등을 돌려 그를 업긴 하였으나 일어나는 게 문제였다. 기럭지가 자신보다 두 배나 긴데다 업으니 무게가 만만치가 않다.

거의 구조하는 것이나 다름없어 밀레는 젖 먹던 힘을 다해 끙 소리를 내며 무릎을 폈다. 가까스로 일어나긴 했으나, 그녀도 여자인지라 두 다리가 후들후들 떨렸다. 살다 살다 채라온을 다 업고, 이 집에 이사 온 후로 믿을 수 없는 일들이 일어나고 있었다.

낑낑거리며 지하계단을 오르는 것까지 성공!

밀레는 지하만 올라오는 데도 땀이 비 오듯 쏟아졌다.

간신히 1층으로 가 초인종을 눌렀다. 라온의 다리에서 손을 빼야 해서 그의 머리로 초인종을 눌렀으나 화가 아저씨는 감감무소식이었다. 벌써 출근했을 리가 없다고 생각하며 밀레는 다시 한 번 그의 머리로 초인종을 지그시 내리눌렀다. 그러고도 한참이 지나서야 스르륵 문이 열렸다.

"누구야?"

아침부터 누가 잠을 깨우느냐는 듯 슬우가 귀찮은 얼굴로 내다봤다.

"아저씨! 프린스가 아파요!"

밀레가 숨을 헉헉 몰아쉬며 외쳤다. 슬우는 조그만 밀레가 커다란 라온을 업고 있는 모습이 비현실적으로 느껴지는지 멍하니 보고 서 있기만 했다.

아무래도 잠이 덜 깬 모양이라 밀레는 부러질 것 같은 허리 때문에 악을 썼다.

"아저씨! 빨랑 좀 받아봐요! 죽을 거 같아, 으윽!"

밀레가 무작정 등을 돌려 들이대는 바람에 슬우는 얼결에 라온을 받아 안았다. 축 처진 라온을 하마터면 놓칠 뻔했던 그는 이를 악물어 팔과 허리에 힘을 주었다.

굳어버린 것 같은 허리를 로봇처럼 편 밀레는 핼쑥해진 얼굴로 말도 못 하고 손짓으로 어서 앞장서 들어가라 일렀다. 어찌해야 좋을지 몰라 현관에 우뚝 서 있는 슬우를 보자 답답한 듯 그를 돌려세웠다. 그리고 곧장 등을 밀어 안으로 들어갔다.

"미, 밀레야. 잠깐만."

"일단 눕혀요, 상태를 봐야죠. 대체 지하엔 왜 내려간 거야?"

"지하?"

소파로 가려는 그를 붙잡은 밀레가 따끔하게 말했다.

"침대로 가요."

하는 수 없이 작은 방으로 간 슬우는 그곳에 있던 침대에 라온을 내려놓았다. 주섬주섬 이불을 라온의 몸에 덮어준 밀레가 이번엔 오동통한 손을 쫙 펴서 그의 이마에 갖다 댔다.

"열이 너무 높아요. 병원 가야 할 것 같아. 아저씨가 문 안 열어줬어요?"

지나가듯 묻는 밀레의 말에 뜨끔한 슬우의 안색이 흐려졌다.

"어? 어, 그게……."

"119 불러요? 직접 병원 데려가실래요?"

어느 쪽이든 마음이 편치 않기는 매한가지였다. 라온이 이 집에 있다는 걸 사람들이 아는 것도 싫었고, 직접 데려가면 더 구설에 오를 게 뻔했다.

"내가 알아서 할 테니까 다른 식구들한테는 얘기하지 마."

어두운 표정의 슬우를 보자 밀레는 두 사람의 복잡한 사정을 이해한다는 듯이 고개를 끄덕였다.

"예. 그럼 전 그만 가볼게요."

"그래. 고맙다."

밀레가 제대로 허리도 못 편 채 어기적거리며 집을 나간 후, 슬우는 식은땀을 흘리며 침대에 누워 있는 라온을 물끄러미 내려다보았다. 그의 얼굴에 더 큰 수심이 내려앉았다. 호텔로 갔겠거니 했다가 상상 밖으로 지하실에 있었다는 데 착잡한 마음뿐이었다.

이러고 있을 게 아니라 라온의 매니저에게 전화하는 게 제일 빠를 듯했다. 라온이 입은 점퍼를 뒤지니 휴대전화가 없어 슬우는 지하에서 가방을 챙겨와야겠다고 생각했다.

방을 나와 현관으로 가 문을 열었을 때 마침 여행가방과 라온이 들고 다니는 백팩을 들고 온 밀레가 그에게 건넸다. 기특한 마음에 슬우는 고맙다는 듯 밀레를 향해 빙그레 웃었다. 밀레도 어정쩡하게 마주 웃고는 허리를 한 손으로 짚고 할머니처럼 휘적휘적 걸어갔다.

가방들을 갖고 소파로 온 슬우는 백팩을 열었다. 이리저리 뒤적이던 그의 손길이 멈춘 것은 작고 하얀 약통 때문이었다. 순간 그의 뇌리에 강렬히 박혀 있던 무언가가 아찔한 섬광을 그리며 눈앞에 스쳤다. 천천히 약통을 꺼내 영어로 쓴 설명서를 읽어보았다.

설명서를 읽어가던 슬우의 눈빛이 심하게 흔들렸다. 약통을 쥔 그의 손도 눈에 띄게 떨렸다. 꽉 약통을 움켜쥔 그는 부리나케 라온이 있는 작은 방으로 뛰어갔다.

"일어나."

슬우는 다짜고짜 라온의 멱살을 잡아챘다. 그의 손아귀에 라온의 몸이 힘없이 흔들렸다. 온몸에 끓는 열이 슬우의 전신으로도 느껴질 정도였다. 입술이 하얗게 일어나 바짝 말랐고, 안색은 죽어가는 듯이 시커멨다.

"채라온, 일어나, 자식아!"

슬우가 악을 쓰자 라온이 가까스로 눈을 떴다.

"형……."

그의 앞에 약통을 들이댄 슬우는 복잡한 심경으로 물었다.

"이거 왜 먹고 있어?"

"몸이 좀 아파서 그러는데…… 나중에 얘기하면…… 안 될까?"

멱살을 더 단단히 틀어잡은 슬우가 마구 라온을 흔들었다.

"우울증 약 왜 먹느냐고 묻잖아!"

슬우가 석현에게 연락한 뒤, 라온의 주치의가 집으로 왔다. 심한 감기몸살이 걸린 것이니 크게 염려할 것 없다는 말에 안도가 된 석현이었다. 하지만 라온이 우울증 약을 먹고 있었다는 것에 대해서는 크게 충격을 받고 말았다. 석현은 물론이고 매니저까지 전연 몰랐던 일이었다.

"채라온 씨가 비밀로 해달라고 해서 어쩔 수가 없었습니다. 혹시라도 말이 외부로 나갈까 봐 진료도 밤늦게 할 때가 많았죠."

주치의가 무척 곤욕스럽다는 듯 쩔쩔맸다. 무거운 얼굴로 입을 굳게 다물고 앉아 있는 슬우 대신 석현이 물었다.

"얼마나 된 겁니까?"

"2년 정도 됐습니다."

"2년씩이나요?"

2년이 되도록 아무도 몰랐다는 사실이 더 놀라워 석현과 매니저의 얼굴이 흙빛이 되었다. 조금이라도 내색을 비쳤다면 이토록 경악스럽지는 않을 것이다.

크게 한숨을 내쉰 주치의가 이왕 이렇게 된 거 다 얘기하자 싶었는지 묻지도 않은 말을 꺼냈다.

"최근에 자주 고통을 호소했어요. 약을 먹는 양도 너무 과한 것 같아 주의를 줬습니다. 연예인들에게는 흔한 일이지요. 게다가 채라온 씨는 처한 상황이 좀 특별하기도 하구요."

주치의가 말하는 상황이란 가정사를 두고 한 말일 터.

"연예인들은 일반인보다 감성이 몇 배는 더 풍부해요. 채라온 씨가 선천적으로 여린 성격이기도 하지만 말입니다. 자기 때문에 주변 사람들이 고통받는 걸 못 견뎌 했어요. 뭐, 죄책감이겠지요. 부모님이 그 일에 대해 철저히 외면하고 있으니, 자신이라도 속죄해야 한다는 강박관념이 심했던 것 같습니다. 그것뿐 아니라 월드스타로 주목받고 있어서 부담감도 컸을 테구요. 갖고 있는 이미지 때문에 거기에 얽매인 것도 힘들어 했습니다. 누가 굳이 시킨 것도 아닌데 어릴 때부터 너무 훈련이 잘되어 있었던 모양이에요. 늘 자기는 자기 인생이 아니라 엄마 인형처럼 사는 것 같다면서……."

슬우는 더 듣지 못하고 벌떡 자리에서 일어났다.

거실엔 짙은 정적이 깔렸고, 잠시 방황하듯 서 있던 슬우는 라온이 있는 방으로 갔다. 팔에 링거를 꽂은 채 잠이 든 라온을 보자 여러 가지 생각이 어지럽게 얽혀 머리가 깨질 듯했다.

출근하려다가 집 앞에 병원차뿐 아니라 석현의 차와 라온의 벤까지 와 있어 걱정된 마네는 정원에 초조하게 서 있었다. 슬우에게 전화해도 받지 않고 뭔가 심각한 일 같아 함부로 끼어들기가 망설여진다.

누구 한 사람이라도 나오길 기다리고 있자니 2층에서 밀레가 허리를 손으로 짚은 채 엉거주춤 내려왔다. 아침 내내 저러고 다니기에 왜 그러냐고 물었더니 고개만 절레절레 저었었다.

마네는 총총걸음으로 밀레에게 다가갔다.

"밀레야, 너 아까 줄넘기하러 내려왔었잖아. 1층에 무슨 일 생겼는지 몰라?"

"아이고, 허리야. 몰라, 몰라. 아저씨한테 언니가 직접 물어봐."

"허리 많이 다쳤어? 병원에 가."

"고민 중이야. 진짜 채라온 안티를 해야 하나."

"뭐?"

밀레는 말 시키지 말라는 듯 손을 휘적거리더니 대문 쪽으로 걸어갔다. 마네가 불안하여 큰소리로 물었다.

"태워다 줄까?"

밀레는 그럴 필요 없다는 뜻인지 대답도 없이 가버렸다.

그때 현관문이 열리며 석현과 웬 중년 신사를 비롯해 간호사가 나왔다. 석현이 중년 신사와 간호사에게 깊이 고개를 숙여 인사했다.

"고맙습니다."

"너무 무리하지 않도록 보살펴 주십시오."

중년 신사와 간호사가 마네를 지나쳐 갔고, 짧은 목례만 하고는 마네가 석현이 있는 현관으로 다가갔다.

"누가 아파요?"

혹시 슬우인가 싶어 가슴이 쿵쿵 뛰었다.

"라온이가 좀 아파요."

"라온이요? 들어가 봐도 되요?"

"물론이죠. 들어와요."

석현이 비켜서자, 마네가 그를 지나 집 안으로 들어갔다. 슬리퍼를 갈아 신고 거실로 걸어가니 슬우가 보이지 않았다.

"채 화백은요?"

"라온이랑 있어요."

"어휴, 얼마나 아프길래 집으로 의사가 와요?"

"감기몸살이래요. 건강관리 좀 하라고 그렇게 일렀건만."

석현이 객쩍게 머리를 긁적였다. 소속사 대표나 돼서 소속 연예인이 우울증 약을 먹는 것도 모르고 있었다니 자괴감이 들었다. 라온의 고통을 알고 있던 차라 더욱 마음이 착잡했다.

"어느 방이에요?"

"복도 왼쪽 방이요."

마네는 거실을 지나 복도 왼쪽에 있는 작은 방으로 걸어갔다. 문 앞에서 안을 들여다보니 슬우가 생각이 많은 얼굴로 팔짱을 낀 채 침대에 누운 라온을 내려다보고 있었다. 그의 표정이 어두워 조심스레 그를 불렀다.

"채 화백."

딴 생각에 빠져 있다가 슬우가 휙 돌아보았다. 마네를 보고 조금 풀렸던 표정이 금세 경직된다.

"어, 왔어?"

안으로 들어온 마네는 얼굴에 수심이 가득한 슬우와 창백한 모습으로 잠이 든 라온을 번갈아 쳐다보았다.

"어떻게 된 거야? 새벽에 집에 온다고 열쇠 좀 달라기에 줬는데 별로 춥지도 않은 집에서 왜 감기에 걸려?"

마네가 뭔가 눈치를 챘다 싶어 슬우는 난처하게 손끝으로 이마만 문질렀다.

"내쫓았어, 내가."

"뭐?"

"호텔로 간 줄 알았는데……."

"밤새 밖에 있었던 거야?"

마네는 침대로 가까이 다가가 라온의 얼굴을 안쓰럽게 들여다봤다.

슬우가 몸을 휙 돌려 방을 나가기에 마네가 흘끗 돌아보다가 얼른 쫓아나갔다.

슬우는 곧장 복층 침실로 올라가 버렸고, 거실 소파에선 석현과 매니저가 침체된 분위기를 어찌할 바 모르고 앉아 있었다. 마네가 빠른 걸음으로 슬우를 쫓아 복층으로 올라갔다. 슬우는 괴로운 얼굴로 침대 끝에 털썩 주저앉았다.

"우울증 약을 먹고 있었어."

"뭐라구?"

그 말에는 마네도 정말 깜짝 놀랐다. 다른 사람도 아니고 라온이 우울증 약을 먹다니 믿기지가 않았다. 언제 봐도 여유가 넘치고 웃는 얼굴이었기에. 슬우가 왜 저토록 침통한 표정인지 알 것 같았다.

"우리 엄마도 우울증 약을 복용했었어. 결국, 이겨내지 못하고 자살했구. 바로 이 집에서!"

그는 몹시 화가 난 듯 소리쳤다. 그러더니 두 손으로 얼굴을 가리고 무릎에 팔꿈치를 고였다. 뭐라 형용할 수 없는 안타까운 마음에 마네는 그의 앞으로 다가가 무릎을 꿇고 괴로움에 어쩔 줄 모르는 그의 얼굴을 들여다봤다.

무슨 말로도 그를 위로할 수는 없을 것 같았다. 그를 보고 있자니 너무 가슴이 아파서 먹먹해진 눈가가 젖어든다. 울고 싶은데 울지도 못할 슬우라는 걸 알기에.

그녀는 가만히 커다란 그의 몸을 안았다. 작업실에서 위로가 필요한 그에게 해주었던 것처럼 포근히 감싸 안아주었다.

"당신 잘못이 아냐."

슬우의 몸이 떨리기 시작했다. 마네는 진땀으로 축축해진 그의 등을 느릿느릿 쓰다듬었다. 누구보다 냉정한 척하지만, 세상 그 누구보다 마음이 따뜻한 사람이었다. 그 마음에서 라온을 밀어내려 얼마나 스스로 독해졌을지 가늠이 되었다. 라온을 보며 숨 쉬는 것조차 힘든 그였을 텐데 어떻게 그 마음을 다 헤아릴 수 있을까.

떨리던 슬우의 몸이 조금씩 잦아들 무렵 포옹을 푼 마네는 그의 수척해진 얼굴을 두 손으로 감쌌다. 그리고 애정이 담뿍 담긴 눈빛으로 그를 응시했다.

'난 누가 뭐래도 당신 편이야.'

그녀의 마음을 읽었는지 젖어든 눈으로 슬우도 조금 웃음을 비쳤다. 백 마디 말보다 힘내라는 그녀의 눈빛이 그에게 너무나 큰 위안으로 아픈 가슴속에 잔잔히 스며들었다.

오후가 훨씬 지나서야 잠에서 깬 라온은 고단한 신음과 함께 눈을 떴다. 온몸이 쑤시고 아팠었는데 통증이 가셔서인지 조금 살 것 같았다. 일어나 앉는데 보니 팔에 링거가 꽂혀 있다. 정신이 오락가락하는 동안 사람들이 두런거리는 소리를 들은 기억이 어렴풋이 났다.

일어나 앉아 팔뚝에 꽂힌 링거 바늘을 뽑았다. 방을 나가자 집안은 여느 때처럼 고요했다. 목이 타서 물을 마시려 주방으로 걸어가던 그는 멈칫 걸음을 멈췄다. 바Bar에 슬우가 앉아 있었기 때문이다.

내쫓기고도 또다시 집 안에 들어와 있는 자신이 얼마나 미울까 생각하니 라온의 몸이 절로 움츠러들었다. 꼼짝도 못하고 위축돼 있을 때, 라온의 발소리를 듣고 있던 슬우가 벌떡 몸을 일으켰다. 그리고 단숨에 라온이 있는 곳까지 가 철썩 뺨을 올려붙였다. 정신이 번쩍 들 만큼 호된 따귀였다. 비틀거리던 라온은 아픔보다 놀라서 슬우를 바라보았다.

"너도 마찬가지야. 이기적이고, 자기밖에 모르지. 다른 사람들은 안중에도 없이 자기 고통만 생각해."

"……."

"널 보는 내 심정이 어떤지 뻔히 알면서…… 우울증 약을 먹어?"

들킨 건가?

온몸에 힘이 쭉 빠진 라온은 체념한 듯 말했다.

"……그래, 맞아. 내가 형한테 떼를 쓴 거야. 태어난 게 저주스럽고 평생 그 꼬리표를 달고 살아야 하는 게 너무 끔찍해서, 형한테만이라도 내 마음 덜자 싶어서 억지 부렸어. 차라리 엄마가 날 낳지 않았더라면…… 형 엄마는 죽지 않아도 되었을 테지. 어떻게든 형이랑 살았을 거야, 근데…… 내가 태어나 버리는 바람에 돌아가신 거잖아."

"……."

"어떻게 할까, 내가? 나도 그 생각만 하면 미칠 것 같은데 어떻게 해야 할지 모르겠어. 마음 편히 웃으면서 사는 거…… 나한텐 너무 어려워, 형. 형이라도 보면, 어떻게든 형한테 잘하려고 노력하다 보면 마음이 좀 가벼워지는 것 같아서 그랬어. 이기적인 거 맞아, 나. ……잘못했어. 형 힘들게 해서 정말 미안해."

라온의 두 눈에 가득 고였던 눈물이 후드득 떨어져 그의 옷깃을 적셨다. 목이 죄다 말라붙어 억지로 침을 삼킨 라온은 소파에 둔 백팩을 집어 들었다. 그리고 그 옆에 둔 여행가방 손잡이를 끌고 현관으로 향했다.

새벽부터 급격히 추워지더니 오후가 되자 하늘에서는 흰 눈이 펑펑 쏟아졌다.

복층 침대에 앉아 자그마한 창으로 솜뭉치 같은 눈을 바라보는 슬우의 표정이 원망과 허탈감에 빠져 있었다. 조금은 지친 것 같기도 했다.

'엄마…….'

그는 마음속으로 조용히 엄마를 불러 보았다. 이름만으로도 가슴이 에이는 '엄마'.

'왜 그러셨어요? 그런 여자도 자기 자식 지키려고 악착같이 사는데 엄마는 왜 절 포기하셨습니까? 억울하고 분한 거 압니다. 아버지에 대한 배신감이 너무 커서 그 분신인 나란 존재도 고통이셨겠지요. 그래서 다 버리신 겁니까? 아무 의지할 데 없는 절 혼자 두고 말입니다. 전…… 엄마를 이해하지만 용서할 수 없습니다. 정말 이기적인 분은 끝까지 지켜야 할 자식을 두고 떠난 엄마시니까…….'

언제나 멍하니 허공만 바라보던 엄마는 그렇게 세상을 등졌다. 엄마의 깊은 절망과 슬픔이 어린 슬우에겐 늘 불안의 요소였다. 밥도 혼자 먹었고, 옷도 혼자 챙겨 입었고, 학교 가는 준비도 혼자 해야 했다. 아버지와 엄마의 사이가 소원해진 이후로 그는 늘 혼자였다.

유령 같은 엄마와의 삶.

하지만 여전히 마음에서 놓지 못하는 슬픈 굴레.

'이젠 지칩니다, 저도.'

스며나오는 눈물을 삼키려 두 눈을 껌벅거리던 슬우는 자리에서 일어나 터벅터벅 아래층으로 내려왔다. 소파 옆에는 라온의 여행가방이 얌전히 놓여 있었다. 차마 또다시 내쫓을 수 없어 붙잡았었다. 흐느껴 우는 라온을 도로 방으로 보내고 그도 혼자 복층 침대에 앉아 솟구치는 눈물을 억지로 삼켜야 했다.

그는 물끄러미 가방을 보다가 작은 방으로 갔다.

작은 방 침대에 라온이 꿈이라도 꾸는지 얼굴을 찡그린 채 잠이 들어 있었다. 모로 누운 모습이 몹시 불편해 보여 다가가 이불을 끌어다 덮어주었다. 그리고 식은땀을 흘리는 라온을 안쓰럽게 내려다봤다.

착한 녀석이었다. 좋은 녀석이었다.

하지만…… 사랑하고 마음으로 끌어안기엔 너무나 먼 녀석이기도 했다. 그러기엔 엄마에 대한 미움과 원망이 더 커져 버릴 것만 같아서 도저히 그럴 수가 없었다. 인간 같지도 않은 아버지와 이재희보다 자신을 버려 두고 혼자만 떠나버린 엄마에 대한 아픔이 더 컸다는 걸 슬우 자신 외에는 그 누구도 알지 못했다. 이 집을 떠나지 못하는 이유도 영원히 마음에서 엄마를 놓게 될까 봐 두려웠기 때문이다. 모질게 부모에게 버림받고도 엄마에 대한 끈이나마 붙잡고 싶었던 그는, 완전히 외면할 수 없는 자신의 이복동생을 처연한 눈빛으로 바라보았다.

불행의 씨앗은 불행을 낳을 뿐.

과연 라온을 마음으로 받아들인다 해서 근본적인 게 바뀔까?

그런 점에서 그는 다분히 회의적이었다. 라온이 자신처럼 부모와 인연을 끊지 않는 이상은 불가능하리라 생각했다. 라온의 여린 심성으로는 부모의 손에서 벗어나기 어려울 것이다.

침대 머리맡 협탁 위에 둔 라온의 휴대전화에서 진동이 울렸다. 꺼져 있던 걸 잠이 든 사이 다시 켜놓았는데 예감이 이재희 같았다. 그런데 라온은 잠에 빠져 있어 전화가 오는지도 모르는 듯했다. 가까이 가 휴대전화 액정을 확인했다.

엄마.

예상한 대로 이재희였다.

차가운 냉기가 도는 눈빛을 하고서 슬우는 곧장 휴대전화를 들고 방을 나와 복도를 지났다. 흙터 가득한 그의 손안에서 조급증이라도 난 듯 연신 진동이 울려대었다.

복도 끝에 다다랐을 즈음 그는 냉정한 목소리로 전화를 받았다.

"예."

〈라온?〉

"채슬웁니다."

긴 침묵. 그리고 조금 떨리는 음성이 들렸다.

〈라온이 바꿔줘.〉

"지금 전화 받을 수 없습니다."

〈왜?〉

"라온이 저랑 있을 겁니다. 여기, 내 집에서."

〈날…… 놀리는 거야?〉

그의 입가로 서늘한 미소가 흘렀다.

"당신 아들이 저와 살겠답니다."

〈알아. 그래서 정말 같이 살겠다구?〉

"왜? 빼앗길까 봐 두려우십니까?"

잠시 말이 없던 이재희가 신경질적으로 응대했다.

〈라온이 바꿔.〉

"라온이 우울증 약 먹는 건 알고 계셨습니까?"

〈……뭐……?〉

"당연히 모르고 계셨겠죠. 원래 타인의 고통 따위 안중에도 없는 사람이니까."

〈우, 우리 라온이가 왜……? 우울증 약이라니, 잘못 안 거겠지.〉

"엄마 자격이 있다고 생각하십니까? 라온이한테 그동안 무슨 짓을 하고 산 겁니까? 당신 뜻대로 하려다가 한 사람도 모자라서 라온이까지 죽여야 속이 시원하시겠습니까!"

〈라온이 바꾸라구!〉

이재희가 비명처럼 악을 썼다. 분을 참을 수 없어 슬우의 얼굴도 점점 붉게 물들어갔다.

"라온이 그냥 내버려 두십시오. 당신 아들도…… 부모 잘못 만난 건 나와 똑같으니까, 제발! 가만히 놔두란 말입니다."

일방적으로 전화를 끊어버린 슬우는 속이 뒤틀리는 것 같아 이를 악물었다. 휴대전화가 부서져라 움켜쥐었던 손에 통증이 와 소파 위에 던지듯 내려놓았다.

끝도 없는 치기와 반목.

'지긋지긋해.'

아픈 손을 꾹꾹 주무르고 있자니 뒤에서 인기척이 들렸다. 굳이 돌아보지 않아도 라온이라는 걸 알기에 슬우는 모른 척 앉아 있었다. 도대체 이게 무슨 짓인지 스스로 생각해도 기가 찰 노릇이었다.

슬우의 맞은편으로 와서 앉은 라온은 가뜩이나 작은 얼굴이 반쪽이 돼서는 조심스럽게 말을 꺼냈다.

"고마워, 형."

"사람에겐 누구나 끊지 못할 굴레가 있어. 너와 내겐 부모가 되겠지. 태어나는 순간 낙인찍혀 버려서 지우고 싶어도 지울 수가 없어. 난, 날마다 피가 나도록 마음에서 지워내는 중이야. 마음이 헤지고 닳도록 지워봐도 지독스레 지워지지 않는 게 부모, 그리고 니 엄마더군. 누가 나한테 그런 얘길 했어. 결정은 내가 해야 한다구. 내 인생이니까. 맞는 말이야. 결정은 니가 해. 니 인생이니까."

라온은 한 치의 망설임 없이 대꾸했다.

"난 형을 선택하겠어."

그의 선택이 의외라 슬우의 미간이 찌푸려졌다.

"왜지? 그것도 속죄의 마음인가?"

라온은 슬프게 웃었다. 하지만 그 이면엔 그가 붙잡고 싶은 한 가닥의 작은 희망도 걸려 있었다.

"살고 싶어, 형."

"……."

"형은 솔직하잖아. 형을 보면 내가 얼마나 가식적으로 살고 있는지 깨닫게 돼. 형 말대로 내 인생을 살고 싶어."

'많이 아픈가?'

아침에 나오면서 보니 집 앞에 병원차며 벤이며 자가용까지 줄줄이 늘어서 있는 것이 아무래도 라온 때문인 듯싶었다. 종일

뻐근하던 허리는 저녁이 되자 조금 나아졌지만, 그를 지하에서 업고 슬우에게 인계한 것은 거의 초능력이나 다름없다고 생각하는 밀레였다.

어제 그 난리를 치고 오늘은 어떻게 해야 하나 막막했는데, 다행히도 쓰나미처럼 밀려온 관심들이 하루 만에 뚝 그쳤다. 아마도 그 불량기 가득한 여학생들이 채라온 팬카페에 별 사이 아님을 확인했다고 보고했는지도 모를 일이었다. 채라온 때문에 커피숍도 관두는 사태가 벌어지는 건 아닌지 은근히 걱정했다가 한시름 돌린 밀레는 또다시 라온이 걱정되기 시작했다. 아픈 걸 보고 온 탓이었다. 관심 끊기로 그리 다짐했건만 하룻밤 지나니 도로아미타불이 되어버렸다.

마네도 지금쯤이면 알 것 같아 전화로 상태를 물어보려니 무척 민망했다. 안티인 척 다 해놓고 안부를 묻는다는 게 속 보이는 짓 같았기 때문이다.

"그러게 왜 노숙자처럼 지하에서 그러고 있어? 궁상맞게."

버젓이 자기 차 놔두고, 돈도 많으면서 호텔에 가서 자면 될 일이지. 성격 괴팍한 화가 아저씨가 문을 안 열어줬을 게 분명해 밀레는 치를 떨었다.

"독해, 독해. 그게 뭐 왕자님 잘못인가."

그러더니 금세 또 한숨을 폭 내쉰다.

"월드스타면 뭐하냐. 형한테 구박이나 받구. 쯧쯧쯧."

애써 모른 척하려니 라온의 상태가 너무 궁금해 점점 참을 수 없을 지경이었다.

아프면 병문안 가야 하나? 아니지. 지난번처럼 병원에 입원했으면 그나마도 소용없겠구나.

슬그머니 앞치마에서 휴대전화를 꺼낸 밀레는 마네에게 카카오톡으로 문자를 넣었다.

〈언냐. 아침에 라온 오빠 봤어?〉

〈응. 감기몸살이 심하대. 지금 채 화백 집에 있어.〉

〈알았어.〉

〈너 또 라온이한테 안티라고 그랬어?〉

〈왜? 뭐라고 그래?〉

〈진짜 안티도 아니면서 왜 자꾸 그래? 라온이 힘들어. 그러지 마.〉

〈나 때문에 힘들대?????〉

〈그게 아니라…… 암튼. 오해하잖아. 언니 바쁘니까 나중에 얘기하자.〉

휴대전화를 끈 밀레는 두 볼을 빵빵하게 부풀렸다가 피시시 바람을 내뿜었다.

“하긴, 팬이 몇 명인데 나 하나 안티라고 힘들겠어?”

허리가 아파 종일 걸음걸이가 가관이더니 설상가상 눈까지 내려 밀레의 걸음걸이는 더욱 해괴해졌다. 커피숍에서 팔다 남은 조각케이크를 갖고 오느라 팔십 노인이 걷듯 어기적어기적

걸음을 떼려니, 지나가던 사람들이 이상한 눈초리로 쳐다본다.

밀레는 곁눈질로 도로를 흘끔거렸다. 택시를 탈까 갈등이 인다. 아르바이트하며 택시를 탄다는 건 사치다 여기며 꿋꿋이 지하철과 마을버스를 이용하는 그녀지만, 오늘처럼 최악의 날씨와 컨디션에는 마음이 약해졌다.

하지만 더 이상 무리했다간 택시비보다 병원비가 더 나올 것이다.

하는 수 없이 택시를 잡아타고 집으로 향했다. 오전에 한약방에 들러 침을 맞긴 했으나 아르바이트 때문에 쉬지 못하니 퇴근 무렵이 되자 아픈 데가 더욱 콕콕 쑤셨다.

'으으, 채라온!'

그녀는 라온 때문에 허리 다쳐, 택시비 날려 손해가 이만저만 아니었다.

거금 만 원을 건네고 택시에서 내렸을 때 집 담벼락 아래 라온의 차가 그대로 서 있었다. 차를 본 순간 택시 안에서 내내 속으로 구시렁거렸던 것과 달리 왠지 반가운 마음이 들었다.

"아직 안 갔네."

눈은 펑펑 내리는데 뛸 수도 없고, 눈이 쌓인 정원을 타박타박 걸어갔다. 2층으로 가기 전 1층 거실 창을 바라보니 불이 환히 켜져 있다. 계단으로 가려다가 밀레는 뭔가 아쉬운 기분에 1층 현관 앞으로 가 벨을 눌렀다.

잠시 기다리고 서 있으니 문이 열리며 슬우가 내다봤다. 내심 라온이길 바랐다가 슬우여서 약간 실망한 채 밀레가 물었다.

“라온 오빠는 좀 어때요?”

“괜찮아. 많이 좋아졌어. 들어와라.”

밀레는 슬우 말이 떨어지기가 무섭게 냉큼 눈을 탁탁 털고 안으로 들어섰다. 라온이 소파에 앉았다가 고개를 쭉 빼어 쳐다보았다.

“안녕.”

라온이 빙그레 웃으며 손을 흔들었다. 밀레는 막상 라온을 보니 쑥스러워져서 손에 든 케이크상자만 슬우에게 내밀었다.

“이거.”

“뭐야, 이게?”

“일하는 가게에서 갖고 왔어요. 드세요, 사이좋게.”

“들어와서 같이 먹자.”

내심 좋았으나 밀레는 시크하게 대꾸했다.

“뭐, 원하신다면.”

부자연스러운 걸음걸이에 슬우는 고개를 삐딱하게 기울여 소파로 걸어가는 밀레를 바라보았다. 아침에 라온을 업었다가 허리를 다친 듯해 미안함으로 그의 미간이 살짝 찡그려졌다.

하여간 2층 여자들은 하나같이 평범한 사람이 없다. 어떻게 업고 올라올 생각을 하는지. 그녀의 괴력에 더욱 놀라웠지만.

슬우가 주방에 가서 포크를 챙겨 오는 동안, 밀레가 라온의 맞은편에 가서 엉거주춤 주저앉았다.

"어디 아파요?"

천진하게 묻는 라온 때문에 밀레는 아파서 인상을 쓰다가 울컥했다.

이 오빠가 진짜! 정말 모르고 묻는 거야?

"기억 안 나요?"

"예?"

"아침에 지하에 쭈그리고 앉아 있을 때 만났었잖아요."

"기억나요."

당신 업었다가 내 허리가 작살났소!

그리 외치고 싶었으나, 그 이후의 기억은 깡그리 뇌 속에서 삭제된 듯한 표정에 밀레는 쩝 입맛을 다셨다.

"고마웠어요. 형이 그러더라구요. 밀레 씨가 날 업고 왔더라구."

자기도 민망했던지 얼굴을 붉히며 검지로 머리를 긁적거린다.

그럼 다 알고도 어디 아프냐고 물은 거냐, 시방?

"낫겠죠, 뭐. 허리에 침 좀 맞는다고 죽겠어요, 설마?"

밑도 끝도 없이 허리에 침을 맞았다며 죽겠느냐고 을러대는 밀레를 보자 라온은 슬슬 무서운 생각이 들었다. 은근히 자기 할 말 다하고, 해야 할 말은 꼭 짚고 넘어가는 그녀의 태도에 무슨 말을 해도 본전 찾기는 어렵다는 걸 깨달았다고나 할까.

마네도 뭔가 여자로서는 대단한 포스가 느껴지더니, 이 집 자매들이 다 그런 모양이다. 맏이인 샤갈 누나도 석현 형한테 친구처럼 대하는 걸 보며 속으로 상당히 놀라웠는데 말이다. 아무리 석현 형이 편한 스타일이라고 해도 연예계에선 나름 아우라가 있는 분이신데, 샤갈 누나 옆에서는 동네 친구가 따로 없었다. 얼핏 매니저에게 듣기론 두 분이서 진짜 친구 맺었다고 하더라만…….

"허리 많이 아파요?"

라온이 걱정돼서 묻자, 밀레가 새침하게 대답했다.

"사진은 안 찍혔으니까 뭐."

"사진…… 이요?"

시장 갔다가 사진 찍혀 하룻밤 새 신상 털렸소!

당신의 그 극성팬들 덕에 비싼 청심환을 다 먹었소, 내가!

그리 말하듯 밀레가 허공을 째려보고 있노라니, 슬우가 쟁반에 케이크가 담긴 접시와 포크, 우유까지 알뜰하게도 챙겨왔다. 접시 위에는 티라무스와 치즈케이크, 딸기생크림케이크가 앙증맞게 서로를 바라보며 놓여 있었다.

"이거 나한테 주려고 가져온 거예요?"

라온이 은근히 기대하는 투로 물으며 포크로 티라무스를 콕 찍어 먹었다. 밀레는 순간 얼굴이 화끈했으나, 맞는 말이므로 고개를 까딱했다.

"아니면 버려야 해서요."

"흡!"

케이크가 목구멍에 걸렸는지 라온이 꽉 막힌 기침을 했다. 급히 우유를 들이켠 그는 알 수 없다는 눈빛으로 밀레를 쳐다보았다.

"버릴 걸 갖고 왔단 거예요?"

왕자님, 참. 따지시기는.

입이 고급이라 유통기한에 민감한 모양이다. 도톰한 입술을 쏙 오므리던 밀레가 타이르듯 말했다.

"안 죽거든요."

"……."

꾸중 듣는 아이처럼 시무룩해진 라온을 보고 슬우가 치즈케이크를 푹 찍어 입에 넣었다.

"맛있군."

"그죠?"

거 보란 듯이 밀레가 웃었고, 슬우가 무슨 생각이 났는지 별안간 진지한 표정이 되었다.

"우리 카페에서도 케이크 팔아볼까?"

"아저씨, 카페도 하세요?"

"후후. 갤러리 내에 카페 있어. 큰 건 아니구."

"아. 갤러리 카페."

"괜찮으면 우리 카페에서 아르바이트해라. 거리가 좀 멀긴 하겠지만."

밀레가 듣던 중 반가운 소리라는 듯 오, 하는 표정이 되었다.

라온도 무의식중에 그녀의 표정을 따라했다. 참 여러모로 다이내믹한 아가씨다 생각하며.

"진짜요? 시급 얼마 주실 건데요?"

"음. 전에 받았던 것보다 이천 원 더 올려주면 어때? 식사 제공까지."

"힉! 이천 원에 식사 제공이요! 아싸! 당장 해야죠, 그럼."

역시 인생은 살아보고 볼 일이다. 전화위복이라더니, 채라온을 구조(?)한 덕분에 조건 좋은 갤러리 카페로 가게 되고.

밀레는 허리 아팠던 것도 까맣게 잊고 기분이 좋아서 라온과 눈이 마주친 걸 의식 못 한 채 벙싯벙싯 웃었다.

☆ ☆ ☆

"정말 라온이가 부모와 연을 끊는 한이 있어도 채 화백이랑 여기서 살겠다고 했단 말이야?"

그날 밤, 작업실에서 슬우에게 자초지종을 들은 마네는 놀라움을 금할 수 없었다. 라온이 단단히 마음을 먹은 것 같았기 때문이다. 그 노력이 가상해 오히려 핀잔이 나왔다.

"걔는 뭐 형 바보냐. 형한테 구박받으면서 뭐가 좋다구."

슬우가 피식 웃고는 약간 허탈한 듯 말했다.

"참 이상하지. 막상 라온이를 데리고 있어야겠다고 생각하니까 마음이 허해. 뭐랄까? 늘 꽉 막힌 듯 답답하던 게 거짓말처럼 사라졌어."

마네가 빤히 그를 쳐다보았다. 눈빛이 많은 걸 담고 있어 슬우가 쑥스럽게 물었다.

"왜 그렇게 봐?"

"갈수록 멋있고 지랄."

"뭐? 하하하."

"나 같음 절대 안 받아줬을 건데, 채 화백 멋있는걸."

슬우가 그녀의 코를 잡아 흔들었다.

"요 마녀."

"마녀? 오, 드디어 내 정체를 안 건가? 오호호호호."

마녀 웃음소리를 흉내 내는 마네를 보고 슬우는 큰소리로 웃음을 터뜨렸다. 그러더니 그녀의 입에 은근히 입술을 갖다 대어 살짝 비볐다.

"음. 좋은 향내 나."

"보디클렌저를 바꿨거든. 향 괜찮아?"

보디클렌저란 말에 슬우가 후우, 급히 숨을 들이마셨다. 마네가 앉은 의자째 가랑이 사이로 가까이 당긴 그는 매우 불만인 양 머리를 그녀의 머리에 콩 박았다.

"너 일부러 자극하는 거지?"

"아야. 천 일이야. 어림없어."

그녀는 냉큼 방어했으나, 슬우는 절대 그럴 리 없다는 듯 콧방귀만 풍 뀌었다.

"천 일이면 3년도 넘어. 누구 잡을 일 있어?"

"그럼 이렇게 하자."

그 말에 속아 넘어간지라 슬우는 지레 질색했다.

"아, 됐어."

"아직 말도 안……. 읍!"

말을 가로막듯 진하게 키스하는 슬우 때문에 마네는 그만 몸이 경직됐다. 하지만 곧 부드럽고 느릿하게 입술과 혀를 빨아들이자 경직되었던 근육이 한순간에 이완되는 듯 나른해졌다. 그의 목에 두 팔을 둘렀다. 그도 마네의 가느다란 허리를 감싸 자신의 무릎 위에 달랑 앉혔다.

농밀한 키스에 두 사람의 호흡이 갈라졌다가 하나로 합쳐지기를 여러 차례. 숨이 얽히고 가슴과 가슴이 닿아 은밀히 밀착되었다. 그녀의 몸을 더듬던 슬우는 아래위가 붙은 피에로 옷을 입었다는 사실을 깨닫고 언뜻 얼굴을 찌푸렸다.

뒤를 더듬어 지퍼를 내렸다. 지퍼를 허리까지 내리자 매끄러운 천 때문에 자연스럽게 그녀의 몸에서 흘러내려 맨 어깨가 고스란히 드러났다. 그녀의 어깨와 등을 쓰다듬으며 슬우는 한층 거칠게 뛰는 심장을 주체하지 못했다. 하얗고 보드라운 피부의 감각이 손끝에서 온몸으로 전해져 왔다. 눈을 감고 그 손끝에 집중하여 가슴에 새겼다. 그녀의 입에서 턱을 살큼 물고 곡선이 두드러진 턱을 혀로 핥았다. 가늘게 터지는 신음이 머리 위에서 아득하게 들렸다.

파르르 떠는 목덜미를 입술로 몇 번이나 쓸어내리며 그녀의 어깨에 자분자분 입맞춤을 했다. 어느새 불룩 솟구친 아랫도리가 그녀를 꿰뚫고 싶어 안달했다. 그녀도 느끼는지 자꾸만 몸을 움츠렸다.

그녀의 양팔을 잡아 몸에서 조금 떼니 가로막혔던 길 때문에 흘러내리지 못한 피에로 옷이 스르르 아래로 흘러내렸다. 고스란히 드러난 건 브래지어를 한 그녀의 가슴. 풍만한 가슴을 가린 브래지어 사이로 움푹 팬 골을 내려다보는 슬우의 시선이 뜨거웠다.

그는 고개를 들어 그녀를 바라보았다. 열기를 가득 머금은 그녀의 두 눈동자도 그를 향해 있었다.

"어쩌지? 적어도 여긴 아니길 바랐는데."

그렇게 중얼거린 슬우는 그녀를 무릎에서 내려 앞에 세웠다. 피에로 옷이 완전히 몸에서 흘러내려 어여쁜 그녀의 몸이 허공에 드러났다. 그녀를 끌어당겨 앙증맞은 배꼽에 입맞춤을 했다.

잠시 망설이던 마네의 손이 그의 머리를 곱게 어루만졌다. 피에로 옷이 몸에서 사라지니 조금 서늘해 그녀는 가볍게 몸을 떨었다. 그리고 이내 그의 손가락 끝이 팬티를 벗겨내는 순간 질끈 눈을 감았다.

어느덧 나신이 된 두 사람은 벤치에 하나로 포개져 앉아 있었다. 창밖에는 눈이 펑펑 내려 한 자나 쌓였고, 눈빛이 은은히 스며드는 작업실엔 작은 초 하나만이 간신히 불을 밝혔다.

마네는 그의 탄탄한 무릎에 올라앉아 물기를 머금은 그의 눈을 가만히 들여다봤다. 그의 손이 그녀의 몸을 탐스럽게 어루만졌다. 미온이 느껴지는 살결은 비단처럼 부드러웠다. 그녀의 엉덩이로 내려간 손이 둥그렇게 원을 그리듯 복스러운 두 개의 실과를 애무했다.

천천히 고개를 숙인 그는 매끈하게 솟은 그녀의 가슴을 입에 물었다. 또다시 거친 호흡이 마네의 입에서 터져 나왔다. 그녀의 입술에서 침을 삼키는 소리가 적나라하게 들려왔다.

입안이 바짝 마르는 듯해 슬우는 젖은 혀로 입술을 축이고 핑크빛 유두를 입술로 물었다. 아흥, 앓는 소리를 내며 그녀가 몸을 비튼다. 그녀의 허리를 잡아 크게 가슴을 베어 물었다. 정신이 아찔해진 건 그녀뿐만이 아니었다. 슬우 역시 걷잡을 수 없이 폭발할 것 같은 욕정에 그만 눈이 멀어버렸다. 그녀의 허벅지 사이로 손을 미끄러뜨려 속살을 헤쳤다.

촉촉하게 젖어 오는 그곳을 확인하자 마음이 다급해졌다. 천천히, 그것을 그녀의 안으로 밀어 넣었다. 그녀가 몸을 더욱 세게 비틀며 아픈 신음을 흘렸다. 그는 재빨리 그녀의 입술을 찾아 그녀를 달랬다.

쉬잇, 쉿.

그리고 그와 그녀가 하나로 꽉 맞물려지는 찰나, 키스를 나누던 두 사람의 입에서 동시에 환희의 신음이 터졌다.

천천히 아래위로 몸이 흔들린 건 그로부터 1분여가 흘렀을 즈음이었다. 환희로 몸서리를 치느라 꼼짝도 할 수 없었던 슬우는 그녀의 허리를 잡아 리드하기 시작했다. 미끈거리며 빠져나갔다가는 거침없이 그녀를 찾아 들어갈 때마다 강한 열기가 그의 뇌리를 잠식했다.

간간이 그녀에게 짙은 입맞춤을 하며 슬우는 그녀의 몸에 자신을 그려 넣었다. 온 마음으로, 온 정성을 다해, 그녀를 사랑하는 이 순간이 그에겐 살아오면서 가장 아름답고 감사한 날이었다.

사랑하는 여인이 생겼다.

천방지축 같지만, 곁에 있어 든든한 내 여자. 욕쟁이 장마네.

마녀처럼 굴다가도 어느덧 모든 걸 내어주기도 하는 그녀가 슬우는 못 견디게 좋았다. 푹신한 침대가 아니라도, 화려한 촛불이나 근사한 음악이 없어도 충분했다. 그녀와 함께 있는 것만으로도 행복했으니.

오래도록 두 사람의 신음 소리가 작업실 안을 떠돌았다. 서로의 살이 맞닿으며 내는 노골적인 소리마저 음악처럼 감미로웠다. 그녀의 몸에 점점이 솟아나는 붉은 흔적들로 슬우의 애무가 얼마나 뜨거웠는지 알 수 있었다.

아랫배를 묵직하게 달구는 그녀의 몸이 그를 자꾸만 애닳게 했다. 하염없이 파고들어도 채워지지 않는 욕구가 그를 미치게 했다.

도저히 참을 수 없게 되었을 때 슬우는 벌떡 일어나듯 그녀를 몸에서 떼어냈다. 그리고 그 옆에 두었던 두꺼운 점퍼를 벤치에 깔고 그 위에 그녀를 눕혔다. 그가 그녀의 몸을 안는 동시에 거침없는 질주가 시작되었다. 마네의 몸이 몇 번이고 털썩 벤치에 부딪혔다. 그녀의 머리 위로 그의 격한 신음이 연신 터졌다.

미친 듯이 흔들리던 두 사람의 나신이 어느 순간, 우뚝 멈췄다. 그녀의 몸에서 재빨리 분신을 빼낸 슬우는 하얀 점액질을 그녀의 배 위로 뿜어냈다. 격렬한 정사에 온몸이 태양처럼 붉게 타오르는 착각이 일었다.

흐릿해진 시선으로 마네는 그를 올려다봤다. 벌어진 그녀의 입술에 홀린 듯 슬우가 또다시 축축하게 젖은 혀로 그녀의 혀를 찾아 들어갔다. 그러고는 긴 입맞춤 끝에 입술을 떼며 다정히 물었다.

"괜찮아?"

마네는 아직도 들뜬 눈을 한 채 대답하지 못했다. 그 모습을 보더니 슬우가 사랑스럽다는 듯이 후후 웃었다.

"기대해. 이제부터 시작이야."

슬우에게 완전히 취해 버린 마네는 그 속삭임마저 섹시하게 들릴 뿐이었다.

'이렇게 당하다니.'

절대 분위기에 휩쓸려 그와 섹스하는 일은 없을 거라 자신했었다. 그런데 너무나 넓은 도량으로 라온을 받아준 그에게 반해버려 넋이 빠진 탓에 정신을 차리고 나니 이미 게임오버였다. 그것도 물감냄새 폴폴 나는 작업실에서, 이불조차 없이 딱딱한 벤치를 침대 삼아.

생각만 해도 얼굴이 화끈 달아올랐다.

어느새 진지하게 분장을 해주고 있는 그를 보자 마네는 또 가슴이 콩닥콩닥 뛰었다.

아우, 가슴이 씨베리아처럼 뛰고 지랄. 당최 집중할 수가 없잖아.

"할 말 있어?"

그때까지 잠자코 분장만 해주고 있던 그가 물었다. 딴생각에 빠져 있다가 마네는 화들짝 놀랐다.

"어? 아, 아니."

"근데 왜 날 보는 눈빛이 진해져 있지?"

"허……. 그랬나, 내가?"

그녀의 얼굴에 눈물방울을 그리며 그가 집중하느라 얼굴을 좀 더 가까이 댔다. 마네의 시선이 절로 그의 입술로 가서 꽂혔다.

"채 화백."

"왜?"

"나, 욕 한 번만 질펀하게 해도 되나?"

슬우는 그림을 그리다 말고 풋 웃음을 터뜨렸다.

"설마 너……."

"알아. 근데 난 말이야. 내숭 떨고 그러질 못해. 실망스러워도 어쩔 수 없네."

솔직하거나, 뻔뻔하거나.

"너 진짜 마녀 아냐?"

"마녀가 밝힌다는 말은 못 들어봤지만, 그거야 개인 취향이니 우리가 뭐랄 순 없는 부분 아니겠어."

"하하하하! 하고 싶은 게 키스야, 섹스야?"

마네가 살짝 인상을 찡그리더니 하소연했다.

"사실 내가 지금 좀 아프거든. 그러니까 우리 진하게 키스만 하자. 입술 칠하기 전에."

아프다는 말에 슬우는 깜짝 놀라 그녀의 얼굴에서 붓을 뗐다.

"그걸 왜 인제 얘기해? 많이 아파?"

"안 믿겠지만, 내가 이게 첫 경험이라. 생각보다 좀 아프다. 으허허."

마네의 민망한 웃음에 슬우는 어이없다는 듯 표정이었다.

"이제 봤더니 미련한 마녀였군. 오늘 그림 그리는 건 취소야."

"분장한 건 어떡하구?"

의자에서 먼저 일어난 슬우는 붓을 작업대 위 물통에 톡 꽂아 놓고, 그녀의 몸 위에 외투를 걸친 뒤 번쩍 안아 올렸다. 그리고 서둘러 작업실을 나가며 말했다.

"라온이 다시 내쫓을까 봐."

행여 그러겠다는 듯 마네가 피식 웃었다.

"마음에 없는 소리 하지 마시죠, 채 화백님."

열두 개의 별

크리스마스이브가 되자 생방송은 물론이고 한 의류업체에서 개최하는 파티까지 겹쳐 마네와 라온은 눈코 뜰 새 없이 바빴다. 슬우를 만나고 첫 크리스마스인데 함께 보낼 시간이 없어 조금 아쉬웠다. 의류업체의 이전 광고모델이 라온이었고, 계약이 끝나 후발로 레오가 모델로 선정된지라 두 사람 다 참석하지 않을 수 없는 파티였다.

라이벌인 두 사람이 파티에 참석한다는 것 자체로 벌써 기자단이 입구에 몰려 장사진을 이루었다. 하지만 파티장 안에는 초대된 사람들만 참석할 수 있어 당대를 대표하는 두 젊은 연예인은 포토라인 안에 나란히 서서 사진을 찍었다. 웃는 얼굴이지만 껄끄러운 투로 먼저 레오가 슬쩍 말을 걸었다.

"많이 세련돼지셨습니다, 선배님."

수수한 옷차림으로 연예인치고는 옷을 못 입는다는 평을 받는 라온에게 레오는 대놓고 비아냥거렸다. 그러자 라온이 정중히 대꾸했다.

"예, 고맙습니다. 레오 씨는 여전히 멋있으시네요."

"……."

전혀 사심이 섞이지 않은 칭찬에 레오는 오히려 머쓱해졌다. 늘 생각하는 거지만, 채라온의 진짜 모습이 과연 무엇일지 궁금해진다. 어떻게 시종일관 모든 사람 앞에서 깍듯하고 예의가 바를 수 있는지 해부라도 해보고 싶은 심정이었다. 일전에 일어났던 무대 사고 때문이라도 조금은 꺼림칙한 마음이 들기도 하겠건만 라온에게선 전연 그런 기색을 찾아 볼 수 없었다. 오히려 라온이 자신을 오해할까 봐 노심초사하고 있는 건 레오였다.

라온의 여유로운 모습에 다소 황당한 표정이던 레오는 기자들이 서로 여기 좀 봐달라는 요청에 금방 만면에 웃음을 머금고 포즈를 취했다.

어떤 빌어먹을 기자의 요청인지 라온이 갑자기 어깨동무를 하기에 속으로 흠칫 놀란 레오는 쓱 그를 쳐다보았다. 어색하기 이를 데 없는 어깨동무에도 라온은 마치 오래 알고 지낸 사이처럼 자연스러웠다. 내심 그가 존경스럽기까지 했다. 저러니 영화를 찍을 때마다 완벽한 연기로 갈채를 받는 것이 아니겠는가.

그도 마지못해 라온과 어깨동무를 하고 활짝 웃었다. 자기도 모르게 라온의 어깨를 잡은 손에 꾹 힘이 들어갔지만, 라온은 플래시 세례에 인식을 못 하는 듯 한결같이 환하게 웃는 얼굴이었다.

의류업체 주최로 여는 파티라 라온과 레오의 비주얼 디렉터를 담당한 마네도 함께 초대를 받아 석현과 함께 그곳에 와 있었다. 여기저기 인사하느라 정신없이 바쁘다가 잠시 짬을 내어 구석으로 온 마네는 손으로 얼굴에 부채질하며 음료를 들이켰다. 목이 마르던 차에 꿀꺽꿀꺽 한 컵을 다 마시고 테이블에 내려놓자마자 누군가 손목을 홱 낚아챘다.

깜짝 놀라 돌아보니 레오다. 레오가 그대로 마네의 손목을 잡은 채 그곳을 벗어났다.

사람들과 인사를 나누던 라온은 고개를 돌리다가 우연히 두 사람을 발견하고 멈칫했다. 마네를 데리고 나가는 사람이 레오여서 왠지 모르게 불안했다.

'무슨 일이지?'

그는 곧장 두 사람의 뒤를 따라가기 시작했다.

다소 한적한 구석으로 와서야 마네는 레오를 꾸짖었다.

"뭐 하는 짓이야?"

그런데 어쩐 일인지 레오는 사방을 두리번거리며 무언가를 경계하는 눈초리였다. 쫓기는 사람처럼 무척 초조하고 불안해 보여 마네는 눈살을 찌푸렸다.

"왜 그래?"

뭔가 얘기하려는 듯 입술을 달싹이던 레오는 끝내 솔직히 고백하지 못하고 딴 말을 꺼냈다.

"아냐, 아무것도. 잘…… 지냈어? 별일 없었어?"

일부러 말을 돌리는 게 분명해 마네의 얼굴에 근심이 내려앉았다.

"내가 널 몰라? 무슨 일인지 말해봐. 너 또 무슨 사고 쳤어?"

같은 시각, 밖으로 나온 라온은 감쪽같이 사라져 버린 두 사람을 찾아 긴 복도를 걸어갔다. 마네가 레오와 싸우고 관둔 것을 아는 터에 혹시라도 안 좋은 일이 생길까 염려스러웠다.

"누……."

……나, 하고 부르려던 라온이 자기도 모르게 말문을 닫았다. 복도 끝에 서 있는 여인 때문이었다. 몸의 라인을 따라 흐르듯이 긴 드레스를 입고 보석처럼 번쩍이는 클러치를 든 여인. 길고 검은 머리칼이 허리까지 드리워져 있었고, 우아하고 아리따운 모습과는 달리 어딘가를 응시하는 눈빛은 냉혈인처럼 차디찬 느낌을 주었다.

'뭘 보고 있는 거지?'

라온은 다가가지도 못한 채 여인을 지켜보았다. 그때 시선을 느꼈는지 여인이 고개를 돌렸다. 그녀의 시선과 마주친 순간, 라온은 괜스레 숨이 멎는 듯했다. 아무 감정도 보이지 않는 여인의 시선이 섬뜩했기 때문이다.

사뿐 몸을 돌린 그녀가 미끄러지듯 다가왔다. 라온은 그 자리에 얼어붙은 듯이 옴짝달싹할 수 없었다. 저 여인이 보고 있던 게 마네와 레오가 아닐까 하는 생각 탓에 기분이 좋지 않았다.

어느새 라온의 바로 앞까지 다가온 신우정이 그를 빤히 쳐다봤다. 라온도 속으로 꿀꺽 침을 삼켰으나, 부러 시선을 피하지 않았다. 그렇다고 다른 이들에게 하는 것처럼 웃으며 인사말을 건넬 수도 없었다. 드레스를 입고 이곳 파티장에 온 걸 보면 틀림없이 관련된 일을 하는 사람일 게 분명한데도.

"채라온 씨?"

고저 없는 목소리에 라온의 가슴이 덜컥 내려앉았다. 목소리마저 강한 기가 느껴지는 여인이었다. 단지 이름을 불렀을 뿐인데도 말이다. 흔치 않은 인상인 여인의 정체가 매우 궁금했다.

"누구시죠?"

라온의 물음에 무표정하던 신우정의 입가가 살며시 올라가는가 싶더니 순식간에 차디찬 표정으로 돌아왔다.

"또 봐요."

그 말 한마디만 남기고 신우정은 그를 스쳐 지나갔다. 파티장 안으로 들어갈 줄 알았더니 그냥 지나쳐 복도 끝으로 걸어간다. 그러더니 이내 모퉁이를 돌아 사라져 버렸다.

'이상한 여자야.'

라온이 불쾌한 듯 인상을 굳히고 모퉁이를 응시하고 있을 때 뒤에서 다정한 음성이 들렸다.

"라온아."

돌아보니 마네다.

"누구야, 그 여자분은?"

얼핏 뒷모습만 보아서 마네는 라온이 누구와 있었는지 의아했다.

"모르는 사람이에요."

"그래? 근데 왜 나와 있어?"

"누나가 레오랑 나가길래……. 무슨 일 있나 하구요."

"잠깐 얘기 좀 하느라. 들어가자."

마네가 먼저 앞장서 파티장 안으로 들어갔고, 라온은 어깨에 내려앉은 한기를 떨치듯 가볍게 몸을 떨고는 그녀를 따라갔다.

벽 뒤에서 신우정이 나타난 건 그때였다. 잠시 후 그녀는 복도를 돌아 이쪽으로 걸어오는 레오를, 고개를 살짝 기울여 바라보았다.

약간 초조한 낯빛으로 걸어오던 레오는 반대편 복도 끝에 서 있는 그녀를 발견하고 소스라치게 놀라 그 자리에 멈춰 섰다.

1년 전부터 늘 주변을 맴돌던 그 여자다! '민트'를 운영하며 '사모님'이라고 불리는 정체불명의 여자.

왠지 보이지 않는 올가미에 걸린 듯해 꺼림칙하던 차에, 드디어 맞닥뜨리게 되니 레오는 그만 심장이 얼어붙는 것 같았다.

연예계와 관련된 사람들이 모인 연말파티장에서 그녀와 만난다는 건 자기무덤을 파는 짓과 같았다. 레오는 그 자리를 피하려 빠른 걸음으로 복도를 걷기 시작했다. 파티장 안으로 들어가면 많은 사람이 있으니 함부로 행동하진 않으리라 판단한 것이다.

하지만 그보다 더 빠르게 다가온 그녀가 그의 앞을 가로막았다.

“내가 뭘 어쨌길래…… 도망치는 거지?”

레오의 심장이 튀어나올 듯이 쿵쾅쿵쾅 뛰었다.

“당신 뭐하는 사람인데 자꾸…….”

“알고 싶어?”

노골적인 그녀의 눈빛에 레오는 기가 막힌 표정을 지었다.

“당신 눈엔 내가 그렇게 만만해 보여?”

“호오~ 이래서 좋아, 레오는.”

“뭐라구?”

“알고 싶으면 와. 언제든 상관없어. 기다리고 있을게. ‘민트’에서.”

슬쩍 손바닥으로 레오의 가슴을 쓰다듬은 신우정이 빙글 웃으며 돌아섰다. 그러고는 또각또각 구두 소리를 내며 파티장 안으로 들어가 버렸다.

복도에 남은 레오는 농락당한 기분에 몹시 화가 나 그녀를 따라 빠르게 걸음을 옮겼다. 순간, 자기 자신을 제어하지 못하고 이성을 잃어버린 것이다.

재빨리 파티장 안으로 들어선 레오가 그녀의 어깨를 잡으려는 찰나, 마침 가까운 테이블에 있던 석현의 눈에 먼저 띄었다.

"레오."

레오가 멈칫, 손을 멈췄다. 여자의 어깨너머로 석현과 눈이 마주친 그는 정신이 번쩍 들어 얼른 손을 내렸다. 신우정이 뒤로 돌아보다가 빙긋이 웃었다. 저 멀리에서 그 모습을 고스란히 지켜보던 박태식도 다른 사람과 이야기를 나누며 계속 힐끔거렸다.

석현이 손짓으로 레오를 불렀고, 레오는 그녀를 불쾌하게 노려보다 석현에게 걸어갔다. 석현이 자연스럽게 레오의 어깨를 팔로 둘러 돌려세웠다.

"경거망동하지 마. 조심해야 할 여자야."

석현이 그녀에 대해 알고 있다는 게 더 가슴이 철렁 내려앉았다.

"누구예요, 저 여자?"

석현이 사람이 없는 곳으로 그를 데려가며 말했다.

"무서운 여자지. 우리 같은 남자들을 손바닥에서 자유자재로 갖고 노는, 악마 같은 존재."

"박 대표 개새끼. 죽여 버리고 싶어."

저런 여자한테 자신을 못 들이대서 안달이던 박태식을 생각하며 레오는 빠드득 이를 갈았다.

"왜? 무슨 일 있어?"

석현이 관심을 두자 레오는 잠깐 망설이다가 초조하게 말을 꺼냈다.

"제 후원자래요, 저 여자가."

"뭐?"

"박 대표가 저 여자한테 절 상납하려고 해요. 거절했더니 1년 전부터 아예 스토킹하더라구요. 이젠 도저히 참을 수가 없어요."

레오는 자신의 치부를 드러내며 얼굴이 붉어졌다. 석현이 박 대표와 사이가 좋지 않게 된 이유도 소속 연예인들의 성상납 문제 때문이었으니 뒤늦게 자신의 처지를 알려온 레오가 측은했다. 레오를 박 대표의 소굴에 넣은 것 때문에 늘 죄책감을 안고 있었으므로.

"그러게 인마, 그때 날 믿고 따라왔으면 이 꼴 안 나잖아."

"큰 기획사 두고 누가 신생 기획사로 가요? 어떻게 될 줄 알구."

"그게 바로 선견지명이야, 자식아. 계약기간 얼마나 남았다고 그랬지?"

"4년이요."

"씨베리아. 길기도 하네."

석현이 은연중에 마네를 따라 했다. 박 대표가 신경 쓰이는 양 레오가 목소리를 죽였다.

"박 대표가 보고 있을 거예요."

"알아. 4년만 더 고생해."

"돌겠네. 그때 되면 저 군대 가야 해요."

"갔다 와."

"갔다 오면 곧 서른이에요."

레오가 계속 툴툴대자 참다못한 석현이 짜증을 냈다.

"내가 너 하는 짓이 괘씸해서 절대 안 받아주려고 했는데 책임감 때문에 콜한 거야."

"그래서 마네 누나, 채라온한테 붙여주고 제 염장 지르신 겁니까?"

"그래, 인마. 어쩔래? 언제까지 제2의 채라온 노릇하며 살 거야? 평생 박 대표랑 있을 것도 아니잖아. 큰Keun에서 안 나오면 신우정한테서도 못 빠져나온다는 걸 알아야지."

누구보다 그 사실을 잘 아는 레오는 간절한 눈빛이 되어 석현을 바라보았다.

"정말 도와주실 거예요?"

"도움 필요하니까 나한테 얘기했을 거 아냐."

"……."

"한 가지만 더 얘기하고 끝낸다. 여자애들 그만 끼고 놀아. 그거 다 소용없는 짓이야. 니 평판만 나빠져. 옆에서 챙겨주는 사람 있을 때 고분고분 따라와. 마지막이야. 이번에도 거절하면 다신 너 안 봐."

진심 어린 석현의 말에 감동한 듯 레오의 눈빛이 눈에 띄게 흔들렸다. 잠시 머뭇대던 레오는 누가 듣기라도 할까 봐 목소리를 낮췄다.

"긴히 상의드릴 말씀 있는데……. 여기선 곤란하고, 오늘 밤에라도 시간 좀 내주세요."

☆ ☆ ☆

사사삭!

1층 벽에 찰싹 달라붙어 탐정처럼 몸을 재빨리 움직인 밀레는 거실 창으로 빼꼼 안을 들여다봤다. 눈알을 휙휙 돌리니 TV가 켜져 있고, 파티에서 돌아온 라온이 소파에 담요를 덮은 채 잠이 든 게 보였다.

깜박깜박.

동그란 두 눈을 몇 번 깜박거리며 슬우가 없는지 확인했다. 하지만 시간이 지나도 거실에 나타나지 않는 걸로 보아 라온 외엔 아무도 없는 듯했다. 그녀는 마음놓고 찰싹 창가에 달라붙었다.

자세히, 좀 더 자세히.

'음. 자는 것도 천사로세.'

자기도 모르게 쓰읍, 입맛을 다신 밀레는 창을 뚫고 들어갈 듯 시선을 집중해 라온을 바라보았다. 크리스마스이브에 친구들과 약속도 안 하고 라온만 기다렸다. 어떻게 하면 크리스마스이브를 무의미하게 보내지 않을까 고민하며.

헌데 라온은 기껏 들어와 쿨쿨 잠만 자고 있는 것이다. 얼마 전에 갤러리 카페로 옮겨서 유통기한 다된 케이크를 갖고 올 수도 없었다. 일부러 사자니 라온이 올지 안 올지도 알 수 없었다. 그래서 선물만 준비했는데 산타복을 입고 들어갈 수도 없으니 어쩐다?

선물도 라온 것만 사면 속 보인다고 할까 봐 식구들과 아울러 슬우 것까지 모조리 사는 바람에 배보다 배꼽이 더 클 지경이었다.

밀레는 현관문 앞에 슬우와 라온 선물을 포개 얌전히 내려놓았다. 식구들 선물은 모두 잠이 든 다음 몰래 머리맡에 일일이 갖다 놓을 생각이었다.

선물을 내려다보며 혼자 흐뭇해하던 밀레는 씩 웃고는 뒷짐을 진 채 사뿐사뿐 걸어 2층으로 올라갔다.

밖에서 무슨 일이 있는지도 모르고 잠을 자던 라온은 추위를 느끼고 얼핏 눈을 떴다.

"으, 추워."

슬우가 덮어주었는지 담요가 있긴 했지만, 거실이라 한기가 들었다. TV는 켜져 있는데 슬우가 보이지 않아 부스스 자리에서 일어났다. 열 손가락을 쫙 펴 기지개를 켜다가 슬우를 찾아보았다.

"형."

복층 침실과 주방, 안방, 작은 방, 드레스룸까지 가보았으나 허탕이었다. 서재 문틈 사이로 불빛이 새어 나오는 걸 보고서야 그곳에 있다는 걸 알아차렸다. 라온의 얼굴에 비로소 안도의 미소가 어렸다.

책을 보고 있는 것 같아 방해될까 봐 발소리를 죽여 거실로 돌아왔다. 크리스마스이브라 이대로 자기에는 왠지 아깝다는 생각이 들었다.

"케이크라도 사올걸."

뒤늦게 후회가 되었지만 그러기엔 이미 시간이 11시를 향해 달리고 있었다.

간식이라도 사올까 하고 작은 방으로 가 점퍼를 챙겨 입었다. 그리고 현관으로 가 문을 열었다.

"어!"

문 앞에 놓인 선물상자 덕에 라온은 깜짝 놀랐다. 두 개의 선물상자를 들고 다시 안으로 들어와 살짝 흔들어보았다.

"누가 갖다놨지? 마네 누난가?"

마네가 벌써 돌아왔나 하고는 선물을 들고 서재로 갔다.

똑똑.

"들어와."

문을 열고 서재로 들어간 라온이 선물상자를 책상 위에 올려놓았다.

"누가 현관 앞에 갖다놨어. 마네 누나 집에 왔나?"

아직 전화를 받지 못했던지라 슬우도 누가 갖다놨는지 의아했다. 상자를 이리저리 살펴보던 그는 포장지에 붙여놓은 카드를 꺼냈다.

—화가 아저씨.

"이게 니 건가 보다."

슬우가 다른 상자를 라온에게 건넸다. 라온이 호기심이 당겨 얼른 카드를 꺼내 읽어보았다.

—라온 오빠.

메리 크리스마스!

크리스마스카드가 그렇듯이 내용은 생각보다 평범했다. 마네가 아닌 밀레가 보냈다는 게 좀 의외였지만.

피식 웃고 난 라온은 무슨 선물일지 궁금해 서둘러 포장지를 뜯었다.

'응?'

포장지를 뜯고 내용물을 보자마자 라온의 온몸이 얼음처럼 굳어버렸다.

"자식, 기특하네. 선물을 다 챙기구."

슬우가 기분이 좋은지 라온을 올려다봤다.

"니 선물은 뭐야? 난 내년 다이어리야. 큼직한 게 꽤 쓸 만하겠는데."

"……."

라온이 대답도 않고 굳어져 있기에 슬우는 뭔가 하고 고개를 빼어 그의 손에 든 선물을 쳐다봤다.

"이게 뭐야?"

그도 언뜻 감이 안 잡혀 라온의 손에서 선물을 빼냈다. 책상 위에 올린 선물을 확인한 순간, 슬우의 입에서 폭소가 터져 나왔다.

"하하하하하하!"

라온은 충격 먹은 듯 멍하니 중얼거렸다.

"얘 진짜 내 안티 맞아."

슬우를 대폭소의 도가니로 몰아넣고, 라온을 충격의 아수라장으로 빠뜨린 그것은 바로…… 쫄쫄이 빨간 내복이었다.

다음 날 아침, 새복이 주방으로 들어오며 세 자매에게 명랑한 목소리로 자랑했다.

"어울리냐?"

식탁에 앉은 세 자매가 동시에 새복에게 고개를 돌렸다.

"헉!"

눈이 튀어나오게 놀란 밀레는 제대로 말도 잇지 못한 채 숨넘어갈 듯이 더듬거렸다.

"어어엄마, 그그그걸 왜 엄마가 쓰고 있어?"

새복이 쓰고 있는 건 새하얀 털모자였다. 모자 위에 방울까지 앙증맞게 달린.

새복은 마냥 기분이 좋아 통통한 몸을 요리조리 흔들며 의자에 와서 앉았다.

"산타 할아버지가 주고 갔지~."

"으아아아아아아!"

갑자기 찢어질 듯 비명을 지르는 밀레 때문에 화들짝 놀란 식구들이었다. 경기를 일으킨 것처럼 자리에서 벌떡 일어난 밀레가 미치기 일보 직전의 언년이 포즈로 팔딱팔딱 뛰며 주방을 나갔다.

"재가 왜 저런다니?"

새복이 좋았던 기분이 싹 사라져 황당하게 중얼거렸다. 샤갈은 먼 산 불구경하듯 국을 뜨며 시큰둥하게 대꾸했다.

"선물 바뀌었구만 뭘."

마네도 밀레가 왜 저러나 숟가락만 입에 물고 있다가 '엥?' 하며 샤갈을 쳐다보았다.

"누구 거랑 바뀌어? 난 속옷 맞던데. 언니도 속옷 아니었어?"

샤갈이 밥을 먹다가 풋 웃음을 터뜨렸다.

"아래층 남자들한테도 선물한 거 아냐?"

"어머나. 그럼 뭐랑 바뀌었다는 거야?"

새복의 의아한 질문에 마네가 기함한 듯 외쳤다.

"엄마도 속옷?"

문밖에서 밀레는 제자리에서 뜀을 뛰듯 폴짝폴짝 뛰었다.

"어떡해, 어떡해, 어떡해?"

당장 아래층으로 내려가 선물이 바뀌었다며 해명하고 싶지만, 창피해서 땅 파고 고개를 처박고 싶었다. 이런 기막힌 일이 다 있을까. 분명히 몇 번이나 확인한 선물이 왜 난데없이 바뀌느냔 말이다.

벙어리 냉가슴 앓듯 자기 머리를 콩콩 때리고 있으려니, 정원에서 귀에 익은 목소리가 청천벽력처럼 들려왔다.

"저기요!"

'히익!'

라온이 틀림없어 밀레는 '아오!' 속으로 괴성을 내지르며 슬금슬금 게걸음으로 난간 쪽으로 갔다. 얼굴도 똑바로 못 쳐다보고 안절부절못하고 있는 그녀를 라온이 심각하게 불렀다.

"잠깐 얘기 좀 할래요?"

왕자님이 친히 독대를 청하니 몸 둘 바를 몰라 밀레는 의금부로 끌려가는 중죄인처럼 어깨를 하향 45도로 기울인 채 아래층으로 내려갔다.

계단 끝에 내려왔을 때 휙 몸을 돌린 라온은 연못으로 향했다. 밀레가 그의 뒤를 세 걸음 정도 떨어져 쫄래쫄래 좇아갔다. 그리고 연못에 다다라 걸음을 멈춘 라온이 그녀를 돌아보았다.

"선물은 고마운데요……."

잔뜩 물기가 묻은 목소리로 선물이 고맙다고 하면서도 그다음 말을 잇지 못하는 라온 때문에 밀레는 그만 심청이처럼 연못에 풍덩 몸을 던지고 싶었다. 굳이 묻지 않더라도 '월드스타에게 여성용 쫄쫄이 빨간 내복을 선물하는 사람은 너밖에 없을 거다' 라고 나무라는 듯했다.

"죄송해요."

라온의 입에서 무슨 말이 나올지 몰라 겁이 난 밀레는 울먹이며 자신의 실수를 고백했다. 신부님 앞에서 고해성사를 하듯이 나름 경건하게.

"제가 실수로요. 엄마 선물이랑 바뀌어 가지구요. 포장지가 똑같아서 헷갈렸어요. 우잉."

쪽팔려서 죽고 싶은 심정이 바로 이런 것이로구나.

너무 속상하고 창피한 나머지 밀레는 그 자리에 폭 주저앉아 울어버리고 말았다.

"엄마 선물……. 아……. 형 말이 맞았구나."

슬우가 아무래도 마네 어머니 선물과 바뀐 것 같다고 했으나, 일단 확인이 필요할 것 같았다. 이 맹랑한 아가씨가 정말 자신을 놀리는 건지 실수로 바뀐 건지 말이다. 그런데 주저앉아 울어버리니 라온의 이마에서 진땀이 확 솟았다. 울리려고 한 건 아닌데.

"저기요, 울지 말구요. 제, 제가 오해했나 봐요. 난 그냥 확인을 좀…….”

그 앞에 같이 쪼그려 앉은 라온은 미안해서 어쩔 줄 몰라 그녀를 달랬다. 라온이 달래니 괜히 더 서러워져 밀레는 입까지 벌리고 큰 소리로 울음을 터뜨렸다.

“우어엉!”

“헉! 저, 저기요. 밀레 씨. 우, 울면 내가 너무 미안하잖아요. 진짜 오해였다니까요.”

“몰라, 몰라, 몰라. 이런 내가 너무 싫어. 으흐흐흑!”

“빨간 내복, 그냥 내가 입을까요?”

생각만 해도 기겁할 일이라 밀레는 울다가 졸도할 듯 비명을 질렀다.

“아악! 안 돼, 안 돼, 안 돼. 오빠 팬들이 날 죽이려들 거예요. 우오오옹!”

그날 저녁, 생방송 연예 프로 인터뷰는 한 카페에서 진행되었다. 여자 리포터가 호들갑을 떨며 라온을 소개했다.

“시청자가 뽑은 크리스마스에 데이트하고 싶은 남자 1위! 부동의 베스트 남자친구 1위! 세계의 여심을 빼앗고 대한민국을 라온앓이로 들끓게 하는 프린스 채라온 씨 나오셨습니다! 안녕하세요, 채라온 씨?”

라온의 출연으로 다른 어느 때보다 흥분한 리포터가 침을 튀기며 소개하자, 라온이 쑥스러운 양 웃으며 고개를 숙였다.

"안녕하세요?"

"이게 웬일입니까? 드디어 크리스마스에 채라온 씨를 모시게 되다니 영광입니다."

"어휴, 제가 더 영광이죠. 불러주셔서 감사합니다."

으레 오가는 인사말이 끝나자 리포터의 본격적인 인터뷰가 시작되었다.

"오늘이 크리스마슨데 선물은 받으셨겠죠, 물론? 특히, 기억나는 선물이 있으시다면?"

쿡 웃던 라온이 장난스럽게 대답했다.

"빨간 내복이요."

"예엣? 전 남성용 빨간 내복이 있다는 걸 오늘 처음 알았습니다. 히트 상품 또 하나 나오나요?"

눈이 휘둥그레진 리포터 때문에 차마 여성용이란 말은 못 하고 라온은 웃음을 참지 못해 애를 먹었다. 종일 그 생각에 웃음이 터져서 밀레의 실수가 귀엽다는 생각마저 들었다. 이전에도 만나기만 하면 사람을 당황하게 하더니 이제야 어떤 성격인지 가늠이 된다. 발랄 엉뚱함이 그녀의 매력이란 걸. 안티도 아니면서 안티인 척한 것도 참으로 발칙했다.

'대체 왜 그런 거지?'

밀레를 생각하다가 리포터의 질문을 제대로 못 들은 라온이 '예?' 하고 되물었다. 리포터가 대본을 슬쩍 보더니 재차 진지하게 질문했다.

"여자친구 있다, 없다?"

"없다."

"여자친구가 생긴다면 제일 하고 싶은 일은?"

"물론, 데이트죠."

"어떤 데이트?"

"음……. 여자친구가 원하는 걸 해주고 싶어요."

"대로변에서 노래와 춤을 보여달라, 가능합니까?"

리포터의 짓궂은 질문에 라온이 피식 웃었다.

"예."

"오! 허그 가능합니까?"

"예."

"키스 가능합니까?"

"아마도."

"와우! 보기보다 적극적이신데요, 채라온 씨. 실제 연애할 때도 그런 편입니까? 여자분을 리드하세요, 아님 따라가는 편이세요?"

생각하는 듯 두 손을 모으고 골똘한 표정을 짓던 라온이 이윽고 대답했다.

"상황에 따라 다를 것 같은데요. 근데 제가 연애 경험이 없어서 솔직히 잘 모르겠어요. 고집이 센 편이라서 제가 리드할 수도 있겠지만, 그래서 더 여자친구한테 맞추려고 노력할 거 같아요."

"예, 아주 솔직하고 현명한 답변이었습니다. 더 솔직히 답변을 해주셔야 할 질문이에요. 여러분, 채라온 씨 이상형 아시죠? 남자 분들 95%가 날씬하고 섹시한 여성을 원할 때, 우리 채라온 씨 특이하게 5% 안에 들죠. 작고 통통하고 귀여운 여성분 좋아하신다고 했는데, 여기서 질문! 최근에 이상형을 본 적이 있다, 없다?"

"……있다."

크리스마스고 해서 일찍 문을 닫고 온 새복과 샤갈, 밀레는 거실에서 라온의 인터뷰를 보는 중이었다.

"작고 통통하고 귀여운 여성분 좋아하신다고 했는데, 여기서 질문! 최근에 이상형을 본 적이 있다, 없다?"

"……있다."

새복과 샤갈이 짠 것마냥 동시에 밀레에게 고개를 돌렸다. 그러고는 작고 통통하고 귀여운(?) 밀레의 몸매를 아래위로 훑었다.

과자를 먹고 있다가 밀레가 당황한 듯 얼버무렸다.

"어휴, 말도 안 돼. 내가 무슨 라온 오빠 이상형이야? 라온 오빠 알면 기, 기분 나쁘겠다. 아하하……."

샤갈이 진땀을 흘리는 밀레를 심드렁하니 쳐다봤다.

"누가 아니래? 그냥 어떤 느낌인가 본 거야. 몸매는 너랑 좀 비슷하겠네. 라온이가 눈이 참 소박해. 저 나이 땐 다들 쭉쭉빵

빵을 더 좋아할 텐데. 안 그래, 엄마?"

새복이 배를 사각사각 씹어 먹으며 샤갈의 의견에 동의했다.

"그러게. 애가 착하니까 여자 보는 눈도 착하네. 보고만 있어도 배가 불러, 라온이는. 어쩜 저렇게 인물도 훤하고 착하고 능력 있고……. 에휴, 우리 밀레도 저런 사위 얻으면 좋으련만."

새복이 동경의 눈초리로 화면에 나온 라온을 바라보자, 밀레는 별안간 배에서 소태맛이 나는 듯했다. 죽었다 깨어나도 저런 사람과 결혼은커녕 연애하기도 힘들겠다는 암울함이 그녀의 어깨를 축 처지게 했다.

"라온아."

인터뷰를 마치고 주차장으로 내려와 차에 막 올랐을 때였다. 이재희의 음성에 움찔 놀란 라온은 차 바깥으로 고개를 돌렸다.

매니저에게 잠시 자리를 비켜달라고 한 이재희가 라온이 있는 차 안으로 성큼 올라탔다. 이재희는 몹시 화가 나 있는 듯 라온을 바라보는 눈길이 싸늘했다.

"집으로 들어와."

이재희가 꺼낸 말은 지극히 강제적인 명령이었다. 어느 정도 예상한 터라 라온은 담담하게 대꾸했다.

"싫어."

"라온아!"

라온이 답답한 듯 그녀를 외면했다. 엄마 얼굴만 봐도 숨이 막히는 것 같았다.

"형이랑 있는 게 편하고 좋아. 형도 조금씩 마음 열어가고 있고……."

"내가 싫어!"

"내가 좋아!"

한 번도 소리를 지른 적이 없던 라온의 호통에 이재희는 흠칫 놀랐다. 이건 잘못돼도 한참 잘못되었다.

"라온이 너…… 너 왜 이렇게 변했니? 이유가 뭐야? 슬우 그 자식이 너한테 뭘 어떻게 했길래 니가 엄마한테 이래!"

"형 때문이 아니야. 엄만 몰라. 내 마음 같은 건 알려고도 하지 않잖아."

"말했잖아. 슬우와의 일은 엄마가 알아서 한다고. 넌 니 일에만 전념해. 무엇 때문에 슬우한테 신경을 써?"

"형이니까."

이재희의 표정이 표독스럽게 변했다.

"형이라고 하지 마. 우리와 인연 끊은 애야."

"그럴 수밖에 없었잖아. 난 그렇게 못 해. 그러고는 살 수가 없어."

"왜! 너한텐 아빠, 엄마가 있어. 근데 왜 굳이 싫다는 애한테 가서 빌붙으려고 해?"

슬우라면 무조건 공격적이 되는 엄마를, 라온은 처연한 눈빛으로 바라보았다.

"25년 동안 엄마 인생 대신 살았어, 나."

"뭐……?"

"어떤 인생을 살더라도 이제부턴 내 인생 살 거야. 엄마 인형처럼 살지 않아. 엄마가 형을 그렇게 만들었잖아. 나도 이렇게 만들어 버렸잖아! 그만해. 그만하라구, 제발."

"널 위해서였어. 널 보호하려구. 난 너 하나 때문에 모든 걸 포기했어. 세상 손가락질도 참았단 말이야. 어떻게…… 내 앞에서 슬우 그 자식 편을 들어? 어떻게 내가 아닌 그 자식과 살 수가 있어! 너한테 어떻게 했는데 날 감쪽같이 속이고 우울증 약을 먹어!"

끔찍해서 참을 수 없는 양 온몸을 부들부들 떠는 엄마를 바라보며 라온은 안타까운 눈물을 삼켰다. 이대로라면 엄마는 물론이고 자신도 정상적으로 살 수 없었다. 피해망상증에 걸린 사람처럼 완벽, 완벽만 바라고 지금까지 달려 온 엄마. 그 무서운 집착과 집요함에 기가 질릴 대로 질려 버린 라온이었다.

"내려. 스케줄 가야 해."

처음 듣는 냉정한 말투에 이재희는 비로소 라온의 마음을 돌이킬 수 없음을 깨달았다. 태어나기 전부터 생명의 위협을 느끼며 고이고이 지켜온 아이였다. 순하고 똑똑해서 자신이 낳은 아이가 맞는지 기적처럼 여기던 아이였다. 남들 흔히 겪는 사춘기도 없었고, 반항 한 번 해보지 않던 그 아이가 스물다섯 청년이 된 지금에서야 자기 인생을 찾겠다고 선언했다.

아이를 지켜내기 위해 인생을 포기한 건 자신이라 생각했건만, 어떻게…… 손에 쥔 유리처럼 애지중지 키운 아이가 엄마의 대리 인생을 살았다고 하는 것인지 그녀는 도무지 이해할 수 없었다.

아들에게 떠밀리듯 차에서 내려선 이재희는 곧 저만치 서서 기다리던 마네와 매니저를 보며 자신의 기막힌 처지에 큰 충격을 받았다. 자신이 슬우에게 밀려났다는 생각이 그녀를 지배했고, 그것은 큰 분노로 가슴에 자리 잡았다.

차가 떠난 후에도 한동안 그 자리에서 움직이지 못하다가 비틀거리며 자신의 차로 걸어갔다. 그리고 차에 올라타고 얼마 안 있어 조수석에 두었던 핸드백 안에서 휴대전화가 울렸다.

떨리는 손으로 휴대전화를 꺼냈다. 모르는 번호. 억지로 마음을 진정시킨 이재희는 태연히 전화를 받았다.

"여보세요?"

〈안녕하세요, 사모님? 저 기억하실지 모르겠어요. '민트' 신우정이에요.〉

"민트? 신우정……."

뒤늦게 그 이름을 기억해 낸 이재희는 심장이 멎을 듯 놀랐다.

붉은 장미차가 담긴 찻잔을 드는 이재희의 손이 눈에 띄게 떨렸다. 맞은편 의자에 앉아 고양이의 털을 길게 쓸어주던 신우정이 흘끗 이재희의 떨리는 손을 보며 빙긋 웃었다.

"9년 됐죠, 벌써?"

"무, 무슨 일로 보자고 했는지 모르겠지만, 그때 일은 꺼내지 말았으면 좋겠군요."

침착하려 애써보지만 마음대로 되지 않아 이재희는 속으로 이를 악물었다. 신우정의 말마따나 9년 전의 일을 들먹이며 갑자기 연락해 온 까닭이 무엇인지 불안했다.

"저도 그러고 싶은데……. 사모님께 드릴 말씀도 있구……."

이재희의 붉게 충혈된 눈이 신우정을 노려보았다.

"뭔가요, 할 얘기가?"

성급한 이재희와 달리 신우정은 시종일관 느긋했다.

"백기환 의원님께서 다음 대선을 준비 중이신 건 알고 있죠?"

"그게 이 일과 무슨 상관이에요?"

"사장님께서 바깥일은 얘기 안 하시나 봐요? 그래도 중요한 일은 사모님과 의논하시는 걸로 알고 있는데."

이재희는 신우정이 자신에 대해 시시콜콜 알고 있다는 느낌에 가슴이 철렁했다. 백기환 의원이라면 남편 채명국이 지지하는 당과는 반대편 당이었고, 그것 때문에 은근히 스트레스를 받고 있음을 잘 알고 있었다. 신우정이 9년 전 일과 함께 백기환 의원을 입에 올릴 땐 들으나 마나 빤한 속셈이었다.

"난 정치에 관해선 몰라요."

"훗. 기업총수 사모님께서 정치를 모르시면 어떡해요? 저 같은 사람도 다방면에 관심이 아주 많은데요. 쓸데없는 얘긴 접어두고 단도직입적으로 말씀드리죠. 백기환 의원님께서 채 사장님 도움이 필요하다 하시네요. 정길상 의원님 정치자금 대는 거 그만두는 게 어떻겠냐 하세요. 자고로 인생이 평탄하려면 줄을 잘 서야 하는데 채 사장님이 사람을 잘못 고른 거 같다며 안타까워하시더라구요."

"그건 내가 결정할 일이……."

"사모님이 못 하는 일이 어디 있으세요? 전처 아들도 죽이라고 시키시는 분인데요."

이재희가 들고 있던 찻잔을 테이블에 탁 내려놓았다. 찻잔 속 찻물이 찰랑 쏟아져 테이블보를 적셨다. 신우정은 흰 테이블보에 핏물처럼 붉게 스며드는 찻물을 조소하듯 바라보았다.

"날 협박하는 거예요?"

"협박이라……. 협상이라고 하는 게 서로를 위해 더 낫지 않을까요? 그때 실패한 것이 두고두고 가슴 아프신 거라면 다시 한 번 정중히 사과드리죠. 우리도 사람이 하는 일이다 보니 가끔 실수도 하고 그런답니다. 그때 병원에서 사경을 헤맬 때 완전히 끝내 버릴 기회가 있었음에도 관두라고 한 거 사모님이셨잖아요. 꼬리가 길면 밟힐까 봐."

"그래서요?"

발끈하는 이재희를 보며 신우정은 얄밉게도 딴청을 피웠다.

하지만 이내 눈동자가 예의 유리알처럼 번뜩이며 살벌한 기운을 내뿜었다.

"그래서 그다음부터 사람을 죽일 땐 절대…… 실수하지 않게 되었답니다. 아드님이 참…… 근사하게 잘 컸더군요. 사모님껜 살과 피 같은 존재 아니던가요? 그렇게 잘 키워서 하루아침에 송장 만드는 거 원치 않으시죠? 일전에 무대 사고는 거기에 비하면 장난에 불과해요."

"……!"

이재희의 안색이 일순 하얗게 질렸다. 말을 듣지 않으면 라온을 언제든 죽일 수 있다는 뜻이 아닌가. 단지, 9년 전에 슬우를 죽이려 했던 일로 협박하는 걸 넘어선 신우정의 괴기스러운 눈빛에 온몸이 바들바들 떨렸다. 사람 목숨을 파리 목숨처럼 여기는 그녀다. 그러니 젊은 나이임에도 불구하고 정 · 재계 사람들을 두루 알고 지내며 비밀스러운 손과 발이 되어주고 있는 게 아니겠는가.

슬우란 존재가 늘 라온에게 옥에 티처럼 달라붙어 눈에 거슬렸던 이재희였다. 슬우만 없다면 더 완벽한 라온이 될 수 있을 거라 생각했다. 우연히 신우정을 알게 된 이재희는 남편도 모르게 은밀히 청부살인을 꾀했고, 신우정이 보낸 청부업자는 슬우를 죽이는 데 실패했다. 아니, 슬우가 운이 좋았다고 해야 할 것이다. 같이 있던 남자는 즉사했으나, 한 달여를 혼수 상태에 빠졌던 슬우는 끝끝내 살아났으므로. 병원에서도 기적이라고 했을 만큼 슬우의 상태는 최악이었다. 그런데 어떻게 살아났는지 그 질긴 목숨에 진저리를 쳤었다.

행여 밖으로 알려질까 철저히 사고를 은폐했던 것도 그녀였다. 슬우가 이슈가 되는 걸 원치 않던 남편도 사고를 조작함으로써 그녀의 의견에 적극 찬성했다. 그렇게 사건은 잊히는가 싶었는데 난데없이 나타난 신우정 때문에 이재희의 인생에 돌연 먹구름이 끼기 시작했다.

"하! 나도 당신처럼 살아남기 위해 내 모든 걸 버리고 그 아이 하나를 택했어. 그런데 뭐? 내 아들을 송장 만들겠다구? 누굴 호구로 알아!"

이재희의 거침없는 반격에 신우정이 고개를 젖히고 깔깔 웃었다.

"역시 사모님다우세요. 그러게 협상이라고 말씀드렸잖아요. 원하는 게 뭔지 말씀해 보시죠. 백기환 의원님께서 대통령만 되신다면, 사장님 사업이야 지금보다 훨씬 승승장구할 테니 그런 시시한 조건 말구요. 생각해 보니 사모님과 전 여러 가지 면에서 통하는 게 많더군요. 우리 같은 사람들은 인생을 단지 즐기며 살진 않죠. 뭔가 자극적이고 아찔한 순간들이 필요해요. 그게 나란 존재를 더욱 부각시켜 주니까."

신우정의 눈빛이 유혹적으로 빛났다. 마치 악마가 인간의 영혼을 빼앗는 순간을 즐기는 듯이 섬뜩하기까지 한 그 눈빛에 이재희는 두려움을 느꼈다.

"허튼 수작 부리면 가만히 안 있어. 당신도 나도…… 같이 지옥에 들어가 보자구, 어디."

비아냥대며 자리에서 벌떡 일어난 이재희는 뒤늦게 벽에 걸린 레오의 사진을 보더니 볼을 실룩거렸다. 신우정과 레오의 사진을 번갈아 보던 이재희의 표정이 가시를 삼킨 듯 께름칙해졌다. 보란 듯이 레오의 사진을 걸어놓은 것도 자신을 자극하기 위한 수단이 아닐까 싶었다.

'교활한 년.'

경멸의 눈으로 노려보던 이재희가 홱 돌아서서 나가 버리자, 신우정이 주머니에서 휴대전화를 꺼냈다. 그러고는 녹음한 걸 확인했다.

이재희와 한 대화 내용을 가만히 듣고 있던 그녀는 문득 벽에 걸린 레오의 커다란 사진을 보며 한탄을 쏟아냈다.

"레오, 말해봐. 저런 여자 정말 재수 없지 않아? 이 세상에 나 같은 여자가 또 존재한다는 건 불행이야. 하지만 넌 나한테 그래선 안 돼. 난 그저 순수한 팬일 뿐이라구. 이런 직업을 가졌다 해서 날 멸시하는 건 아주 나쁜 짓이야."

신우정이 고양이처럼 코를 찡긋했다.

"그 도도함이 날 더 미치게 하지만."

☆ ☆ ☆

"여기가 어디야?"

스케줄을 전부 마치고 사무실 앞에서 라온과 헤어진 후 슬우의 차를 타고 온 곳은 양평의 어느 저택이었다. 앞에는 유유히 강이 흐르고, 카페와 집들이 드문드문 불을 밝히고 있어 꽤 운치가 있었다.

새벽 1시.

약간 지쳐 있던 마네는, 그러나 슬우가 현관문을 열었을 때 우뚝 걸음을 멈출 수밖에 없었다. 입구부터 이어진 장미꽃잎과 작은 글라스에 담긴 촛불 때문이었다. 너무 갑작스러워 말문도 막혀 버렸는지 감탄사조차 낼 수 없었다. 두 손으로 입을 가린 채 바람에 팔랑이는 촛불과 장미꽃잎만 하염없이 바라보았다.

그녀의 등을 밀어 안으로 들어온 슬우는 찰칵 문을 잠갔다. 어안이 벙벙한 그녀의 모습에 그의 입가에도 빙그레 달콤한 미소가 감겼다.

그녀를 번쩍 안아 들고 방으로 갔다.

침대에 하트 모양의 장미꽃잎, 그리고 자작자작 타오르는 벽난로, 곳곳에 켜놓은 글라스 촛불.

처음 그녀를 안았던 곳이 지하작업실이었던 게 내내 마음에 걸렸었다. 비록 크리스마스는 지났지만, 오늘에라도 만회하고 싶었다.

침대에 얌전히 내려놓은 슬우는 그녀 앞에 한쪽 무릎을 꿇고 앉았다. 무릎 위에 놓은 두 손을 꼭 잡고 가만히 그녀를 올려다보았다. 어른거리는 촛불에 두 사람의 얼굴에 검은 음영이 하늘거렸다. 두 사람의 설레는 마음처럼.

마네의 손이 그의 얼굴에 짙게 드리워진 음영을 따라 조금씩 움직였다. 잠시 그녀의 손길을 느끼며 눈을 감았던 슬우는 그녀의 손가락이 입술에 닿자 손바닥에 깊은 입맞춤을 남겼다. 말이 필요 없는 대화. 손끝으로 사랑을 속삭이며 마네는 그의 얼굴을 어루만지고, 슬우는 그녀의 향내를 깊이 들이마신다.

슬우가 그녀의 무릎에 얼굴을 묻었다. 뭉클한 감정이 물밀듯 가슴을 치고 올라와 참을 수가 없었던 탓이다. 마네는 그의 머리칼을 만지작거렸다. 가슴으로 다 담지 못할 만큼 벅차오르는 감정. 이 사람을 빼고는 뭔가 허전한 가슴이 바로 사랑이 아닐까 싶었다. 나쁜 일도 함께하면 기적처럼 좋은 일로 변할 것만 같은 마음. 거창하고 화려한 것만이 사랑이 아니라 작은 일도 함께하고 싶은 소박한 마음이 사실은 진짜 사랑이리라.

스르륵 그녀의 몸을 타고 올라간 슬우로 인해 마네는 앉은 그대로 침대에 털썩 누웠다. 어느덧 그녀를 내려다보며 슬우의 눈빛이 한층 진하게 물들었다.

그녀의 니트티 안으로 손을 밀어 넣어 부드러운 맨살을 쓸어본다. 손바닥으로 온전히 전해져 오는 온기에 척추를 타고 잔잔한 전율이 일었다. 니트를 그녀의 몸에서 거둬내자 봉긋하게 솟은 두 개의 젖가슴을 가린 브래지어가 그를 유혹했다. 그는 브래지어 위로 삐져나온 살 두덩을 입술로 살살 애무했다. 얇은 신음이 그녀의 입술에서 고혹적으로 새어 나왔다.

손을 뒤로 돌려 브래지어를 끌러내고 그녀의 몸에서 완전히 벗겨내었다. 허공에 드러난 젖가슴을 보니 금세 호흡이 흐트러진다. 슬우는 입을 벌려 크게 가슴을 덥석 물었다. 아, 하는 격한 신음. 그 소리에 아뜩해진 그도 혀끝으로 그녀의 유두를 살큼 핥아 올렸다.

머리칼을 파고드는 다섯 손가락. 슬우의 손이 그녀의 바지를 끌어내리고, 발끝까지 벗겨낸 바지가 그녀의 몸에서 떨어져 나갔다. 그의 손가락이 거침없이 그녀의 팬티를 벗겨냈다. 알몸의 그녀를 안고 살내음에 듬뿍 취한다. 코를 그녀의 가슴에 대고 흐음, 깊게 들이마시다가는 짙은 애무로 그녀를 달군다.

그녀의 손이 그의 옷가지들을 하나씩 제거하기 시작한다. 티와 바지, 그리고 팬티까지도.

완벽한 나신이 된 두 사람은 서로를 애절히 부둥켜안으며 서로의 존재를 온몸과 마음에 각인시킨다. 살을 맞대어 비비는 소리가 은밀히 침실을 적시고, 그녀를 침대 끝에서 위로 당겨 올린 슬우는 이내 그녀의 온몸에 입술로 낙인을 찍는다.

마네는 눈을 감고 그의 손길과 입맞춤과 호흡을 기억해 내려 애쓴다. 벌어진 입술에서는 연신 조급증 난 신음이 새어 나와 마음을 어지럽힌다. 그를 안고 싶다. 그리 생각하자 몸 안 깊은 곳이 화염에 싸인 것처럼 뜨겁다. 채 화백. 무의식중에 그를 불렀던가. 그가 고개를 들어 잠시 쳐다보았다.

열에 들뜬 그녀의 얼굴을 본 그의 입가로 연한 미소가 감돌다 사라진다. 마네는 손을 내밀어 그에게 어서 오라 손짓한다. 그녀의 가랑이 사이로 그가 몸을 실으며 그녀를 단단히 붙잡는다. 마네는 두 다리를 들어 그를 맞이했다. 그의 넓은 등을 두 손으로 꽉 붙들고 그의 침입을 경건한 마음으로, 그리고 긴장한 채 기다린다. 그의 몸이 출렁 흔들리며 가랑이 사이로 뜨거운 것이 와서 콱 박히자 전신에 커다란 진동이 느껴진다. 흡, 그녀는 고개를 젖히고 신음을 토해냈다. 절로 벌어진 입술에 끈적끈적한 침이 고인다. 그것을 그가 세차게 빨아들인다. 입술은 젖었고, 두 뺨은 홍조로 물들어 있다. 머리카락을 한 번 쓸어준 그가 또 다시 억세게 그녀를 파고든다. 순간, 마네는 까무러칠 듯이 몸서리를 치며 그에게 매달린다.

격렬한 흔들림과 거친 신음이 섞인 침실 천장엔 수십 개의 촛불이 어지럽게 춤을 추고 있다. 점점 땀에 젖어가는 나신들이 서로를 갈구하며 침실을 뒹군다. 이불 위에 하트 모양으로 수놓아졌던 장미꽃잎이 형체도 없이 뭉개지고 두 사람의 나신에 짓이겨져 붉은 꽃물을 살과 이불에 똑같이 남긴다.

식지 않는 열기가 오래도록 두 사람을 환희의 몸부림 속에 가둬놓는다. 파고들 때마다 꽉꽉 조여 오는 그녀 때문에 슬우는 정신이 아찔할 지경이었다. 도저히 놓을 수 없는 육체의 향연에 흠뻑 빠져 버린 그가 할 수 있는 일이라곤 그녀의 속에 자신을 새겨놓는 것뿐. 매끄러운 피부와 부드러운 곡선이 이루는 여체에 경탄하며 그녀의 그곳을 무수히 탐한다.

그녀의 몸이 수도 없이 들썩이고 비명과 같은 신음을 쏟아내며 시트를 손으로 틀어쥐는 모습이 너무나 사랑스러워 슬우는 주체할 수 없는 욕정을 느꼈다.

그녀를 안아 무릎 위에 앉히고 그녀의 가슴을 짐승처럼 물어뜯는다. 탱탱하게 솟은 유두가 그의 혀끝에서 튀어 오른다. 그의 어깨를 잡은 그녀가 격정을 이기지 못 해 몸을 비틀지만 슬우는 쉽게 놓아주질 않는다. 그녀의 허리를 틀어잡은 채 몇 번이고 거칠게 그녀를 뒤흔들어 놓는다.

격하디격한 섹스는 그 후로도 두 사람의 밤을 뜨겁게 데웠다. 격렬한 섹스가 끝난 후에 슬우는 오랫동안 그녀의 어깨와 입술에 입맞춤하며 가쁜 숨을 조금씩 가라앉혔다. 그런 다음 뒤에서 그녀를 꼭 끌어안았다. 귓바퀴에 숨을 불어넣는 슬우 때문에 마네는 호흡을 가다듬고 있다가 목을 움츠리며 쿡쿡 웃음을 터뜨렸다.

"간지러워."

부드럽게 그녀의 가슴을 손안에 감싸 쥔 슬우는 입술로 그녀의 목덜미를 파고들었다.

"매일 안고 싶다. 매일이 뭐야. 하루에도 몇 번씩 생각나."

"으휴, 밝히고 지랄. 쿡쿡."

"후후후. 욕하면 연달아 하는 수가 있어, 아가씨."

마네가 입술을 삐쭉 들었다 놨다.

"변강쇠 환생? 우후후후."

"몸살나게 해줄까?"

"어머, 진짜? 내일 괜찮으시겠어요, 채 화백님? 다리 후들후들 떨려서 걸음도 못 걷는 거 아냐? 근데 여긴 어디야? 별장인가?"

"별장은 맞구. 내 건 아니구. 이벤트 회사에서 빌렸어. 촛불, 장미꽃잎, 이거 전부 다 이벤트 회사 직원이 꾸며놓은 거야."

슬우는 마네를 더욱 꼭 껴안으며 연달아 귀에 달콤하게 속삭였다.

"마음에 들었나, 욕쟁이?"

"완전."

그렇게 말하며 마네는 흐뭇하게 미소를 지었다. 좀 전 슬우와 나눈 섹스의 잔열이 아직도 남아 온몸에 짜릿한 기운이 퍼져 나갔다.

마네는 따뜻하게 전해지는 그의 피부를 느끼며 눈을 감았다. 사랑이란 참 아름답고 좋은 거구나, 생각하며.

덜컹덜컹.

바람에 창문이 흔들리는 소리. 휘잉, 바람이 창문에 부딪혔다가 허공에 떠도는 소리. 하지만 그녀는 그의 품 안에서 보금자리를 찾은 새처럼 포근했고 행복했다.

어느 순간 움직임이 멈춘 마네 때문에 슬우는 살며시 고개를 들어 그녀의 얼굴을 들여다봤다.

"자?"

그녀의 고른 숨소리. 슬우는 자신의 품 안에서 잠든 그녀를 보자 왠지 가슴이 뭉클해졌다. 뺨으로 흘러내린 그녀의 머리칼을 가만히 귀 뒤로 넘겨주고 그 뺨에 살짝 입맞춤했다.

"잘 자, 욕쟁이."

외로운 시절. 그 어두운 통로를 지나 만난 여자였다. 하지만 말 못할 아픔에 그의 눈가가 젖어들었다.

"으음."

잠결에 뒤척이던 마네가 몸을 돌려 그의 가슴을 끌어안았다. 슬우는 천장을 보고 누워 가슴 위를 가로지른 마네의 팔을 탐스럽게 쓰다듬었다. 그리고 무겁게 감기는 눈꺼풀을 이기지 못하고 서서히 감미로운 잠 속으로 빠져들었다.

열세 개의 별

12월 31일.

연말이 되자 각종 시상식과 쇼 무대로 정신없이 바쁘다가 드디어 마지막 날 모 방송국 가요시상식이 찾아왔다. 올해는 드라마보다 영화에 주력한 편이어서 연기대상에 시상자나 초대가수로 참석하는 경우가 많았고, 가요대상에서만 이미 두 차례나 대상을 거머쥐어 오늘까지 수상한다면 그랜드슬램의 쾌거를 이루게 될 터였다. 때문에 당사자인 라온보다 소속사와 스태프들이 더 긴장한 모습이었다. 마네도 예외는 아니어서 라온의 비주얼 디렉터가 되자마자 트리플 수상을 하게 되는 중요한 시점이었다.

대상 후보 가수들의 환상적인 무대가 이어진 뒤 본격적인 수상이 시작되었고, 모두 긴장한 가운데 마네도 무대 아래에서 석현과 함께 그 모습을 지켜보았다. 지난 3년간 레오 때문에 그랜드슬램을 달성하지 못했던 라온이어서 더욱 긴장되었다.

승세는 항상 2:1로 라온이 우세했지만, 올해는 어떻게 될지 예측하기 어려웠다. 1년 전 스캔들로 레오가 올해 약간 주춤했었다면, 라온은 연기보다 노래 쪽에 무게를 실었던 점을 고려해 승산이 없지도 않았다.

앞서 인기상을 수상한 라온은 언제나처럼 대상에는 그다지 신경 쓰지 않는 듯 시종일관 여유 있는 모습이었다. 하지만 막상 대상 호명이 되자 별 기대를 안 한 듯 매우 놀라워했고 어안이 벙벙한 채 두 번 호명이 되어서야 비로소 무대로 올라갔다. 크리스털로 정교하게 만든 트로피와 무수한 꽃다발 속에 파묻혀서도 도무지 믿기지 않는 듯 말을 잇지 못했다.

한동안 마이크 앞에 나서지도 못하고 고개를 숙인 채 서 있어서 그가 얼마나 만감이 교차하는지 여실히 느낄 수 있었다. 감격적이라기보다는 뭔가 생각이 많은 얼굴이어서 더 사람들의 마음을 찡하게 했다.

겨우 스물다섯의 나이. 이십 년 가까이 연기자로 활동해 왔고, 가수로는 열여덟 살에 데뷔해 7년 만에 그랜드슬램을 이뤘다. 해외에서도 인정받는 그였지만, 국내에서 받는 상은 감회가 남다를 것이었다.

"어……. 감사합니다."

약간 떨리는 음성으로 시작된 소감은 보는 이들로 하여금 눈시울을 붉히게 만들었다. 아직도 소년 같은 얼굴로 순수함이 배어난 말투가 사람들을 감동시켰다. 한편으론 그가 가진 태생의 아픔이 동정으로 작용했을지도 모를 일이었다.

소감은 그리 길지 않았지만, 잠시 중간에 말을 끊었던 라온이 한 마지막 말에 일순 정적이 흘렀다.

"이 세상에서 제일 좋아하는 저의 형에게…… 잘했다고 칭찬받고 싶은데…… 해줄지 모르겠어요. 그 말 한마디면 쉽지 않았던 이 길을 걸어온 게 후회되지 않을 것 같습니다. 형은 제게 정말 고마운 사람입니다. 사랑합니다. ……진심으로."

형에 대한 직접적인 언급이 처음이라 사람들은 모두 뜻밖이라는 표정이었다.

그때 집에서 TV로 그의 소감을 들은 슬우 또한 목이 꾹 메고 눈빛이 촉촉해졌다. 가족관계를 자기 입으로 공개하면 쏟아지는 비난과 후폭풍을 감내해야 할 사람도 자신일 걸 알면서 어쩌자고 시상식장에서 언급한단 말인가.

너무 착하고 순수해서 미련해 보이기까지 하는 라온이 슬우는 그저 안쓰러울 지경이었다.

반면, 연말까지도 회사 일로 바쁜 채 사장 없이 혼자 TV를 시청하던 이재희는 이제 드러내 놓고 슬우를 이야기하는 라온 때문에 참을 수 없는 분노를 느꼈다. 그랜드슬램을 이루기까지 뒷바라지한 자신의 피나는 노력은 안중에도 없이 슬우에게 그 공을 돌려 버리자 서운한 걸 넘어 기가 막혔다. 라온이 저 자리에 있기까지 대체 슬우가 한 게 무엇인가. 어려서부터 그저 경멸하고 무시하고 혐오하기만 하였다.

그런데 왜!

대관절 뭐가 아쉬워서 슬우에게 목을 매는 것인지 이해할 수 없었다.

"고마운 사람이라구?"

이재희는 울분을 못 이겨 쏟아지는 눈물을 참지 못했다.

"어떻게…… 어떻게 나한테……. 난 니 엄마야! 널 낳아준 엄마라구!"

환하게 웃고 있는 라온을 보며 이재희는 분을 참지 못해 어쩔 줄 몰랐다.

"널 빼앗기고는 살 수가 없단 말이야. 넌 내 하나뿐인 아들이야. 내 아들……. 내 아들……."

〈메시지가 도착했습니다.〉

문자 알림 소리에 이재희는 퍼뜩 정신을 차렸다. 축하문자려니 생각하고 확인했다가 그녀의 손이 불안하게 떨리기 시작했다.

〈축하드려요, 사모님. 근데 어쩌죠? 안 좋은 소식도 함께 전하게 돼서.〉

'안 좋은 소식?'

이재희는 불길한 마음에 안색이 파리하게 질렸다.

〈누군가 우리 뒷조사를 한다네요.〉

이재희의 가슴이 철렁 내려앉았다.

'뒷조사라니…… 누가?'

설마 슬우 쪽인가 싶어 통화를 서두르려다 멈칫했다. 신우정이 유리한 협상을 위해 거짓말을 하는 게 아닐까?

하지만 신우정도 뒷조사를 받아 좋을 게 없었다.

신우정뿐 아니라 또 다른 누군가가 자신을 옥죄어 오는 압박감으로 이재희는 자리에 앉아 있지도 못하고 벌떡 일어났다. 그리고 휴대전화를 손에 든 채 거실을 정신 나간 사람처럼 어지럽게 서성였다.

한참을 서성이던 이재희는 신우정의 속셈을 알아보기 위해 전화를 걸었다. 그러고는 한껏 여유를 부리는 척 말했다.

"그런 말로 날 협박할 수 있으리라 생각하다니 어리석군요."

〈뒷조사를 하고 있다는 이가 누군지 안다면 제게 그런 말씀을 못 하실 텐데요.〉

사뭇 증거가 확실하다는 신우정의 말에 이재희는 침착함을 잃고 가슴이 철렁 내려앉았다.

"누, 누구죠, 그 사람이?"

〈사모님도 잘 아는 사람이에요. 김석현 대표예요.〉

김석현이란 말에 이재희는 비틀거리며 소파에 주저앉았다.

"……왜…… 왜 그 사람이……?"

〈모르죠. 채슬우의 부탁을 받았을지.〉

"……!"

〈만약 채슬우 짓이라면 아드님에게 알려지는 건 시간문제예요. 결정은 사모님이 하세요. 아! 아드님의 그랜드슬램, 다시 한 번 축하드려요.〉

"이 자식! 하하하하!"

1년을 마무리하며 마련한 파티에서 석현은 라온이 들어서자마자 번쩍 안아 축하해 주었다. 직원들도 모두 라온을 축하하며 누군가가 터뜨린 샴페인과 폭죽에 기쁨의 함성과 웃음을 나누었다.

석현은 가슴이 벅차오르고 뿌듯하여 와인을 마시면서도 소속사 연예인들과 축하 분위기에 흠뻑 젖어 있는 라온을 대견한 눈으로 바라보았다. 그의 흥분된 모습에 함께 있던 마네가 빙그레 웃었다.

"그렇게 좋으세요?"

"당연하죠. 마네 씨 덕도 커요. 우리에겐 행운이었어요, 마네 씨가."

"아유, 제가 뭘요. 보탬이 되었다니 다행이지만, 칭찬이 너무 과하세요."

"하하. 보탬 정도가 아니었죠. 오늘 베스트 드레서로도 뽑혔잖아요. 솔직히 그건 처음이었으니까 마네 씨가 놀랍다는 거예요. 2년 연속 레오가 탔던 상을 올해 라온이가 탔으니 큰Keun에서는 배가 많이 아플 겁니다."

그 점에 대해서는 마네도 우쭐했다. 모르긴 몰라도 올해 성적이 제일 뒤처졌으니 박 대표가 지금쯤 레오를 닦달하고 있으리라. 계약 때문에 묶여 있는 레오가 조금 안 됐긴 하지만, 그가 선택한 일이니 마네로서도 어쩔 도리가 없었다. 하루속히 계약에서 풀려나기만을 기다릴밖에.

"한동안 좀 바쁘게 생겼어요. 라온이가 슬우 얘길 해버리는 바람에."

마네가 동감한다는 듯 고개를 끄덕였다.

"생각지도 못했어요, 그 자리에서 채 화백 얘길 하리라곤."

"슬우가 걱정입니다. 저 녀석 집에 들어가자마자 또 내쫓기는 건 아닌지 모르겠어요."

그건 마네도 같은 걱정이라 작게 한숨을 내쉬었다.

"전화하기도 겁나요. 히스테리 부릴까 봐."

"으. 저 형제 때문에 피 마르는 사람은 접니다. 슬우는 제가 시킨 거라고 생각할지도 모르거든요."

"무사히 넘어가길 바라야겠네요. 요즘 좀 사람다워졌는데 또 괴팍한 예전으로 돌아가 버리면 곤란해요."

진지한 마네 때문에 오히려 웃음이 터진 석현이었다.

"슬우랑 연애하니까 좋아요?"

유치한 질문이라 생각하면서도 석현은 그녀가 행복해 보여 물었다. 마네가 하얀 이를 드러내며 씩 웃었다.

"괴팍한 반면에 좋은 사람이라는 거 아니까."

쉽게 인정하는 그녀를 보자 석현은 무척 아쉬운 표정이었다.

"인제 와서 고백하는 건데……."

"……."

석현이 슬쩍 몸을 기울여 속삭이듯 말했다.

"제가 한발 늦었어요."

"무슨 소리예요?"

마네가 어리둥절해하자 석현이 짓궂게 실토했다.

"슬우한테 선수를 빼앗겼다구요. 내가 마네 씨한테 마음이 조금…… 있다는 거 눈치채고 경고하더라구요. 자기가 먼저 찜했으니 넘보지 말라구."

"어머. 그런 일이 있었어요? 전 몰랐네요. 기분이 나쁘진 않군요. 능력자이신 두 남자가 저 하나를 두고 모종의 암투가 있었다니."

치즈를 입안에 쏙 넣으며 마네가 눈을 초롱초롱 빛냈다. 깜찍한 남자들 같으니라구.

"슬우가 속 썩이면 얘기해요. 난 무조건 마네 씨 편이에요."

"어유, 그러다가 두 분 우정에 금 가면 어쩌시려구요? 전 그런 여잔 되고 싶지 않아요, 대표님."

마네가 반은 정색하고 반은 농담처럼 이야기하자, 석현이 언변을 늘어놓았다.

"남자에게 있어서 사랑을 양보한다는 건 전부를 포기하는 거나 마찬가지예요. 그런 마네 씰 제가 양보했는데 속을 썩이면 그건 저와의 우정을 깨겠다는 뜻이죠. 그럴 땐 우정을 지키기 위해서라도 가만히 있으면 안 되는 겁니다."

"아하. 그렇게 되나요? 여하튼, 전 든든한 백이 생긴 셈이네요. 제가 욕은 잘해도 주먹은 약해서요. 도움 필요하면 언제든 연락드릴게요. 후후."

두 사람의 염려를 안고 라온이 귀가한 시각은 아침 8시. 밤새 파티하느라 시간 가는 줄도 모르고 있다가 녹초가 되어 작은 방 침대에 기어올라 가자마자 잠이 들어버렸다.

새벽까지 책을 읽다가 잠이 든 슬우도 어렴풋이 라온이 들어오는 소리를 듣고 다시 잠이 들었다가 깨어났을 때가 10시.

아래층으로 내려오니 소파 테이블에 트로피와 꽃바구니 하나가 놓여 있다. 다가가 트로피를 들어 올렸다. 그전에 받은 트로피 두 개도 장식장 안에 나란히 있었는데 마지막에 받은 건 더욱 특별하게 느껴졌다. 말 그대로 그랜드슬램이 아닌가.

트로피를 장식장 안 다른 두 개의 트로피 옆에 나란히 놓아두고 작은 방으로 갔다. 문을 열고 안을 들여다보자 그나마 옷은 갈아입었는지 곰돌이가 그려진 수면바지에 흰 러닝티를 입고 엎드린 채로 라온이 자고 있었다.

슬우가 살며시 문을 닫은 지 다섯 시간이 지난 오후 3시나 되어서야 잠이 깬 라온은 간밤에 마신 술로 머리가 지끈거렸다. 집까지 어떻게 왔는지도 모르겠는데 그제야 자신의 수상 소감이 떠올라 걱정이 태산 같았다. 너무 감정이 격해져 자기도 모르게 형 얘기를 해버린 것이 어떤 파문을 불러일으킬지 잘 알기 때문이다. 그보다 형의 반응이 두려워 방에서 나가기도 고역이었다.

하지만 언제까지 방에 숨어 있을 수만은 없는 일.

방문으로 다가가 소리 나지 않게 문을 열고 고개만 밖으로 빼어 두리번두리번 살폈다. 발끝을 세우고 살금살금 복도를 지나 빼꼼 거실을 내다보니 아니나 다를까, 슬우가 소파에 다리를 꼬고 앉아 책을 보고 있었다.

'으아, 어떡하지?'

아무렇지도 않게 '형' 하며 인사할까? 모른 척 주방으로 가버릴까?

혼자 고민에 빠졌던 라온은 별안간 화장실이 급해져 몸을 돌렸다.

"채라온."

갑작스런 부름에 화들짝 놀란 라온이 다시 몸을 원위치시켰다.

"어?"

가슴이 두 근 반 세 근 반인 라온에게 슬우가 돌아보지도 않은 채 말했다.

"축하한다. 그랜드슬램…… 잘했어."

"형……."

두 개나 받아왔을 때도 축하한다는 말조차 않던 형이었다. 그런데 처음으로 그의 입에서 축하한다는 말을 듣고 라온은 정말 감격했다. 마치 이날을 위해 그리도 열심히 해온 것처럼. 그동안의 고생과 아픔이 눈 녹듯 녹아내리는 듯했다.

신이 난 라온의 목소리가 급격히 튀었다.

"형, 오늘 약속 없지? 내가 마네 누나랑 밀레 씨랑 저녁 초대했거든. 형도 같이 갈래?"

새해 첫날인데 어디로 초대했다는 건지 아리송해 슬우는 책을 보다 말고 고개를 돌렸다. 한껏 상기된 표정으로 라온이 대답을 기다리고 있었다.

"……그래."

긍정적으로 대답하는 슬우 덕분에 라온은 다시 한 번 감동하고 말았다. 다른 때 같았으면 같이 다니는 것을 질색할뿐더러 의논 한마디 없이 마음대로 TV에 나와 둘의 관계를 얘기했다고 불쾌해했을 터였다. 헌데, 그 얘기는 일언반구 없이 청을 들어주니 꿈인지 생시인지 믿을 수가 없었다.

"하룻밤 자고 올 건데 괜찮아?"

"하룻밤?"

"석현이 형이 휴가 줬어. 사흘. 마네 누나는 좋다고 했구. 갤러리 언제까지 쉬어? 형이 허락하면 밀레 씨도 하루 정도는 같이 있다가 와도 되겠는데."

갤러리는 3일까지 휴무였다. 그러니 하루가 아니라 사흘을 내리 함께 있어도 상관없었다. 하지만 조건과 상관없이 슬우는 전적으로 라온의 뜻에 맞춰주기로 했다. 나름 심사숙고해서 결정한 일일 테고, 또한 들뜬 마음에 찬물을 끼얹고 싶은 생각도 없었다.

"몇 시까지 준비하면 돼?"

"4시에 출발하기로 마네 누나랑 약속했어."

둘이 짠 것 같은 느낌이 강해서 슬우는 라온 모르게 피식 웃고는 책을 테이블 위에 내려놓고 자리에서 일어섰다. 그가 돌아서자 라온이 기분이 좋은지 해죽해죽 웃는다.

"그럼 나 먼저 준비한다."

말과 동시에 복도를 뛰어가는 라온을 보다가 슬우도 천천히 드레스룸으로 향했다.

'하룻밤이라……. 마네와 둘이라면 몰라도 꼬마들을 데리고 뭘 하지?'

여전히 그의 머릿속에는 라온이 꼬마 같았다. 먹을 게 생기면 꼭 챙겨놨다가 방문 앞에 놓아주기도 하고, 외국에 나갔다 오면 뭐라도 사서 건네주던 착한 동생. 싫으나 좋으나 부인할 수 없는 핏줄.

슬우는 엄마라는 이름만큼이나 라온이라는 그 이름이 가슴에 새겨진 멍처럼 아팠다.

☆ ☆ ☆

콩닥콩닥. 콩닥콩닥.

슬우가 운전하는 차를 타고 라온과 뒷좌석에 앉은 밀레는 갈비뼈를 뚫고 나올 것처럼 가슴이 계속 뛰어 뻣뻣하게 앉아만 있었다. 앞좌석에 앉은 슬우와 마네는 무슨 할 말이 그리 많은지 화기애애했다.

라온과 눈이라도 마주칠까 봐 창밖만 보고 있자니 목에 담이 결릴 지경이었다. 게다가 라온이 조금이라도 몸을 움직이거나 말을 걸어오면 긴장이 되어 숨도 제대로 쉬지 못했다. 차라리 안티일 때가 더 나았을까? 이건 숫제 고문이었다.

말을 걸어도 대강 얼버무리고 창밖만 내다보는 밀레 때문에 불편하긴 라온도 매한가지였다. 마네가 안티가 아니라고 분명히 얘기했는데 어째서 본체만체하는 걸까?

일전에 마네의 부탁도 있고 하여 나름 고심해서 준비한 자리였다. 헌데 막상 기뻐해야 할 밀레는 줄곧 외면만 하고 있는 것이다.

기대했던 것과는 딴판인 반응에 실망한 라온은 의자에 푹 기댄 채 창밖으로 시선을 주었다. 그러다가는 솔솔 졸음이 쏟아져 검실검실 감기는 눈꺼풀을 주체할 수 없었다.

"……."

"……."

조용해도 너무 조용해 밀레는 슬그머니 곁눈으로 라온을 훔쳐보았다. 꾸벅꾸벅. 졸고 있는 모습조차 가슴이 덜컥 내려앉을 만큼 예뻐서 빠르게 두 눈만 깜박거렸다. 앞좌석에서 슬우와 마네가 하하, 호호 웃느라 시끄럽기에 깜박이던 눈을 부릅떠 조용하라고 소리쳐 주고 싶었다.

프린스가 자고 있잖아! 수다쟁이들.

하지만 감히 불만을 토해내지도 못하고 흐뭇하게 라온의 자는 모습을 지켜보았다.

'어쩜 이리도 자는 모습이 천사 같을까?'

만져 보고 싶도록 뽀얀 피부하며, 과하지도 덜하지도 않게 잘 빚어진 눈, 코, 입하며, 쌔근쌔근 숨소리마저 예술이다. 의자에 늘어뜨린 기다란 손가락을 보자 밀레는 자기도 모르게 꼴깍 침을 삼켰다.

'잡아보고 싶다!'

불타는 욕망(?)에 얼굴이 발그름하게 달아올랐다. 저 손만 잡아도 세상을 다 얻은 듯 기분이 날아가리라만. 검지와 중지를 세워 걷듯이 그의 손으로 접근해 가던 밀레는 닿을락 말락 하는 거리에서 심장이 와달달 떨려 더 이상 접근하지 못했다.

그런데.

'어어어어어!'

차가 크게 회전하는지 넋 놓고 있다가 몸이 점점 옆으로 쏠리더니만 역시 비스듬히 기울어지는 라온에게로 털썩 기대졌다.

"아이쿠!"

밀레가 짧은 비명을 질렀고, 그 바람에 놀라 깬 라온과 눈이 딱 마주쳤다. 화끈. 얼굴이 새빨갛게 달아오른 밀레가 어버버,

옹알이하며 몸을 똑바로 일으키려 하였으나, 이번엔 바닥이 울퉁불퉁한 길인지 몸이 제멋대로 펄쩍펄쩍 뛰어올랐다. 중심을 못 잡고 휘청대는 밀레를 라온이 황급히 붙잡았다.

뒤로 돌아본 마네가 큰 소리로 주의를 주었다.

"잘 잡아. 비포장이야."

그러고는 또다시 운전 중인 슬우에게 집중했다. 뒤에서 무슨 일이 벌어지는지 상관 않겠다는 듯이.

밀레는 라온의 팔에 붙잡힌 채 개구리처럼 폴짝대는 몸을 간신히 추슬렀다.

쿵!

"으악!"

크게 뛰어올랐던 밀레가 또다시 라온의 품으로 떨어졌다. 라온도 엉겁결에 밀레를 붙잡긴 했지만, 가슴팍에 느껴지는 그녀의 체감으로 인해 꽝 얼어붙고 말았다.

'안, 겼, 다!'

"죄죄죄송……."

얼굴이 빨개져 말을 더듬는 밀레를 보자 라온은 이제야 조금 알 것 같았다.

'부끄러워하고 있어.'

허둥지둥 몸을 세워 문 쪽으로 바짝 붙어 앉아 창문 위에 달린 손잡이에 매달리다시피 한 밀레의 모습에 이상스레 마음이 설레었다.

'쿡, 귀여워.'

입술을 비집고 나오는 웃음에 큼, 헛기침하고는 고개를 돌려 창밖을 내다보았다. 강 위로 비치는 태양 빛이 몹시도 스산해 보이는 겨울이었지만, 그의 마음속엔 따뜻한 행복감이 스며들었다. 부신 햇빛에 살짝 미간을 찌푸리고 하늘을 올려다봤다.

이런 편안함, 참 오랜만이다.

강줄기를 따라 날아가는 철새 떼. 그리고 그 끝에 카페식 별장이 한 채 외따로 있었다.

라온이 특별히 예약해 놓은 그곳은 이전 슬우가 예약했던 별장과 그리 멀지 않은 곳이어서 앞좌석에 앉은 두 사람을 내심 놀라게 했다. 이런 걸 두고 이심전심이라 하는 거려니.

슬우와 마네가 서로 눈을 맞추며 의미심장하게 웃을 때, 뒤에 앉은 라온과 밀레는 뚝 떨어져 앉은 채 이 복잡 미묘한 감정을 어떻게 다스려야 할지 각자 깊은 고민에 빠져 있었다.

1층이 카페, 2층이 별장으로 된 집은 지은 지 얼마 되지 않은 듯 대단히 깨끗하고 운치가 있었다. 1층 마당만 나와도 저 아래 흐르는 강물의 경치가 매우 아름답고 고즈넉해서 네 사람은 금세 마음을 빼앗겼다.

2층엔 방이 세 개였는데, 거실이 방 두 개를 합쳐 놓은 것만큼 넓었다. 밀레가 다다다 뛰어 2층 발코니로 나가자 해거름이 깔리는 강 풍경이 실로 경탄을 자아냈다.

"여길 통째로 빌렸단 말이야?"

밀레를 따라 모두 발코니로 나왔을 때 마네는 팔짱을 끼며 대견하다는 듯이 라온에게 말을 건넸다.

"맘에 드세요?"

"역시 프린스라 다르긴 다르구나. 난 그냥 펜션이나 호텔일 줄 알았어."

마네가 붕 띄워주자 라온이 쑥스러운 듯 웃었다.

"시간이 더 있었으면 해외여행 가고 싶었는데 아쉽네요."

"그건 나중에 기회되면 가자. 하루 정도 묵기엔 여기도 조용하니 좋은데 뭘."

저녁은 1층 발코니에서 바비큐로 식사했다. 해가 금방 기울어 불을 환하게 켜놓고, 추위에 손도 녹여가며 두툼하게 썬 쇠고기를 그릴 위에 올렸다.

고기를 굽는 일은 라온이 맡았다. 월드스타라도 여기선 슬우의 동생일 뿐인 것이다. 그렇다고 밀레를 시킬 순 없는 노릇 아닌가. 밀레도 집에서야 막둥이지만, 지금은 엄연한 초대 손님이었다.

월드스타 채라온에게 초대를 받다니 가문에 길이길이 남을 일이라 밀레는 그의 옆에서 시중을 들면서도 황홀 지경이었다. 라온은 옆에서 도와주는 밀레에게 미안해 그냥 놔두라고 했지만, 밀레는 그의 곁에서 도와주는 게 더 좋았다.

슬우와 마네는 동생들이 굽는 고기를 서로 먹여주느라 바빴다.

마네가 슬우를 툭 치며 고기 굽기 삼매경에 빠진 라온을 눈짓으로 가리켰다. 쌈을 싸고 있던 슬우는 무슨 말인지 알아듣고 절레절레 고개를 저었다. 남자끼리 무슨 쌈을 싸서 먹여주라는 건지! 생각만 해도 닭살이라 강경하게 거부의 눈짓을 보냈다.

불만스럽게 입술을 삐죽한 마네가 이번엔 밀레를 쏘아보았다. 라온 옆에서 버섯과 양파를 뒤집고 있다가 강한 눈길을 느끼고 밀레가 고개를 들었다. 마네는 손짓으로 쌈을 싸서 주라 했지만, 눈이 뎅그래진 밀레 역시 절대 그런 짓은 못한다는 듯 부지런히 집게만 놀렸다.

답답해진 마네는 주먹으로 가슴 치는 시늉을 하다가 직접 쌈을 싸 라온에게 가져갔다.

"라온아, 굽지만 말고 좀 먹어가면서 해. 자, 아!"

라온이 입을 아, 벌려 마네가 싸준 쌈을 받아먹었고, 슬우와 밀레는 부러운 눈길로 바라보기만 했다. 슬우 옆으로 돌아온 마네는 또 하나를 척척 싸더니 자기 차례인 줄 알고 입을 벌리던 슬우를 지나쳐 밀레에게 가져갔다.

"힘들면 말해. 교대해 줄게."

밀레가 쌈을 받아먹으며 라온의 눈치를 봤다. 매캐한 연기를 피해 라온이 밀레 쪽으로 고개를 기울이며 대꾸했다.

"아니에요. 전 굽는 게 더 재밌어요."

"그럼 구우면서 먹어. 밀레야, 오빠랑 같이 먹어. 쇠고기는 너무 익으면 맛없어."

마네가 다시 자리로 돌아가자 밀레는 젓가락으로 슬그머니

익은 고기 하나를 집어 들었다.

'줄까? 아이 참, 이걸 어떻게 먹여줘?'

"제가 구울 테니까 밀레 씬 어서 먹어요."

라온의 말에 밀레는 젓가락으로 집었던 고기를 날름 입안에 넣었다. 입안에서 사르르 녹는 고기 맛이 일품이었다.

식탁에서는 슬우가 삐쳤는지 말도 없이 묵묵히 고기만 집어 먹었다. 영문을 모르는 마네는 왜 갑자기 말이 없어졌는지 의아해 멀뚱멀뚱 쳐다보았다.

"왜 그래?"

마네의 물음에도 슬우는 입이 쭉 나와 고기만 아구아구 먹는다. 마네가 상체를 숙여 슬우의 뚱한 얼굴을 들여다봤다.

"왜?"

기름으로 번들거리는 마네의 입술을 보자 슬우는 가슴이 확 달아올랐다. 어떻게 보기만 해도 그게 서는 걸까. 이젠 하다 하다 라온에게 쌈 싸주는 것까지 질투가 나면서 못 견디게 그녀가 안고 싶어 온몸이 근질거렸다.

불현듯 뜨거워진 그의 눈빛에 마네는 눈이 조금 커졌다가 윽박지르듯이 째려보았다.

'미쳤어. 애들도 있는데.'

'꼬마들이랑 같이 오는 게 아니었어.'

'뭐? 그럼 둘만 보냈어야 한단 거야? 라온인 남자 아닌가.'

'라온이가 밀레를 여자로 봐야 가능한 얘기지. 라온일 겪어

보고도 몰라? 밀레를 여자로 좋아한다 해도 절대 못 건드릴걸.'

'하. 그건 당신 생각이구. 난, 남자는 남자다, 라고 생각하는 사람이야.'

'난, 남자도 남자 나름이다, 라고 생각해. 그보다 난 니가 너무 급해.'

'안 된다니까. 영 못 견디겠으면 라온이랑 교대나 해주시지.'

'한 시간만 드라이브하고 오자.'

슬우가 조르는 표정인데도 마네는 못 들은 척 라온과 밀레 쪽으로 쏙 달아났다.

"라온아, 누나가 할게. 니들은 어서 먹어."

"어, 괜찮은데."

"아냐, 아냐. 얼른 가서 먹어. 채 화백, 나 좀 도와줘."

성난 코뿔소처럼 콧김을 씩씩대던 슬우가 꼼짝없이 마네의 옆으로 불려 갔다. 두 사람에게 밀려난 라온과 밀레는 이제 반대로 테이블로 가 앉았다.

"드세요."

라온이 고기접시를 밀레 앞으로 밀어놔 주었고, 밀레가 얼른 고개를 숙였다.

"잘 먹겠습니다."

하지만 동시에 같은 고기를 집은 두 사람. 놀라 굳어버린 밀레는 자기도 모르게 고기를 집어 그의 앞으로 쑥 내밀었다.

"드, 드세요."

'헛!'

차마 먹여줄 줄 몰랐던 라온은 약 3초간 정지했다가 어정쩡하게 입을 벌렸다.

'으악! 내가 무슨 짓을 한 거야?'

고기를 받아먹는 라온 때문에 밀레의 손이 달달 떨렸다.

'미쳤어, 미쳤어, 미쳤어. 나, 프린스한테 고기 먹인 여자야.'

너무 감격스러운 나머지 허공에 젓가락을 든 채 오물오물 씹는 라온의 얼굴만 빤히 응시했다. 그녀의 시선에 민망해진 라온이 어설피 웃으며 말했다.

"맛…… 있네요."

"……."

팔을 쭉 뻗은 채 동상이 된 듯 움직임이 없는 밀레 때문에 라온은 맛있다는 말 말고 뭔가 해야 할 일이 있을 것 같았다. 잠깐 생각하다가 고기를 집어 그녀에게 내밀었다. 그러고는 멍해진 그녀에게 어서 먹으라고 눈짓했다. 자동으로 벌어지는 그녀의 입속에 고기를 넣어준 라온이 흐뭇하게 웃었다.

'아……. 먹기 아깝다.'

달짝지근한 육즙이 배어 나오는 고기를 씹어 먹으며 밀레는 이토록 황홀한 날은 없을 거란 생각에 눈물이 핑 돌았다.

강의 물살이 흐르는 소리보다, 아니, 강물이 흐르는 속도보다 차 안의 두 사람이 서로에게 취한 시간이 더욱 빠르고 또 격렬했다.

저녁 식사가 끝날 무렵, 도저히 참지 못한 슬우는 마네의 손을 잡아 그 자리를 떠버렸다. 그러고는 곧장 차에 태워 강가로 내려온 것이다. 인적도 드문 그곳에서 그는 다급히 그녀를 안았는데, 그의 거친 모습에 마네도 매료되어 버렸는지 별장에서 부리던 앙탈 한 번 없이 기꺼이 그를 마주 안아주었다.

덕분에 슬우는 달콤하고 짜릿한 기분을 만끽할 수 있었다. 정말이지 자신을 너무나 잘 아는 그녀였다. 바지를 무릎까지 내리고 그녀를 앉힌 뒤 점액질로 미끄덩해진 그것을 그녀 안으로 깊숙이 밀어 넣었다. 흐읍, 호흡이 흐트러지며 아찔한 감각이 신경 세포들을 하나씩 일깨우기 시작했다. 터질 것 같은 감각들이 일제히 소란을 피우며 그를 거세게 몰아쳤다. 하아, 하아. 뜨거운 입김을 쏟아내는 그녀의 입술에 진득한 키스 자국을 남기는 그 순간에도 슬우는 그녀가 멈추는 것을 허락지 않았다.

은밀한 살의 마찰이 차 안을 가득 메웠다. 티 안으로 손을 밀어 넣어 브래지어 끈을 풀고 출렁이는 그녀의 가슴을 손으로 움켜쥐었다. 뒤로 젖혀지는 그녀의 가는 목덜미를 이로 질끈 깨물고 한껏 부풀어 오른 자신의 그것을 더욱 깊숙한 곳에다 찔러 넣었다.

"아흣!"

부르르 경련을 일으키는 그녀의 입속에 혀를 밀어 넣고 흠씬 빨아들였다. 눅진한 혀끝을 돌돌 말아 그녀의 혀를 유희하며 한층 뜨거워진 입술로 속삭였다.

"사랑해, 마네야."

그녀의 달뜬 눈빛이 그를 지그시 내려다봤다.

이 남자, 어쩌면 좋을까? 너무 좋잖아. 사랑스럽잖아. 미치겠잖아.

인생에서 과연 환희의 순간이 몇 번이나 찾아올까?

사랑에 빠졌을 때만큼 강한 환희는 없으리라.

"내 인생에서 최고의 순간이 언제인지 알아?"

마네의 흥분된 음성에 슬우의 입가로 따스한 미소가 감돌았다.

"언제지?"

"당신을 사랑하게 된 순간이야."

마네는 그 순간 그를 평생토록 사랑하게 되리라는 강한 예감에 휩싸였다. 그가 외로운 사람이어서가 아니라, 그가 채슬우라는 남자이기에 사랑한다. 그가 채라온의 형이어서가 아니라, 자신을 사랑하는 남자이기에 또한 온 마음으로 사랑한다.

마네는 가만히 그의 이마에 자신의 이마를 갖다 대었다. 따뜻한 미열이 느껴지는 이마와 이마가 맞닿아 두 사람의 가슴속에 오롯이 서로가 가득 들어찼다. 더 많은 자리, 더 많은 사랑으로.

☆ ☆ ☆

"어딜 가서 안 오지?"

바람 쐬러 갔다 온다더니 한참이나 시간이 지나도 돌아오지 않는 슬우와 마네 때문에 라온과 단둘이 있는 자리가 좌불안석이 된 밀레였다. 이미 식탁도 치웠고, 거실에서 커피를 마시던 중이라 커피까지 다 마셔 버리자 정말 할 일이 없었다.

라온은 소파에 앉아 TV를 보고 있었지만, 집중하는 것 같진 않았다. 실은 그도 밀레와 뭘 해야 좋은 추억이 될지 고민에 빠져 있었다. 크리스마스 선물이 고마워 보답하고 싶었으나, 막상 둘이 되자 무슨 말을 해야 할지 조심스러웠다. 마네 말처럼 밀레가 안티가 아니라 부끄러워한다는 걸 안 후로는 덩달아 쑥스러워졌다. 그렇다고 따로따로 있기도 난감해서 같이 앉아 TV를 보는 척하지만, 당최 화면이 눈에 들어올 리 만무했다.

"우리도 산책할래요?"

"그럴까요?"

차라리 그편이 낫겠다 싶어 밀레는 냉큼 대답했다.

겉옷을 챙겨 입고 밖으로 나온 두 사람은 길을 따라 걷기 시작했다. 밤이 되자 날씨는 더욱 차가워져서 저절로 이가 딱딱 부딪혔다. 찬바람에 볼이 떨어져 나갈 지경이라 밀레는 잔뜩 몸을 움츠리고 걸었다.

발밑이 어두워 종종걸음을 걷는 밀레 때문에 라온은 행여 돌부리에 걸려 넘어지기라도 할까 봐 휴대전화를 꺼내 라이트로 발밑을 비춰주었다. 그러니 한결 걷기가 수월해진 밀레는 처음으로 편하게 그를 향해 웃었다.

그녀의 미소에 라온도 그만 마음이 풀어져 짓궂은 질문을 했다.

"왜 안티라고 거짓말했어요?"

"예?"

"마네 누나가 그러던데. 안티 아니라구."

밀레는 삐질 진땀이 났지만 애써 아하하 웃었다. 처음엔 틀림없이 묻지도 말고 따지지도 말고 채라온 안티가 맞긴 했다. 하지만, 본격적으로 그의 매력에 퐁당 빠져 버린 것 역시 언제라고 딱히 말하기가 애매했다.

"나랑 있는 거 많이 부끄러워요?"

"에에?"

단지 부끄럽냐고 물었을 뿐인데 밀레의 얼굴이 바비큐 숯불보다 더 새빨개졌다. 비록 어둠에 묻혀 표시는 안 났지만.

"나 좋아해요?"

"아니거든요!"

헉!

정곡을 찔려 부인한다는 게 그만 너무 큰 소리를 질러 버렸다. 깜짝 놀란 라온의 얼굴이 어둠 속에서도 고스란히 보일 정도라 밀레는 합, 입을 다물고 말았다.

왜 난 하는 말마다 상처만 주는 것일까?

밀레는 속이 상해 눈물이 날 지경이었다.

"그럼 안 좋아해요?"

어랑? 전혀 상처받은 얼굴이 아니네.

상처는커녕 왠지 놀리는 듯한 눈빛이며 말투다. 순간, 아리송해진 밀레는 고개를 요리조리 갸웃거렸다.

그 모습이 귀여워 쿡쿡 웃고 만 라온이 도저히 참지 못하고 크게 웃어 젖혔다.

"하하하하!"

"어……. 왜, 왜 웃어요?"

"밀레 씨 되게 귀엽다."

내가 방금 들은 소리가 어느 나라 방언인가, 하는 얼굴로 밀레는 뜨악하게 그를 쳐다보았다.

"난 밀레 씨가 참 좋아."

밀레는 이건 환청이라며 잡귀야, 물러가라 하듯이 손으로 양쪽 귀를 탈탈 털었다. 별 반응 없이 걸어가는 밀레 때문에 라온은 '어?' 하며 성큼성큼 따라갔다.

"내 말 안 믿어요?"

허리를 숙여 밀레의 얼굴에 대고 묻는 바람에 걸어가다가 밀레는 걸음을 우뚝 멈췄다.

이렇게 얼굴을 가까이 들이대면 심장마비 걸리는 수가 있단 말이닷!

"놀리는 거죠?"

밀레가 울먹거렸다. 그런 말은 채라온에게 들으면 안 되는 거였다. 그는 만인의 연인이니까. 혼자서는 절대 차지할 수 없는 사람이니까. 그 사실이 너무 슬프다는 걸 그는 알까? 게다가 화가 아저씨와 언니가 사귀는 마당에 괜한 헛바람만 드는 꼴 날까 봐 밀레는 금방이라도 울 것처럼 얼굴을 찡그렸다.

"놀리는 것처럼 들리는구나. 아닌데."

라온은 서글픈 표정으로 중얼거렸다. 하긴, 모두가 선망하는 채라온이 여자에게 좋다는 말을 한다는 게 어떤 의미일지 그는 너무나도 잘 알고 있었다. 이전 같으면 정말 좋아하는 여자가 생겨도 차라리 혼자 마음에 묻어두고 말았을 그였지만, 지금은 자신이 좋아하는 사람들과 원하는 일을 하며 살고 싶은 마음이 강해 밀레에게도 좀 더 편하게 대하는 것인지 모른다. 이렇게 가까이 있는 사람들부터 마음에 담고 좋아해 주고 스스럼없이 만나고 싶었다.

하지만 밀레조차 놀리는 말로 들으니 마음이 허했다. 진심이 통하지 않는 허상의 세계 속에 살고 있는 것처럼.

그때 저 멀리서 자동차 불빛이 보였다. 라온이 급히 밀레를 돌아보았다.

"형이랑 누나가 돌아오나 봐요. 우리도 그만 들어가죠. 춥다."

"……."

라온이 먼저 몸을 돌렸다. 점점 멀어지는 그를 바라보며 밀레는 왠지 모르게 가슴이 시려 왔다.

달려가 나도 오빠가 좋아요, 라고 말할까? 정말, 정말 좋아해요, 솔직하게 고백할까?

그렇게 말하고 나면 절대 그를 벗어날 수 없을 것이다.

'그를 속박하고, 그를 좋아하는 팬들에게도 폭풍 질투를 느끼며 그를 괴롭히려 들겠지. 난 언니들처럼 쿨하지 못하니까. 사랑이 어떻게 공유가 가능해?'

밀레가 갈등하는 사이 라온은 더욱 멀어졌고, 자동차 불빛은 점점 더 가까워졌다.

예술가는 하늘이 내린다.

맞는 말이었다. 그런 점에서 라온도 엄연한 예술가였다. 감히 손닿지 못할 곳에서 사는 사람. 밀레에게 그는 '감히' 에 속하는 멀고도 먼 사람이었다.

마네 때문에 그를 알게 되었고, 이렇게 하룻밤을 별장에서 지내는 행운도 얻었지만, 그뿐이라고 생각했다. 행운일 뿐, 그 이상도 그 이하도 아니라고.

하지만 그와 별장 산책로에서 있었던 일로 밤이 깊도록 잠을 이룰 수 없었다. 슬우와 마네는 드라이브까지 실컷 즐기고도 아래층에서 오붓한 시간을 보내고 있는데, 라온과 밀레는 각자 방에 틀어박힌 지 한 시간이 지났다. 조금 가까워질라 치면 어김없이 멀어져 버리는 두 사람이었다.

우울하게 침대에서 일어난 밀레는 답답한 마음에 방을 나왔다. 그리고 2층 발코니로 나갔다.

문을 열자 찬바람이 확 달려들어 움찔 몸을 움츠렸다. 하지만 그보다 더 놀란 건 그곳에 라온이 있어서였다. 문소리를 듣고 난간에 기대 있던 라온이 돌아보았던 것이다.

다시 들어가기도 멋쩍어 밀레는 문을 닫고 그의 곁으로 다가갔다. 달빛이 비친 강물은 또 색달라서 아주 잠시나마 추위도

잊을 만큼 교교한 빛이 아름다웠다.

"안 추워요?"

겉옷도 입지 않고 나온 밀레 때문에 라온이 걱정스럽게 물었다.

"조금."

라온은 두말없이 겉옷을 벗어 그녀의 몸에 걸쳐 주었다. 뜨끈뜨끈한 겉옷 덕택에 추위는 가셨지만, 밀레의 가슴은 그보다 훨씬 더 뜨겁게 데워졌다. 어김없이 콩닥거리기 시작하는 가슴을 주체하지 못해 애꿎은 달만 하염없이 올려다보았다. 그런 자신이 서럽게도 느껴져 울적했다. 마치 이루지 못할 사랑을 앓는 비련의 주인공이 된 기분이랄까.

"저 때문에 기분 나쁘시죠?"

"왜 그렇게 생각해요?"

"자꾸 상처 주는 말만 하니까……."

라온이 난간에 두 팔로 기대서 있다가 몸을 틀어 한쪽 팔로만 의지한 채 비스듬히 그녀를 바라보았다. 그의 시선을 느끼고 밀레는 힐끗 쳐다봤다가 재빨리 시선을 딴 데로 돌렸다.

"알고 있었구나. 나한테 상처 주는 거."

그리 또 말하니 할 말이 없어진 밀레는 멋쩍게 강물만 바라봤다. 내가 하는 일이 그렇지, 하는 얼굴로.

"미안해요. 상처를 주려고 그런 게 아니라요."

"아니면?"

"오빠가 마음이 여린 거죠. 상처 안 받으면 될걸."

"그런 말이 어디 있어요? 개구리한테 돌 던져 놓고 맞아 죽으면 돌 안 맞으면 안 죽을 걸 하는 거랑 뭐가 달라?"

라온이 투덜대자 밀레가 머쓱하게 그를 쳐다봤다.

"오빠가 개구리는 아니잖아요."

개구리 왕자라면 몰라도.

분명히 어불성설인데 화가 나기보다 웃음이 먼저 터진 라온이었다.

"누가 개구리래요? 예를 들면 그렇다는 거지. 하여간 엉뚱하다니까."

"핏. 암튼 제 말에 상처받지 말라구요."

"예쁜 말만 골라서 하면 되겠네."

"예쁜 말이요?"

라온이 말하는 예쁜 말이 뭘까 골똘히 생각하며 밀레는 하늘에 휘영청 뜬 달을 올려다봤다.

달님은 아시오? 알면 말 좀 해주시구려. 이 불민한 것은 당최 모르겠소.

해답은 달님이 아닌 라온이 내려주었다.

"안티니 싫어하니 그런 말 말고 오빠가 좋다, 멋있다. 딴 사람들은 그런 말도 잘하더라."

어랍쇼. 이제 봤더니 넉살도 좋네, 우리 왕자님!

그 모습에 또 가슴이 콩닥콩닥 뛰어 밀레는 모른 체 그를 외면했다.

그런데.

"우리 친구 할래요?"

뭣이라고라고라고라!

화들짝 놀란 밀레가 고개를 홱 돌리고 경기하듯이 되물었다.

"예에? 치치친구요?"

"어릴 때부터 연예인생활을 해서 친구가 없어요. 있긴 있어도 뭐랄까. 마음을 터놓을 만한 친구는 없어요."

일인자는 외로운 법!

"밀레 씨가 내 친구 좀 되어줄래요?"

친구라는 의미가 이처럼 난해할 수가 있다니! 여자친구가 아니라 그냥 친구란 뜻 맞지?

허나, 프린스 채라온과 친구가 된다는 게 가능한 일이야?

"친구…… 좋죠."

"별로 안 좋은 얼굴인데?"

"아하하. 안 좋을 리가요. 왕자님과 친구라니 가문의 영광인 걸요."

승낙의 뜻으로 알아듣고 라온이 그녀의 어깨에 손을 턱 올렸다.

"그럼 말 놔."

"엥? 마, 말을 놓으랍시면…… 놔야죠. 우하하하!"

바람은 뼛속까지 차건만 이마로는 삐질삐질 진땀이 흐르는 밀레였다. 왕자님이 그랜드슬램을 달성하더니 너무 기분이 업그레이드된 거 아닐까 싶었다. 게다가 손으로 어깨를 잡고 있으니 온

몸이 노글노글 녹아드는 듯 기운이 없어진다. 하지만 전신이 튼튼한 살들로 무장된 그녀이기에 끝까지 중심을 잃지 않았다.

톡.

라온이 그녀의 뺨을 손끝으로 장난스레 치기 전까지지는.

'엄마야…….'

스르륵 거짓말처럼 다리 힘이 풀리며 밀레는 휘청 주저앉을 뻔했다. 재빨리 그녀를 붙잡은 라온이 걱정이 가득한 눈빛으로 물었다.

"괜찮아?"

괜찮을 리가 없잖아. 그냥 친구라고 하길 잘했어. 여자친구하자 그랬으면 나, 심장마비로 실려 갔을지도 모르걸랑.

"밀레야?"

미미밀레야?

밀레의 눈이 달님만큼이나 동그래졌다. '씨'를 씨 뱉어내듯 빼버리고 '밀레야' 하고 다정하게 부르니 심장이 몸 안에서 사라져 버리는 듯한 착각이 일었다.

이건 꿈이야.

그녀는 정녕 그렇다고 생각했다.

아, 이런 남자랑 연애해 보면 소원이 없겠다.

감히 그런 소망도 품어보았다. 좀 전까지만 해도 감히 올려다보지 못할 나무였건만, 지금은 도끼로 쾅쾅 베어버리고 싶은 욕망이 그녀의 가슴에 스멀스멀 피어올랐다.

"애들 자나? 왜 이렇게 조용하지?"

1층 카페 소파에 앉아 도란도란 이야기꽃을 피우던 슬우와 마네는 2층이 너무 조용해 똑같이 고개를 돌렸다.

"너무 우리끼리만 놀았나? 이런 데 와서 자는 거 아까운데. 자고 있으면 깨울까?"

하지만 2층으로 올라갔던 두 사람은 잠시 후 조용히 다시 내려와야 했다. 방에서 자고 있을 줄로만 알았던 라온과 밀레가 발코니에서 다정히 이야기하는 모습을 목격했기 때문이었다. 좋은 분위기를 깨 놓을 것 같아 살금살금 다시 1층으로 내려왔으나, 슬우의 표정이 왠지 심각했다.

"왜?"

마네가 물으니 슬우가 까슬까슬 올라온 턱수염을 손으로 문지르며 진지하게 말했다.

"저 두 녀석, 저러다 연애하는 거 아냐, 우리처럼?"

"그럼 좀 어때서?"

"만약 저 두 녀석도 잘 되면 어떻게 되는 거지?"

"뭐가 어떻게 돼? 우리 엄마가 삐까뻔쩍한 사위 둘을 얻는 거지."

슬우는 그다지 탐탁지 않은 얼굴이었다. 라온과 밀레가 잘되는 게 마음에 걸리는 모양이었다. 그의 속마음을 알아차린 마네가 선수를 쳤다.

"라온이 엄마 때문에?"

"아버지도 있지."

물론, 두 분 다 만만치 않은 상대라는 건 알지만 마네는 미리부터 비관적이 되고 싶지는 않았다. 그거야 닥쳐 봐야 아는 일. 당사자들의 마음만 확고하다면 별 상관이 없으리라 생각했다. 사랑 때문에 상처받은 일 따위 그녀에겐 조금도 무섭지 않았다. 라온과 밀레라면 또 다르겠지만.

"쉽지 않은 일이란 건 알아. 그렇지만 노력은 해볼 수 있잖아. 지금 당신이 하는 것처럼."

그가 라온이 때문에 얼마나 많은 마음을 접고 노력하는지 마네는 알고 있었다. 그래서 그를 응원해 주고 싶었고 도와주고 싶었다. 그의 상처인 라온이 잘되어야 하는 이유도 그 때문이다. 라온이 잘못되면 그는 더 큰 상처로 힘들다는 걸 알기에.

그런 의미에서 라온에게 밀레도 작은 위안이 되었으면 하는 바람이다. 화려하지만 그 누구보다 외로운 라온이라는 걸 아니까.

마네는 슬우의 어깨에 머리를 기댔다. 내가 당신 곁에 있어, 하고 말하듯이. 슬우가 그녀의 손을 꼭 잡았다. 곁에 있어줘서 고맙다고 답하듯이.

실내에는 은은한 클래식이 흐르고 밤도 그렇게 따사로이 무르익어 갔다.

열네 개의 별

브륌 블레Brume bleu.

불어로 '푸른 안개'라는 이름의 칵테일 바Bar는 조명도 푸른 빛이어서 사뭇 음침하고 서늘한 느낌을 주었다. 갤러리에서 그리 멀지 않은 곳이었는데 슬우가 석현을 만나러 간 시각은 저녁 9시 경이었다.

작년 연말 시상식에서 라온이 한 수상 소감으로 석현 혼자 얼마나 시달렸을지 가히 짐작이 되었다. 낮에 전화통화로 앓는 소리를 하기에 간단하게나마 술로 위로해 줄 참이었다.

바 앞으로 가 자리를 잡고 앉자 귀에 익은 샹송이 흘러나왔다.

S.Adamo의 '눈이 내리네Tombe la neige'.

마침 눈발이 흩날리고 있어 오늘 같은 날 듣기 좋은 노래라는 생각이 들었다. 석현을 기다리며 손가락으로 토독, 톡 테이블을 두드리면서 입속으로 흥얼흥얼 따라 불렀다. 우스갯소리로 '돔블 라 네즈' 발음을 '돈 벌어 나 줘'로 바꿔 부르곤 하던 석현이 떠올라 피식 웃음이 나왔다.

그때 추위에 잔뜩 어깨를 움츠리며 석현이 들어왔다. 그는 곧장 슬우의 옆에 와서 앉더니 툴툴대기부터 했다.

"제기랄. 웬 눈이 이렇게 오는 거야?"

눈 때문이 아니라 그간 기자들에게 시달렸던 걸 간접적으로 불평하는 것이리라. 슬우가 바텐더에게 술을 주문했고, 잠시 후 양주를 따라주며 위로의 말을 던졌다.

"꽤 고달팠던 모양이야. 10년은 늙었어."

"에라이! 고작 한다는 말이 그거냐? 니네들 룰루랄라 놀 때 난 좀비들 때문에 진절머리가 날 지경이었어."

석현이 양주를 단숨에 입안으로 들이부었다. 고운(?) 얼굴에 다크서클이 짙은 걸로 봐서 어지간히 힘들었던 모양이다.

"난 가끔 생각한다. 전생에 내가 니들 형제 몸종이 아니었을까 하구."

"몸종 할 얼굴은 아니지."

그러자 석현이 금세 해사하게 웃었다.

"그치? 니가 봐도 귀티가 좔좔 흐르지?"

슬우가 쿡 웃으며 술잔을 기울였다. 석현의 넋두리가 계속 이어졌다.

"암튼, 전생에 니들 형제한테 큰 은혜를 입은 것만은 분명해. 인터뷰고 기사고 죄다 NO, 라고 해줬어. 잘했지?"

"기사 벌써 다 떴던데 뭘."

"그러니까 미치지! 아니, 왜 내지 말라는데 자기들 멋대로 내냐구. 하아— 정말 못 해먹겠다, 그놈의 좀비들 때문에."

"나도 '삼청동 좀비'야. 온라인에선."

슬우의 실없는 농담에 석현이 발끈했다.

"농담이 나와? 내가 지금 누구 때문에 좀비들과 전쟁을 치르고 있는데. 라온이는 뭐래?"

"얘기 안 했어."

굳이 같은 얘기를 끄집어내 시시비비를 가릴 필요가 없었다. 라온을 동생으로 인정하기가 아직 그로서도 버거운데 타인들이야 오죽할까. 언젠가 자연스럽게 받아들여질 날이 올 때까진 사람들 앞에 해명하듯 동생을 인정하는 짓 따윈 하지 않을 생각이다.

"근데 웬일로 사모님이 조용하다."

사모님이란, 라온의 엄마 이재희를 두고 한 말이었다. 일전에 매니저가 몰래 짐을 싸서 나온 일과 우울증 약도 그렇고, 방송에 대대적으로 형 이야기를 한 것에 대해 일절 연락이 없는 게 수상쩍었다. 3년 전 라온과 계약할 당시 매니저와 다름없는 이재희와 신경전을 벌였던 일을 생각하면 꽤나 이례적인 행보였다.

같은 작품을 하는 배우를 통해 자연스럽게 그 이전부터 알고 지냈던 라온은 석현에게 친동생이나 다름없었다. 하여 기획사를 설립한다는 소리에 이재희의 반대를 무릅쓰고 회사를 옮긴 것도 라온이었다. 석현이 그동안 라온에게서 이재희가 손을 떼게 하려 부단히 노력한 것도 있겠지만, 그 정도 일이면 난리를 쳤을 만도 한데 잠잠하니 언제 터질지 모르는 시한폭탄을 안고 있는 기분이었다.

이재희라는 이름만 들어도 안색이 어두워지는 슬우의 어깨를 툭 치며 석현이 안심시켰다.

"별일이야 있겠냐?"

석현의 말에 슬우는 술을 마시며 씁쓸히 웃고 말았지만, 라온을 데리고 있는 한 이재희와는 끝나지 않을 전쟁을 치를 게 분명했다. 그래서 그녀의 침묵이 더욱 긴장되는 것이다. 언제 손톱을 세우고 본색을 드러낼지 알 수 없기에.

'그땐 어떻게 해야 할까?'

슬우의 고민이 더욱 깊어졌다.

석현의 휴대전화가 울린 건 그때였다. 들고 다니는 가죽가방 안에서 휴대전화를 꺼낸 석현은 별안간 진지한 낯빛이 되어 전화를 받았다.

"레오냐? ……뭘 어떻게 돼, 인마? 은밀히 조사 중이니까 조바심 내지 말고 기다려. ……자식, 거 참. 찔끔찔끔 얘기해 주는 것보다 한꺼번에 해주는 게 낫잖아. ……알았다니까. 주변사람들이 죄다 거물이라 함부로 건드렸다간 너만 더 힘들어져. 오두방정 떨어서 일 그르치지 말고 잠자코 있어."

전화를 끊은 석현이 하소연하듯 중얼거렸다.

"후우— 골치 아픈 일투성이로군."

"왜? 레오한테 무슨 일 있어?"

망설이던 석현은 휴대전화 대신 술잔을 들며 말했다.

"이상한 여자가 자꾸 쫓아다니나 봐. 레오 말로는 스토커라는데 여자가 좀 수상해."

"수상하다니?"

"'민트'라는 살롱을 운영하는 여잔데 거물들하고만 어울리는 거야. 레오가 부탁하길래 사람 시켜 은밀히 조사 중이거든. 느낌이 안 좋아. 개인 정보도 별로 없고 베일에 싸인 인물이라. 놀라운 게 뭔지 아냐?"

그러면서 석현이 다른 사람이 들을까 귓속말로 속삭였다.

"백기환 애첩이란 말이 있어."

'민트'라는 이름이 귀에 익어 기억을 더듬던 슬우는 설마 하는 눈빛으로 물었다.

"혹시 그 여자 이름이 신우정이야?"

"엇! 니가 그 여잘 어떻게 아냐?"

짐작한 대로 동일인이자 슬우의 안색이 굳어졌다. 첫 느낌부터 좋지 않았던 그녀가 레오의 스토커라니. 더군다나 백기환 의원의 애첩이란 말에는 아연실색했다. 미술품을 사들이는 뒷면에 뭔가 꿍꿍이가 있다고 추측했던 일이 실제로 벌어지고 있단 생각이 강하게 들었다.

석현과 함께한 시간은 고작 한 시간 남짓. 눈이 너무 많이 내리는데다 슬우는 갤러리에서 할 일이 남아 있었다. 새해부터 줄줄이 잡힌 기획안을 검토해야 했다.

대리운전을 불러 석현을 태워 보낸 그는 천천히 눈길을 걸어 갤러리로 향했다. 한 자나 쌓인 눈길을 걷자니 금방 눈사람이 되어버렸다. 추운 날씨에 행인들의 발걸음도 빨라졌다.

지천이 새하얀 거리.

슬우는 잠시 눈을 들어 하늘을 올려다봤다.

"많이도 내리시는구나."

감탄하듯 혼자 중얼거리곤 부지런히 걸음을 재촉했다. 몇 잔 마신 술기운이 다행히도 추위를 조금 가시게 해주었다. 알딸딸한 기분으로 눈 속을 걷는 것도 꽤 괜찮았다.

"우리 욕쟁이는 뭐 하고 있으려나?"

문득 마네가 보고 싶어 씩 웃고는 저만치 보이는 갤러리로 눈 위를 미끄러지듯 뛰어갔다.

얼마 후 모두가 퇴근한 갤러리 안으로 들어선 슬우는 입구에서 외투와 머리에 묻은 눈부터 탈탈 털어냈다. 빨갛게 언 코를 훌쩍거리며 갤러리 문을 닫았다. 천장에 달린 센서등을 따라 엘리베이터로 걸어갔다.

휴대전화가 울린 건 그때였다. 외투 주머니에서 휴대전화를 꺼내 누구 전화인지 확인했더니 라온이었다.

“어, 라온아.”

〈형, 어디야?〉

“갤러리…….”

엘리베이터버튼을 누르려던 슬우의 손길이 멈췄다. 무심코 층수를 확인하는 순간 이상한 생각이 번뜩 머릿속을 스쳤던 것이다. 분명히 나올 때 아무도 없었는데 층수가 3층으로 되어 있는 게 아닌가.

〈지금 그쪽으로 지나는 길인데 들렀다 같이 갈까?〉

“아냐. 오지 마.”

자기도 모르게 경직된 음성이 나와 라온도 놀랐던가 보았다.

〈형, 왜 그래? 무슨 일 있어?〉

“아무 일 없어. 술을 좀 마셔서 그래. 먼저 들어가. 난 일이 남아서 하고 가야 해.”

〈알았어……. 정말 아무 일 없는 거지?〉

슬우는 발소리를 죽여 엘리베이터가 아닌 계단 쪽으로 방향을 틀었다.

“바빠서 그러는데 나중에 통화하자.”

급히 전화를 끊은 슬우는 실내에 가득 찬 꺼림칙한 기운 때문에 인상을 찡그렸다. 정말 소름이 끼치도록 기분이 나빴다. 다른 직원이 사무실에 물건을 두고 가서 다시 왔을 수도 있겠다 생각하지만, 예민한 감각이 좀처럼 누그러들질 않았다.

3층까지 올라왔을 때 사방의 정적은 더욱 짙게 깔렸다. 천장의 센서등 말고는 대체로 어두컴컴했고, 도둑이 들었다면 뭔가 훔치려는 흔적이라도 남아 있어야 할 텐데 모든 게 제자리였다.

벽을 더듬어 불을 켰다. 천장 끝부터 끝까지 일제히 불이 켜졌고, 슬우는 예리한 눈빛으로 누군가 침입한 흔적이 없는지 살펴보았다. 그리고 곧장 사무실 쪽으로 걸음을 옮겼다. 카페를 지나 복도 모서리를 돌자 사무실로 향하는 작은 복도가 나왔다. 그곳 역시 불이 꺼져 있어서 툭, 스위치를 누르자 곧 환하게 불이 들어왔다.

좌우로 살피던 그는 조심스럽게 사무실 문고리를 잡았다. 힘껏 문을 밀자 서서히 어두운 실내가 드러났다. 그는 입구에 선 채 그곳을 뚫어져라 응시했다.

시간이 흘러도 아무런 움직임이 감지되지 않는다. 또다시 걸음을 옮겨 옆 사무실로 갔다. 혹여 직원이 왔을지도 모르겠기에.

문고리를 잡아 조금 밀었을 때 실내는 불이 꺼져 있었다. 안에 들어가 살필 필요도 없어 조용히 문을 닫고 자신의 사무실로 돌아왔다. 손을 더듬어 불을 켰다. 두리번두리번 안을 살펴보았지만, 아무도 없었다.

'너무 예민했나 보군.'

그제야 조금 안심하며 뚜벅뚜벅 책상으로 걸어갔다.

스읏.

아주 미세한 소리. 뛰어난 청각이 아니라면 무심히 지나쳤을 옷깃 스치는 소리가 슬우의 귀에 선명하게 들렸다. 섬뜩한 느낌에 온몸이 얼어붙는 것 같았다. 후다닥 뛰어나가는 소리에 몸을 획 돌렸다.

검은 복색.

반사적으로 사무실을 달려 나갔다. 그새 복도 모퉁이를 도는 괴한을 발견하고 쫓아가자, 곧장 엘리베이터로 가 빠르게 버튼을 누르던 괴한이 열린 문틈으로 올라탔다. 복면을 하고 있어서 얼굴을 확인할 수는 없었지만, 떡 벌어진 어깨에 장신의 남자였다.

다시 사무실로 뛰어간 슬우는 벽에 붙은 비상버튼을 눌렀다. 곧 갤러리 입구와 지하주차장의 새시가 내려지기 시작했다. 누군가가 침입했는데도 경비업체에서 알아차리지 못했다면 경비시설을 해체하고 침입했을 것이다.

외투 주머니에서 휴대전화를 꺼내 들어 경찰서에 연락하려는 찰나, 라온에게 또다시 전화가 걸려 왔다. 막 통화버튼을 눌렀을 때였다. 퍽! 하는 둔탁한 소리와 함께 슬우는 단말마의 비명을 지르며 그 자리에 털썩 쓰러졌다. 그의 손에서 떨어져 나간 휴대전화가 책상 밑으로 굴러 들어갔고, 멀어져 가는 의식 속에 슬우는 어렴풋이 라온이 '형!' 하고 부르는 소리를 들은 것 같았다.

지하주차장에 차를 세우고 엘리베이터로 3층으로 올라온 라온은 슬우에게 전화를 걸었다가 들려온 비명에 흠칫 놀랐다.

"형."

바람처럼 달려 사무실로 뛰어들었다. 그의 눈에 가장 먼저 들어온 것은 불빛에 번쩍거리며 허공에 멈춰 있는 칼.

"형!"

슬우의 목으로 내리꽂히려는 찰나에 울린 비명 같은 부름이 괴한의 손을 멈칫하게 만들었다. 스윽, 돌아본 괴한의 얼굴은 검은 복면으로 감춰진 상태였다. 하지만 그 잔인한 눈빛만큼은 라온의 심장을 단숨에 얼어붙게 했다. 라온을 무시하듯 고개를 돌린 괴한은 칼을 다시 틀어잡고는 번쩍 치켜들었다.

"으아아아아!"

라온이 몸을 날려 괴한을 덮쳤다. 그 바람에 칼을 놓친 괴한은 짜증스럽다는 듯이 라온을 홱 밀쳐 냈다.

바닥으로 털썩 쓰러졌던 라온은 칼을 줍기 위해 무릎을 펴는 괴한의 다리를 붙잡아 밀어뜨렸다. 그대로 엎어져 버린 괴한의 손끝에 아슬아슬하게 칼끝이 닿았다.

칼을 잡지 못하게 하려는 라온과 칼을 잡으려는 괴한의 실랑이가 벌어지는 동안, 슬우는 어렴풋이 돌아오는 정신에 억지로 눈을 떴다. 식은땀이 비 오듯 쏟아지는 가운데 괴한과 엎치락뒤치락 뒹구는 라온이 흐릿하게 보였다.

'비켜. 위험해.'

비록 입 밖으로 나오지 않았지만 그는 라온이 다칠까 간절하게 외쳤다. 라온의 악착같은 방해로 여의치가 않았는지 벌떡 일어난 괴한이 문밖으로 달아났다. 그 뒤를 라온이 재빨리 쫓아갔다.

두 눈으로 뻔히 보고 있으면서도 꼼짝할 수가 없어 슬우는 떨리는 손만 뻗어 사무실을 달려 나가는 라온의 뒷모습만 안타깝게 바라보았다.

미술작품들이 전시된 갤러리로 나온 라온은 감쪽같이 사라진 괴한 때문에 사방을 두리번거렸다. 엘리베이터 층수를 확인했으나 3층에 멈춰 있었다.

'어디 숨어 있는 거야?'

그는 한달음에 계단으로 달려가 난간 아래를 내려다보았다.

'발소리가 들리지 않아.'

어떤 예감에 고개를 홱 돌려 사무실 쪽을 바라보았다.

'다시 돌아갔을지도 몰라.'

자신을 따돌렸다는 생각에 안색이 파리하게 질린 라온은 미친 듯이 사무실로 뛰었다. 사무실로 달려가 슬우가 여태 그 자리에 쓰러져 있는 걸 발견하고 또다시 괴한을 찾기 시작했다.

엘리베이터도 아니고 계단도 아니라면 아직 3층에 있다는 건데 어떤 놈인지 잡아야 했다.

'아!'

뒤늦게 도망갈 통로가 그곳이 아닐까 떠올린 라온은 엘리베이터 반대편, 카페 옆에 있는 화장실로 뛰었다. 아니나 다를까, 안전창을 미리 뜯어놓았는지 창문이 활짝 열려 있었다.

가까이 다가가 밖을 내다보자 괴한은 이미 자취를 감춘 뒤였다. 3층이면 뛰어내리기도 꽤 높은데 어떻게 달아났는지 모를 일이었다.

괴한을 놓친 게 아까워 털레털레 사무실로 돌아온 라온은 얻어맞은 머리를 어루만지며 몸을 일으키는 슬우에게 다가가 부축했다.

"괜찮아, 형?"

슬우는 어지간히 세게 맞았는지 식은땀으로 온 얼굴이 범벅이었다.

"어떻게 된 거야? 오지 말라고 했잖아."

"아무래도 이상해서. 안 왔으면 칼 맞을 뻔했어."

"칼?"

괴한이 칼을 갖고 가버리는 바람에 증거물은 없어졌지만, 복면까지 쓰고 들어온 걸 보면 강도가 틀림없었다. 가뜩이나 미술품 도난으로 경비를 철저히 하던 차에 속수무책으로 당하고 나니 도저히 남의 일 같지가 않았다.

☆ ☆ ☆

'민트'의 세계는 늘 두 가지가 공존한다. 화려하거나 고요하거나.

화려한 밤과 고요한 낮.

그 두 가지의 속성을 지닌 것도 역시 신우정이었다. 얼어붙은 강의 수면처럼 고요하기 짝이 없는 신우정의 눈동자를 보며 이재희는 끓어오르는 분노를 가누지 못했다. 어떻게 한 번도 아니고 두 번이나 같은 실수를 할 수 있단 말인가. 입만 열면 잘난 체에 비아냥거리더니. 그녀가 안고 있는 고양이마냥 속을 알 수 없는 여자였다. 지금도 천연덕스럽게 웃음을 짓고 있지 않은가. 숫제 살해를 실패한 것이 아니라 성공하여 의기양양한 모습이었다.

자리에 앉지도 않고 서서 눈을 내리깔고 노려보는 이재희에게 신우정이 그윽한 음성으로 말했다.

"앉으세요, 사모님."

이재희가 화를 억누르며 그녀의 맞은편에 주저앉았다. 고양이 등을 느릿느릿 쓸어주던 신우정이 고양이에게 속삭였다.

"레오, 잠시 자리 좀 피해줄래?"

고양이를 바닥에 내려놓자, 마치 말귀를 알아들은 양 폴짝 뛰어 열린 문 사이로 엉덩이를 흔들며 걸어나간다. 신우정이 테이블 위에 준비해 둔 하얀 도자기주전자에서 짙게 우러난 장미차를 따라 이재희 앞으로 놓아주었다.

"차 맛이 좋아요. 전 가끔 욕조에도 장미차를 쓰는데 색이 얼마나 예쁜지. 사모님도 한 번 해보세요. 사장님이 좋아하실 거예요."

이재희는 어이없어 하, 웃고 말았다. 이 심각한 사태에 남의 부부생활을 조언하는 그녀가 비정상으로 느껴졌다. 고요하지만 복잡해 보이는 신우정의 내면과 달리 이재희는 불안하고 초조한 기색이 역력했다.

지난 연말, 신우정으로부터 석현이 뒷조사를 하고 있다는 얘기를 들은 이후로 그녀는 슬우에게 쫓기고 있다는 압박감에 시달렸다. 석현을 시켜 자신의 뒤를 캘 사람이라곤 슬우 외에는 없을 테니까. 어쩌면 라온을 데리고 있는 이유도 그 때문이 아닐까?

모든 사건이 밝혀지기 전에 슬우란 존재를 없애야 한다. 만일 슬우가 죽으면 10년 전 사고도 감쪽같이 감춰지리라. 그렇게만 된다면 라온이도 더는 슬우를 찾지 않을 테고, 자신의 행각이 라온이의 귀에 들어갈 일도 없을 것이다.

하얀 찻잔 속의 붉은 핏물 같은 장미차를 보다가 이재희는 천천히 시선을 들어 신우정을 응시했다. 가뜩이나 불면증에 시달리는 탓에 이재희의 두 눈이 시뻘겋게 충혈되어 있었다.

신우정은 무심한 눈빛으로 이재희의 섬뜩하게 날 선 눈을 받아냈다. 마치 모든 이들의 목줄을 쥐고 있는 사람은 자신이라는 듯 당당하고 거리낌 없는 표정이 오히려 이재희를 자극했다.

"장난해요?"

이재희가 톡 독침을 쏘듯 따졌다. 신우정의 표정이 순간 싸늘해지며 들고 있던 찻잔을 소리 없이 내려놓았다.

"목숨이 질긴 사람이더군요, 채슬우 씨가. 아니, 운이 좋다고 해야 하나. 한 번도 아니고 두 번이나. 킬러 말로는 채라온 씨가 훼방을 놓았다네요."

"라온이…… 가?"

그건 또 몰랐던 사실이라 이재희는 매우 당황했다. 잘못했으면 라온이가 다칠 뻔하지 않았나. 그래서 신우정이 오만방자하게 구는 것인가.

"형제끼리 우애가 좋은가 봐요."

비꼬듯 하는 신우정이 못마땅해 이재희는 미간을 일그러뜨렸다. 우애가 좋다는 말조차 참을 수 없었다. 슬우가 언제부터 라온을 챙겼다고. 그 여우 같은 놈이 처음부터 라온을 받아준 속셈이 따로 있었던 것이다.

"마지막 기회를 줄 테니 채슬우, 내 인생에서 치워. 이번에도 실패하면 거래는 없던 걸로 하겠어. 그리고 당신, 날 호락호락하게 보지 마. 일이 잘못되면 우리 라온이까지 끌어들일 모양이지만, 그렇게 되도록 내가 가만히 안 놔둬. 지옥 끝까지 쫓아가서라도 당신! 내 손으로 죽여 버릴 거야."

독기가 가득한 이재희를 보며 신우정도 아주 짧은 순간이었지만 간담이 서늘해지는 기분이었다. 보통 여자가 아니란 건 익히 알고 있었다. 두 번의 실패에도 포기하지 않고 채슬우를 죽이라 하는 저 무서운 집념.

배우고 싶었다. 진심으로.

이재희에 비하면 자신은 너무나 낙관적으로 살아온 건 분명하니까. 그저 상류층 인간들의 이중적 삶을 즐기듯 관조해 온 자신과 뼛속까지 탐욕으로 물든 이재희는 천지 차이라는 생각이 들었다.

"장마네 씨와 무척 인연이 깊더군요."

신우정의 입에서 마네의 이름이 나올 줄 몰랐던 이재희는 불길한 예감에 움찔했다.

"장마네가 왜?"

신우정의 입가에 묘한 웃음이 떠올랐다.

"9년……. 아니, 해가 바뀌었으니까 10년이로군요. 장필도 씨…… 딸이에요, 장마네 씨가."

"뭐, 뭐라구?"

장필도라는 이름을 기억하고 있는 이재희는 뜻하지 않은 애길 접하고 경악했다. 놀랄 걸 예상한 듯 신우정은 차갑게 조소했다.

"채슬우 씨와 사귀는 사이라죠. 정말 세상일은 겪으면 겪을수록 놀랍지 뭐예요."

"……."

이재희는 신우정이 인간 이하라 생각했다. 겉으로는 고고한 척해도 정 · 재계 인사들에게 몸 팔고 술 팔며 결국엔 잡부에 지나지 않는 버러지 같은 인생. 상대할 가치도 없는 여자와 한 자리에 있다는 것만으로도 수치스러워 이재희는 자리를 박차고 일어났다.

"그 더러운 입 닥치고 시키는 일이나 똑바로 해. 너 같은 거 하나 치우는 거 나한텐 별일 아니니까."

이재희가 경멸스러운 눈빛을 거두고 사무실을 나가자 신우정이 못 말린다는 듯이 고개를 흔들었다. 이전처럼 주머니에서 휴대전화를 꺼내 녹음을 끈 신우정은 벽에 걸린 레오의 사진을 음침한 시선으로 바라보았다.

"훗. 보면 볼수록 닮았단 말이야."

☆ ☆ ☆

그날 저녁, 밀레의 퇴근 시간에 맞춰 마네는 슬우가 입원한 병실을 방문했다. 그곳에 미리 와 있던 라온이 두 사람을 맞이했다. 환자복을 입고 있는 슬우를 보자 마네는 그만 마음이 짠해졌다.

새해 시작하자마자 강도가 웬 말이야.

"어떡해? 얼굴이 반쪽 됐어."

마네가 침대에 앉자마자 슬우의 얼굴을 쓰다듬으며 우는 소리를 냈다. 그 모습에 웃음이 터진 라온과 밀레였다. 밀레가 두 사람의 애정행각에 몸서리를 치며 기어이 한소리 했다.

"어후, 닭살."

마네는 아랑곳없이 뇌까렸다.

"부러우면 니들도 연애해, 이것들아."

그 소리에 외려 머쓱해진 라온과 밀레는 서로 먼 곳만 응시했다. 슬쩍 두 사람을 돌아본 마네가 혀를 끌끌 찼다.

"하여간 멍석을 깔아줘도……. 니들, 눈 돌리지 말고 그대로 있어. 채 화백이랑 뽀뽀 좀 하게."

"언니!"

"풋."

밀레의 얼굴이 새빨갛게 달아올랐고, 라온은 웃음을 참지 못해 키득거렸다. 뻔뻔하게도 마네는 낯빛 하나 바꾸지 않고 밀레에게 항의했다.

"아, 왜? 애인이랑 뽀뽀 좀 하겠다는데. 안 그래, 채 화백?"

슬우도 못 말리는 마네 때문에 멋쩍게 험, 헛기침했지만 속으로야 뽀뽀뿐 아니라 더한 것도 하고 싶어 좀이 쑤실 지경이었다. 저 두 꼬마가 불이 붙어야 자동으로 떨어져 나가련만, 또 그러길 바라려니 이재희와 아버지 때문이라도 뜯어말리고 싶은 심정이고.

갑갑한 듯 라온과 밀레를 바라보는 사이, 마네가 쪽 입맞춤을 했다.

"아후, 못 말려, 못 말려."

밀레가 비난을 날려도 마네는 보란 듯이 슬우를 향해 입매를 늘이며 웃는다. 슬우는 그런 마네가 좋아서 눈에 담을 듯이 바라보았다.

예뻐 죽겠다, 이 여자.

똑똑.

노크 소리에 모두 문 쪽으로 고개를 돌렸다.

"들어오세요."

라온이 큰 소리로 말하자 문이 열렸다. 그리고 또각또각 구둣발소리를 내며 이재희가 모습을 드러냈다.

"엄마……!"

라온의 안색이 급격히 하얘졌고, 몹시 화가 난 듯 금방이라도 폭발할 것 같은 얼굴을 하고서 이재희가 침대 가까이 다가왔다.

얼른 침대에서 일어난 마네는 꾸벅 인사를 올렸다.

"안녕하세요?"

마네에게 시선을 돌린 이재희의 눈 속에 또 다른 분노가 내려앉았다. 그녀는 '민트'에서 신우정과 나눈 이야기를 상기했다.

"장필도 씨…… 딸이에요, 장마네 씨가."

"채슬우 씨와 사귀는 사이라죠. 정말 세상일은 겪으면 겪을수록 놀랍지 뭐예요."

이재희는 라온의 곁에 슬우 한 사람만 있는 것도 견딜 수 없이 힘들었다. 그런데 10년 전에 슬우를 죽이려다 재수 없게 사고를 당한 장필도의 딸이 라온의 비주얼 디렉터라는 게 너무나 끔찍했다. 어째서 하나같이 지겹도록 싫은 사람들만 라온 곁에 있는 것일까. 게다가 저 조그맣고 볼품없는 계집애는 또 뭐고!

눈이 충혈되도록 마네를 노려보던 이재희는 성큼 마네 앞으로 다가섰다.

철썩!

휘청일 정도의 타격에 놀란 건 이재희를 뺀 네 사람이 똑같았다. 너무 놀라 말문이 막힌 사람은 마네와 라온이었고, 마네가 뺨을 맞는 순간 자리를 박차고 침대에서 내려선 사람은 슬우였다. 밀레는 크게 충격을 받았는지 넋이 나간 표정이었다.

"뭐 하는 짓입니까!"

슬우의 악쓰는 소리도 귀에 들리지 않는 양 이재희는 여전히 마네를 노려보며 차갑게 뇌까렸다.

"다시는 내 눈에 띄지 마."

"사모님."

"사모님이라고도 부르지 마! 나가. 라온이 너도."

"엄마, 왜 이래? 여기 병원이야. 형 입원한 병실이라구!"

"나가 있으란 말 안 들려?"

서슬 퍼런 이재희 때문에 마네는 빨리 나가지 않으면 큰일이

날 것 같았다. 어처구니없어하는 라온과 두 눈에 눈물이 그렁그렁 맺힌 채 입술만 꼭 깨물고 있는 밀레를 불렀다.

"라온이, 밀레 나가 있어."

그러고는 억지로 감정을 추스르고 이재희에게 연달아 말했다.

"무슨 일로 그러시는지 모르겠지만, 한 번만 더 저한테 손찌검하면 가만히 안 있습니다."

"뭐야?"

"저, 사모님한테 맞을 짓 추호도 한 적 없습니다. 병실까지 찾아올 정도면 급한 일인 모양인데 먼저 말씀 나누시죠. 전 밖에서 기다리고 있겠습니다."

마네는 라온과 밀레의 손을 잡아 밖으로 데리고 나갔다. 이내 문이 닫히고 밖으로 나가는 마네를 쏘아보던 그 눈빛 그대로 이재희는 슬우에게 시선을 돌렸다. 슬우도 잡아먹을 듯이 그녀를 노려보았다.

한 치도 양보 없는 두 사람의 팽팽한 시선 사이로 먼저 입을 연 건 이재희였다.

"무슨 억하심정으로 라온일 데리고 있는지 모르겠지만, 당장 돌려보내."

"그 말 하려고 여기까지 온 겁니까? 마네한텐 대체 왜……!"

분통을 터뜨리는 슬우의 말을 이재희가 탁 가로챘다.

"마음에 안 들어, 니들 전부. 라온이 옆에서 떨어져. 나한테 돌려놔!"

"그렇겐 못 하겠습니다."

"못 해?"

열이 올라 얼굴이 시뻘게진 승우는 분노를 토해냈다.

"당신 같은 여자 곁에 라온이 못 둡니다! 라온이 이용해서 아버지 빼앗은 걸로 모자랍니까? 대체 뭘! 얼마나 더 가져야, 얼마나 더 희생시켜야 만족할 겁니까!"

"니 아버지, 너, 세상 그 무엇을 다 준다 해도 라온이와 못 바꿔. 라온인 내 전부야. 그 아이 하나만을 위해서 살아온 나한테 니가 무슨 짓을 한지 알아?"

"……."

"받아주지 말지 그랬어. 영영 남처럼 살지 그랬어. 니가 원하던 일이었잖아! 날 경멸하고 혐오하는 걸로도 부족해서 넌 라온일 나한테서 빼앗으려 하고 있어. 니 엄마처럼. 내 약점이 무엇인지, 정확히, 알고 말이야. 난 라온이 없으면 못 살아. 그러니 돌려달라구."

어느새 애절한 눈빛이 되어 금방이라도 눈물을 떨굴 것처럼 자신의 심경을 호소하는 이재희 때문에 승우는 혼란스러웠다. 그도 알고 있었다. 어려서부터 라온에게 하나에서 열까지 손과 발이 되어 헌신했다는 것을.

하지만, 오히려 그것이 라온에겐 크나큰 스트레스였으리라. 라온이 착해서 싫은 내색을 안 했다뿐, 이재희의 집착은 버거운 짐이고 부담이었을 터. 기껏 제 엄마로부터 도망친다는 게 호랑이굴이나 다름없는 슬우의 울타리였으니 더 말해 무엇할까.

"라온이 인생 망쳐 놓지 마십시오."

"……."

"두 번 다시 만나지 않게 되길 바랍니다."

순식간에 분노의 눈빛으로 되돌아온 이재희를 보며 슬우는 허탈한 미소를 지었다. 어쩔 수 없는 사람이라는 생각에.

"뼛속까지 후회하게 될 거야."

섬뜩하게 뇌까린 이재희는 싸늘히 돌아서 버렸고, 병실을 나가는 그녀를 보며 슬우는 천천히 침대로 주저앉았다.

이재희가 병실 밖으로 나왔을 때 그 앞에서 혼자 기다리고 있던 마네가 벽에 기대 서 있다가 몸을 바로 세웠다. 담담한 표정이긴 하지만 뺨 맞은 일을 따지려는 게 분명해 이재희는 가소로워 눈동자를 굴렸다. 슬우 하나도 머리가 복잡할 지경인데, 마네까지.

"이유…… 알고 싶은데요. 제가 채슬우 씨와 사귀는 사람이라서 함부로 하시는 건가요?"

이재희는 헛웃음을 쳤다. 그 잘난 채슬우 때문에 자기 아버지가 죽었다고 해도 이렇게 눈을 똑바로 뜨고 두둔할 수 있을까?

"채슬우……. 그렇게 사랑해?"

마네는 망설임 없이 대답했다.

"예. 사랑합니다. 싫어하실 것도 알고 있었습니다. 근데요. 그게 사모님께 뺨을 맞을 이유는 못 된다고 생각해요."

"그럴 테지. 애초에 내 허락 따윈 필요 없으니. 싫어하는데 주절주절 이유가 붙어야 해? 그냥 싫을 뿐이야."

"다행입니다."

"뭐?"

당돌하기 짝이 없는 마네 때문에 이재희는 파르르 치를 떨었다.

"이유 줄줄이 붙는 것보단 깔끔하게 싫어하는 게 낫겠다는 생각이라서요."

"날 지금 놀려?"

"놀리는 건 아니고 라온이가 좀 안 됐긴 하네요. 이전엔 채 화백이 안 됐다고 생각했는데……."

"안 됐다구? 니까짓 게 뭔데 감히……!"

마네는 어김없이 손이 올라가는 이재희의 손목을 잡아챘다. 이재희가 팔을 빼내려 비틀었지만, 그럴수록 마네의 손아귀는 더욱 강하게 조여 올 뿐이었다.

"한 번만 더 저한테 손찌검하면 가만히 안 있을 거라고 했을텐데요. 아무리 사모님이 채 화백 계모이고, 라온이 엄마라도 말입니다."

잡았던 손목을 뿌리치듯 놓아준 마네는 꾸벅 고개를 숙여 인사했다.

"안녕히 가세요. 그리고 앞으로 저뿐 아니라 채 화백도 괴롭히지 마세요."

경고하듯 차갑게 뇌까리곤 병실 안으로 들어가 버린 마네 때문에 이재희는 굴욕감에 비틀거렸다. 슬우를 죽이려는 계획이 또다시 실패하자 분을 못 참아 찾아온 게 화근이었다. 가까스로 벽을 짚고 걸음을 옮기는 이재희의 얼굴이 붉으락푸르락 제멋대로 일그러졌다.

어떻게 해야 이 고통 속에서 벗어날까?

한순간만이라도 완벽한 인생으로 살고 싶은 이재희의 욕망이 시퍼런 칼이 되어 가슴속에서 연신 꿈틀대었다.

그녀는 지나가는 사람들의 시선을 느끼고서야 얼른 안색을 가다듬고 자세를 바로 했다. 그러고는 가슴에 꽂았던 선글라스를 빼서 끼고 꼿꼿이 걸어 그곳을 벗어났다.

침대로 다가오는 마네의 손을 붙잡아 품 안으로 끌어당긴 슬우는 그녀를 폭 감싸 안았다. 가슴이 에인다. 자신 때문에 무시당하고 뺨까지 맞게 해서.

헌데 오히려 슬우의 등을 쓸어주며 위로하는 쪽은 마네였다.

"마음 많이 상했지?"

슬우는 그녀의 머리에 꾹 입맞춤했다. 미안하다는 말조차 하지 못할 만큼 미안해서. 왜 내 여자를 이토록 가엾게 만들어야 하는지 자책감이 가슴을 짓눌렀다.

그의 마음을 아는 듯 마네는 씩씩하게 말했다.

"난 괜찮아. 라온이 엄마 그런 사람이란 거 아는데 뭐. 그러니까 눈곱만큼도 마음 쓰지 마."

"인마……."

할 말을 다 하지 못하고 목구멍 너머로 꿀꺽 삼킨다. 이럴 땐 욕이라도 실컷 들어먹는 편이 더 낫겠다.

"욕하고 싶으면 해. 오늘은 다 들어줄게."

"그래놓고 딴짓하려는 거 모를 줄 알구? 쿡쿡."

마네의 농담으로 푹 꺼져 있던 분위기가 살아나자 슬우는 자기도 모르게 슬며시 미소를 지었다. 두 팔로 한 아름 안아도 다 채워지지 않는 사랑. 더 많이, 더 뜨겁게 사랑해 주고 싶은데 언제나 부족한 마음이 안타깝다. 마네에 비하면 자신은 너무나 모자란 사람이 아닌가.

"우리 욕쟁이 너무 예뻐서 어쩌냐. 매일 매일 반하게 한단 말이지. 걱정되게."

"걱정이 왜 돼?"

"딴 놈들이 채갈까 봐."

"하하하. 내가 좀 인기가 많긴 해. 그러니까 긴장 늦추지 마."

"어. 평생 긴장하고 살게. 근데 밀레 볼 면목이 없다."

마네도 밀레가 걱정이었지만, 라온과 함께 있으니 곧 괜찮아질 거라고 생각했다. 장 가 집안사람들이 은근히 뚝심이 센 편이었기 때문이다. 그건 사람에게도 마찬가지여서 그깟 일 당했기로 밀레가 금방 라온이 싫어지거나 하지는 않을 거라 믿었다.

비상구로 가는 복도 끝 세 개의 플라스틱 의자에 한 칸을 떨어져 앉은 라온과 밀레 사이엔 어색한 침묵만 흘렀다. 이곳으로 나온 후 단 한마디도 나누지 않았다. 라온은 커다란 두 눈에 그렁그렁 눈물이 맺힌 밀레를 쳐다볼 면목이 없었고, 밀레는 라온의 엄마에게 너무나 실망해서 할 말을 잃어버렸다. 그동안 라온만 보고서 다른 면면을 보지 못한 게 몹시 후회스러웠다.

기업총수인 남편과 월드스타인 아들을 둔 것 때문에 남다른 분일 거라 짐작했었다. 하지만 그 정도로 안하무인일 줄은 몰랐다. 나름 마네를 자랑스럽게 여기던 밀레여서 받은 충격은 더했다. 좋아하는 라온의 어머니이기에 더 큰 상처를 받았다.

"미안…… 하다."

허벅지에 올렸던 두 손으로 주먹을 꽉 쥐는 밀레를 보고 라온은 가슴이 무너지는 것 같았다. 밀레가 얼마나 놀라고 충격을 받았을지 짐작이 되기에. 미안하다는 말밖에 해주지 못하는 자신이 괴로우리만치 혐오스러웠다.

나오려는 눈물을 꾹꾹 참고 있던 밀레는 벌떡 자리에서 일어섰다. 라온의 고개가 절로 그녀에게 향해졌다. 갑자기 일어서는 바람에 밀레의 두 눈에 고였던 눈물이 후드득 떨어졌다. 얼른 손등으로 눈물을 훔쳐 낸 밀레는 넋이 나간 듯 말했다.

"잘못 생각했었나 봐. 바보처럼……. 오빠가 어떤 사람인지 알면서…… 너무 쉽게 생각했었어."

"밀레야."

"이건 아니야."

이건 아니야.

그 말 한마디만 남기고 밀레는 라온에게 등을 돌린 채 복도를 걸어갔다. 멀어져 가는 밀레의 뒷모습을 보면서도 라온은 일어서지 못했다. 온몸에 힘이 쭉 빠져나간 것처럼 꼼짝도 할 수가 없었다.

'어째서…….'

라온은 병실에서 보았던 엄마의 모습을 떠올리며 두 손으로 머리를 감싸 쥐었다.

"왜!"

자괴감에 머리를 쥐어뜯어 보지만, 그 사람이 자신의 엄마라는 사실만은 변함이 없었다.

"왜……."

입속으로 삼켜지는 비명. 가슴이 갈가리 찢기는 것처럼 아파 라온은 오래도록 고개를 들지 못했다.

☆ ☆ ☆

집으로 가는 차 안에서 내내 말이 없는 밀레 때문에 마네는 계속 눈치를 봐야 했다. 착잡한 표정이 가시지 않는 걸 보니 라온과 얘기가 잘 안 된 모양이다. 집에 간다고 인사했더니 라온은 미안해서 어쩔 줄 몰랐다. 자신이 당했던 것보다 라온의 풀 죽은 모습이 더 짠해서 마네는 잊어버리라고 어깨를 툭툭 쳐주고는 밀레와 함께 병원을 나왔다.

"우리 뭐 먹고 갈까? 언니가 맛있는 거 사줄게."

부러 발랄하게 얘기했더니 밀레는 목소리가 착 가라앉아 대꾸했다.

"생각 없어."

"너까지 왜 그래? 아까 채 화백이랑 라온이가 미안해하는 거 못 봤어?"

"싫어."

마네는 잘못 들은 줄 알고 얼떨떨하게 반문했다.

"뭐?"

"싫어, 라온 오빠 엄마라는 사람."

라온이 싫다는 줄 알고 놀랐다가 속으로 안도의 한숨을 내쉰 마네였다.

"야, 그건 나도 그래. 아주 재수 없어. 자기가 라온이 엄마면 엄마지 왜 나한테까지 행패야? 웃겨, 진짜."

"라온 오빠……. 이제 안 만날 거야."

살짝 물 먹은 음성에 마네는 밀레 몰래 인상을 찡그렸다. 그 말이 나올까 봐 조마조마했건만.

"그러지 마. 맘 좋은 우리 자매가 이해하자. 니가 아직 세상 물정을 몰라서 그래. 그거보다 더 억울하고 황당한 일들이 얼마나 많은지 알아?"

아빠 일이나 레오 일에 비하면 뺨 맞은 건 대단한 일도 아니다.

"그런 엄마 밑에서 자란 라온이 오빠가 무서워."

"아니야. 라온이가 얼마나 착한데. 그래, 뭐 그런 엄마 밑에서 어떻게 라온이 같은 아들이 나왔는지 참 신기하긴 하다만, 그러니까 더 우리가 보호해 줘야지. 동물이나 식물에만 보호대상이 있는 거 아니다. 사람도 그래. 오죽하면 인간문화재가 다 있겠어. 라온이가 국보급이잖아."

"난 언니처럼 그렇게 못 해. 무섭단 말이야, 그 아줌마."

이제 봤더니 이재희가 무서워 라온에게서 도망치려는 거였다.

겁쟁이.

"라온이가 실망하겠는걸. 너랑 친구 됐다고 신나 했잖아."

"난 라온 오빠 지켜줄 자신 없어. 나 하나도 지키기 힘든데 내가 어떻게 그런 엄마한테서, 그리고 그 많은 월드 팬한테서 오빠 지켜? 내가 잠시 미쳤었어. 맞아. 월드스타랑 있다 보니까 정신이 헤까닥 했어."

"해외여행 같이 가기로 한 건 어쩌구?"

"해외여행? 치. 그런 것 때문에 라온이 오빠 좋아한 거 아니거든."

밀레가 뿌루퉁하게 항의하자 마네가 금방 놀리는 투로 말했다.

"에이, 좋아하는 건 맞네 뭘."

아차, 싶은 밀레가 씨근덕거렸다.

"안 좋아, 이제. 우씨."

어지간히 속이 상했는지 씩씩대는 밀레의 머리를 헝클어뜨리며 마네가 쾌활하게 웃었다.

"나, 되게 행복하다, 밀레야."

"뺨 맞고 뭐가 행복해?"

"멋진 애인 있어, 언니 뺨 때린 엄마 뒀다고 좋아하던 사람도 단숨에 확 접어버리는 든든한 동생 있어. 세상 부러울 게 없다."

마네가 한껏 거드름을 피웠지만, 밀레는 끓는 속이 해소가 안 되는지 창문을 내렸다. 찬바람이 와락 쏟아져 들어왔지만, 이렇게 바람이라도 쐬면 속상한 마음이 사라질 것 같았다. 라온을 생각하자 심장이 저릿하게 아팠다. 왜 하필 그런 사람이 라온의 엄마인 걸까? 라온 엄마가 싫은 만큼 라온이 가엾었다.

'라온 오빠, 나 때문에 또 상처받았겠지? 언니 말대로 어쩌면 제일 상처받은 사람은 라온 오빠일 텐데. 그렇게 추한 모습, 우리한테 보여서 얼마나 창피하고 엄마가 원망스러웠겠어.'

밀레는 눈물이 차올라 따끔거리는 눈을 꼭 감았다. 라온이 괴로워하던 얼굴이 떠오른다. 붉게 달아오른 얼굴, 눈도 맞추지 못하고 마른 손만 비벼대던 착한 남자. 그 사람한테 또 마음의 상처를 주고 온 것 같아 밀레는 가슴 밑바닥까지 슬펐다.

하지만 마네처럼 쿨하지 못해 쉽게 용서가 되지도, 마음이 풀어지지도 않는다. 이런 나란 걸 그가 이해할까 싶어 더욱 목이 꾹 멘다.

알아주지 않아도 어쩔 수 없는 일. 애초에 그랬듯 라온은 자신이 범접하지 못할 왕자님인 것을.

"미안해, 형."

내내 바깥에 있다가 겨우 들어와서는 한다는 소리가 '미안해, 형' 이었다. 그런 라온을 보며 슬우는 깊은 한숨이 나왔다. 이재희를 생각하면 씹어 삼켜도 분이 안 풀릴 지경이지만, 라온을 보면 그런 마음도 바람에 흩날리는 안개처럼 소리 없이 사라져 버린다.

"니가 사과할 필요 없어. 니 잘못 아니야."

슬우는 애써 라온을 위로했다. 빚쟁이처럼 안절부절못하고 서 있는 라온에게 의자에 앉으라 시켰다. 의자를 끌어다 앉은 라온은 애꿎은 손가락만 이리저리 꺾었다. 몹시 불안해 보여 슬우는 주위를 환기시켰다.

"내일 퇴원해도 된다니까 집에 가서 자."

"그냥 여기서 잘게."

"성가셔. 집에 가서 편히 자. 중병 걸린 것도 아니구."

"집에 혼자 있기 싫어서 그래. 여기 있다가 내일 퇴원하는 거 보고 스케줄 가면 돼."

혼자 있기 싫다는 말에 슬우도 억지로 집에 보내고 싶지 않았다. 제 엄마의 모습을 보고 또 우울증 약이라도 먹을까 봐 내심 걱정스러웠다.

"너 요즘도 우울증 약 먹어?"

그 소리에 라온이 화들짝 놀랐다.

"아냐. 안 먹어."

"정말 괜찮은 거지?"

"그, 그럼. 형이랑 같이 살고부터 많이 좋아졌어."

도대체 안식처라곤 없어 보이는 라온이 안쓰러워 슬우는 물끄러미 바라보다가 창으로 고개를 돌렸다. 어둠이 짙게 내린 창에는 두 사람의 그림자가 고스란히 비쳤다. 한 장의 사진 같기도 하고 화폭 같기도 해 감상하듯 창에 비친 라온과 자신을 쳐다보았다. 왜 이복동생으로 태어났어야 했는지. 그렇지 않았다면 훨씬 아끼고 좋아했으련만.

아직도 먼 타인처럼 느껴지는 라온을 바라보며 슬우는 손끝이 저리도록 아팠다. 제 엄마로부터 억지로 떼어놓으려는 자신의 신세 또한 왠지 기구하게 느껴져 마음이 서글펐다.

정말 라온을 위한 일이 무얼까?

라온이 가장 행복할 길.

그 길을 찾아주고 싶었다.

열다섯 개의 별

"어이구, 괜찮아? 얼마나 놀랐어 그래?"

이틀 후 퇴원하여 온 슬우의 집으로 새복과 샤갈이 쳐들어왔다. 마네와 라온이 스케줄로 늦는 새를 틈타 온 것이어서 슬우는 혼자 두 사람을 맞이하곤 조금 당황했다.

샤갈이 사들고 온 과일바구니와 각종 반찬이 담긴 찬합을 거실 테이블에 내려놓았다.

"이거 엄마가 직접 한 반찬들이에요. 병문안 못 가서 미안해요. 마네가 성가시다고 하도 오지 말래서요."

"앉으세요."

집안을 둘러보고 섰다가 새복이 휘휘 손을 저었다.

"아휴, 아니에요. 환자 있는 집에 오래 있는 거 아니지. 가자, 샤갈아."

"그릇은 나중에 주세요."

슬우는 그냥 가려는 두 사람을 만류했다.

"차 드시고 가십시오. 그냥 가시면 죄송해서요."

"차는 무슨. 식사는 한 거예요?"

"아직 안 먹었……."

샤갈이 냉큼 그의 말을 가로챘다.

"아유, 잘됐다. 우리도 안 먹었는데. 그럼 차 말고 같이 식사할래요? 괜찮으면 우리 집에 올라가서 먹어요."

"……."

슬우는 이전처럼 혼자 두 여자와 식사해야 한다는 생각에 진땀이 흘렀지만, 새복은 대수롭지 않게 샤갈의 말을 받았다.

"그럴까? 여긴 살림이 뭐가 있는지 모르니 챙겨 먹이기도 그렇구. 같이 올라가요. 아플 때일수록 잘 먹어야 하는 거야. 2층 올라가는 정도는 괜찮죠?"

새복과 샤갈이 알뜰살뜰히 챙기니 사양하지도 못하고 슬우는 마른침만 꿀꺽 삼켰다.

"예. 괜찮습니다."

그리하여, 본의 아니게 또 2층 식탁에 마주 앉은 세 사람.

어제 슬우에게 해다 주겠다고 바지런히 만들어놓은 반찬과 미역국으로 함께 식사를 했다. 이럴 때 마네와 라온이라도 있으면 덜 어색하고 불편하지 않으련만. 밀레도 오늘은 약속이 있는지 늦고, 슬우는 어색하고 불편해 밥이 코로 들어가는지 입으로 들어가는지 모를 지경이었다.

"왜요? 찬이 맛이 없어요? 몸이 아파서 그래요? 잘 못 먹네."

새복이 염려를 늘어놓기에 슬우는 깜짝 놀라 얼른 대꾸했다.

"아, 아닙니다. 맛있습니다. 정말 맛있습니다."

따뜻하고 정이 담뿍 담긴 밥. 누가 이토록 마음 써주랴 싶으니 목이 꾹 멘다.

"고맙습니다."

슬우의 진심이 담긴 인사에 새복이 감동이라도 한 듯 환하게 웃었다. 처음엔 까칠하기 이를 데 없더니 역시 사람은 정을 줘야 한다. 몇 달 새 이렇게 사람이 달라지다니. 그게 다 가정이 불우한 탓이려니 생각하자 더욱 마음이 짠했다.

"많이 먹어요. 내가 채 화백이랑 라온이가 아들 같아서 그래."

"……."

"우리가 잘난 건 하나도 없지만, 나쁜 사람들은 아니라우. 우리 마네랑도 잘 지내는 거 같아서 마음이 놓이구요."

"말씀 놓으십시오."

"어머나. 정말 그래도 될…… 까?"

조심스러워하는 새복을 향해 슬우는 처음으로 밝은 웃음을 지었다.

"그렇게 해주십시오. 그래야 저도 마음이 편할 것 같습니다."

"이미나, 이미나. 채 화백님도 웃으니까 완전 딴사람이네. 훨씬 부드럽고 따뜻해 보여요. 앞으론 자주 좀 웃어요. 알았죠? 호호호."

샤갈의 발랄한 웃음 사이로 문소리가 나며 밀레의 목소리가 들렸다.

"다녀왔습니다."

샤갈이 주방 밖을 향해 큰 소리로 밀레를 불렀다.

"밀레야, 우리 주방에 있어."

잠시 후 주방 안으로 들어온 밀레는 슬우를 보더니 흠칫 놀랐다. 현관에 낯선 신발이 있기에 누군가 했는데 슬우였다. 이 밤에 슬우 혼자 집에 와 식사하고 있다는 것도 이상했지만, 병원에서 있었던 일로 아직 기분이 저조한 밀레는 새치름해져 고개를 숙였다.

"오셨어요?"

"밥 먹어."

샤갈의 말에 밀레는 고개를 저으며 등을 돌렸다.

"됐어."

찬바람이 쌩쌩 도는 밀레 때문에 새복과 샤갈은 어리둥절할 따름이었다.

"왜 저래? 엊그제부터 계속 저러네. 무슨 일 있나?"

병원에서 이재희 때문에 마음이 상했을 게 분명하니 슬우는 가시방석이 따로 없었다. 아무렇지 않게 밥을 먹는 게 염치가 없어 그만 수저를 내려놓았다.

"잘 먹었습니다."

"아니, 왜? 더 먹지 않구?"

"아닙니다. 많이 먹었습니다. 식사 중에 죄송하지만 먼저 일어나겠습니다."

몸이 아픈가 보다 여기고 새복이 부산스레 자리에서 일어났다.

"그래, 그래. 우리가 주책없게 오라고 한 거 아닌가 몰라. 밥은 다음에 또 먹어도 되지 뭐."

"그럼."

자리에서 일어난 슬우는 새복에게 정중히 인사하고는 주방을 나왔다.

샤갈의 배웅을 받으며 밖으로 나온 뒤 터벅터벅 계단을 밟아 1층으로 내려왔다. 집에 들어가기 전 우두커니 서서 하늘에 뜬 달을 올려다봤다. 가슴이 답답했다. 마네와 라온이 밀레의 기분이 좀처럼 풀리지 않아 걱정이라더니 정말 그랬다. 라온과 친하게 지내기를 내심 바랐다가 역시나 이재희가 걸림돌이 되자 이루 말할 수 없이 속이 쓰렸다. 라온도 그 일 때문에 더 의기소침해져 있는 것 같고.

집으로 들어온 슬우는 테이블 위에 놓고 간 찬합 뚜껑을 열어보았다. 가지런히, 골고루 담긴 반찬은 방금 전 그가 2층에서 먹은 것들이었다. 정갈하고 깔끔하던 음식 솜씨에 그 맛이 새삼 입안에 감돌았다.

마네 어머니의 정성과 관심이 고마우면서도 죄스러운 건 어쩔 수 없었다. 기회를 봐서 사실을 말씀드리겠노라 결심한 것과 달리 시간이 갈수록 말문을 열기가 더욱 두려워진다.

모든 사실을 알고도 마네 가족은 자신을 용서할 수 있을까?

지금처럼 화기애애하게 잘 지낼 수 있을지 슬우는 점점 자신이 없어졌다.

"무슨 걱정 있어?"

퇴원했다기에 집에 들렀던 마네는 침울해 있는 슬우가 걱정되었다. 강도 때문인가 싶지만 다른 이유가 있는 것도 같았다.

그녀와 함께 바Bar에 앉아 음료를 마시던 슬우는 고개를 저었다.

"아니."

"근데 얼굴이 왜 그래? 몸 아직 불편한 거 아냐?"

"아까 어머니랑 언니 오셨었어. 같이 밥 먹자 그래서 너희 집에도 갔었구."

"그새?"

슬우가 성가셔 할까 봐 병문안도 말렸더니 퇴원하자마자 집에 왔다는 말에 마네는 극성맞다며 혀를 찼다. 수다스러운 두 여자 사이에 혼자 끼어 불편하고 어색해했을 슬우를 생각하자 미안했다.

"병문안 가겠다는 거 내가 못 가게 했거든. 채 화백 퇴원하기만 기다렸나 봐. 신경 안 써도 된다니까 자꾸 그러네. 우리 엄마가 아들이 없어서 그래. 나한테도 맨날 아들이었으면 얼마나 좋아, 그러시거든."

"후후. 챙겨주시니 좋긴 한데 죄송해서."

"뭘 죄송해? 엄마랑 언니가 좋아서 하는 건데. 속으로 흉 본 거 아냐? 유별난 식구들이라구."

"아니야. 진짜 좋았어. 가족처럼 챙겨주셔서. 나도 잘해 드리면 좋겠는데 마음대로 잘 안 된다."

마네는 손에 든 와인잔을 입가로 기울이며 흐뭇하게 웃었다. 처음 이사 왔을 때가 떠올랐던 탓이다. 그때만 해도 이런 그림은 상상조차 할 수 없었는데 말이다.

"2년은커녕 1년이나 이 집에서 살까 했었는데."

마네의 자조적인 읊조림에 슬우도 동감하듯 피식 웃었다.

"그러게. 특히, 너. 너랑은 정말 안 맞을 줄 알았다."

"누가 아니래. 난 채 화백 같은 남자랑은 절대 안 사귈 거라고 다짐까지 했었는걸."

"밀레는 아직도야?"

병원에서 이재희 일로 밀레가 단단히 화가 났다는 얘기를 듣고 슬우는 몹시 신경이 쓰였던 참이다. 라온은 라온대로 큰 상처를 받은 것 같아 어떻게 해야 좋을지 답답했었다. 둘 사이가 다시 호전된다 해도 모든 사실을 알고 난 후가 걱정이었다. 마네 가족과 라온이 받을 충격을 생각하면 마음이 무거울 따름이다.

라온이 밀레에게 관심을 보일 때 말렸어야 옳았을까?

마네에게 마음을 빼앗겨 밀레도 용납해 주었던 것이 큰 낭패로 돌아오고 마는구나, 싶어 심경이 혼란스럽다.

마네도 기분이 최악인 밀레 때문에 멋쩍게 대답했다.

"괜찮아질 거야. 시간은 걸리겠지만. 라온이도 기분 별로던데. 집에선 어때?"

"내색을 안 해서 모르겠어. 내가 먼저 밀레 얘기 꺼내기도 그렇구. 이젠 라온이 눈치까지 보게 되네. 참 나."

투덜대긴 하지만 마네는 그런 슬우가 보기 좋았다.

"형제잖아."

"형제……. 글쎄, 난 아직 모르겠다. 라온이가 내 동생이란 생각, 확실하게 마음에 와 닿질 않아."

"요즘은 잘 지내면서 왜?"

"잘 지내려고 노력하는 거지. 정말 엄청나게 노력하고 있어. 나처럼 아픈 녀석이다, 생각하면서."

25년 동안 마음 깊이 거부했던 존재였으니 하루아침에 온전히 받아들이는 건 불가능한 일이리라.

동생으로 받아들이려 엄청나게 노력한다는 슬우의 말이 마네는 마음에 찡하게 와 닿았다. 와인잔을 바 위에 내려놓고 대신 잔을 쥔 그의 손을 포근히 감싸 쥐었다.

"너무 억지로 애쓰진 마. 먹는 것도 급히 먹거나 과식하면 체하는 법인데 사람을 마음으로 받아들이는 일이야. 그것도 오래도록 거부했던 존재를. 당연히 힘들고 어렵지."

'넌 과연 내게 그럴 수 있을까? 내가 누군지 알고 난 후 내 존재가 네게 어떻게 비쳐질지 두렵다.'

슬우는 점점 다가오는 미래가 머릿속으로 그려져 슬픈 눈으로 마네를 바라보았다.

☆ ☆ ☆

"이렇게 오시라고 해서 죄송합니다."

황 검사가 자리에 앉기를 권하자 슬우가 소파로 가서 앉았다. 강도 신고를 한 터라 슬우는 좋은 소식이라도 있을까 하여 내심 기대에 찼다.

직원이 가져다준 유자차를 몇 모금 마시던 황 검사가 심각하게 말을 꺼냈다.

"신우정이라고 아십니까?"

"예. 압니다만, 왜 그러십니까?"

강도 얘기를 할 줄 알았다가 뜬금없이 신우정이란 이름이 나와 어리둥절했다.

"신우정이 갤러리에서 그림 사갔죠?"

"6, 7개월 전부터 저희 갤러리 고객이었습니다."

"신우정이 사들인 미술품들이 대부분 정치자금으로 쓰인 정황이 있어서 말입니다."

역시 그거였던가?

어느 정도 예상하던 일이어서 슬우는 혹, 석현이 레오 일로 신우정을 조사하는 일 때문이 아닐까 짐작해 봤다. 그런데 황 검사가 먼저 백기환 의원의 이야기를 꺼냈다.

"백기환 의원이라고 아시죠?"

"예."

입이 마르는지 유자차를 급히 들이켠 황 검사가 차근차근 설명했다.

"갤러리에서 사간 미술품들 중에서 두 작품이 백기환 의원에게 보내졌어요. 근데 그걸 백 의원이 최근에 또다시 한 사업가에게 선물했구요. 말이 선물이지 사업가에게 받은 돈이 원래 값보다 적어도 열 배 이상은 된다는 제보가 있었습니다. 신우정을 시켜 사들인 미술품을 그런 식으로 해서 정치자금으로 쓰는 모양이에요. 뭐, 백 의원이 미술품을 애장하기로 소문이 나긴 했지만, 그것도 다 눈가림일 가능성이 커요. 그리고 또 한 가지……."

황 검사는 잠시 말을 끊었다가 난감하게 입을 열었다.

"이재희 씨가 요 근래 신우정과 만나던데, 두 사람이 친분이 있다는 게 너무 뜻밖이어서 말입니다."

"……!"

이재희와 신우정이 친분이 있다?

슬우는 기분이 썩 좋지 않았다. 그 두 사람이 서로 알고 있다는 사실이 결코 반갑지 않았으니.

"처음엔 저희도 서로 정치색깔이 달라 일종의 신경전이 아닐까 생각했거든요. 아시겠지만 아버님이신 채명국 사장님은 야당의 대선후보인 정길상 의원님을 지지하고 계시지 않습니까?"

그랬다. 해서, 아버지와 백기환 의원 사이가 나쁘다는 것도 알고 있었다. 백기환 의원과 얽힌 신우정이 불길했던 것도 그런 이유였다.

'왜 하필 신우정은 많은 갤러리를 놔두고 내 갤러리에서 미술품을 사들였을까?'

그것도 의문인 터에 이재희와 만났다는 건 더욱 괴이했다. 이재희가 밖으로 나도는 걸 극도로 싫어하는 아버지였으니, 그녀를 앞세워 정치 후원을 할 리 없었다.

황 검사가 무척 곤혹스러운 표정을 지으며 말을 이었다.

"이런 말씀 드려서 안 됐습니다만, 그 강도 말입니다. 이재희 씨가 신우정에게 사주했다고 하더군요."

순간, 슬우의 정신이 멍해졌다. 머릿속이 텅 빈 것처럼 하얗게 바래졌다.

이재희 씨가 신우정에게 사주했다고 하더군요.

이재희 씨가 신우정에게 사주했다고 하더군요.

이재희 씨가 신우정에게 사주했다고 하더군요.

"방금…… 뭐라고 하셨습니까? 이재희가 날 죽이려고 했다구요?"

"어제 신우정이 휴대전화로 녹음해 놓은 걸 저희가 어렵게 입수했습니다. 아마 지금쯤 휴대전화를 잃어버렸으니 그쪽에서도 비상이 걸렸을 겁니다. 저희도 그걸 계기로 수사에 박차를 가하고 있구요."

"녹음 내용 들어볼 수 있습니까?"

"예."

황 검사가 테이블에 두었던 녹음기를 틀었다. 슬우는 잔뜩 긴장한 채 녹음기에서 흘러나오는 이재희와 신우정의 대화를 들었다.

"장난해요?"

"목숨이 질긴 사람이더군요, 채슬우 씨가. 아니, 운이 좋다고 해야 하나. 한 번도 아니고 두 번이나. 킬러 말로는 채라온 씨가 훼방을 놓았다네요."

"라온이…… 가?"

"형제끼리 우애가 좋은가 봐요."

"마지막 기회를 줄 테니 채슬우, 내 인생에서 치워. 이번에도 실패하면 거래는 없던 걸로 하겠어. 그리고 당신, 날 호락호락하게 보지 마. 일이 잘못되면 우리 라온이까지 끌어들일 속셈인 모양이지만, 그렇게 되도록 내가 가만히 안 놔둬. 지옥 끝까지 쫓아가서라도 당신! 내 손으로 죽여 버릴 거야."

"훗. 장마네 씨와 무척 인연이 깊더군요."

"장마네가 왜?"

"9년……. 아니, 해가 바뀌었으니까 10년이로군요. 장필도 씨…… 딸이에요, 장마네 씨가."

"뭐, 뭐라구?"

"채슬우 씨와 사귀는 사이라죠. 정말 세상일은 겪으면 겪을수록 놀랍지 뭐예요."

"그 더러운 입 닥치고 시키는 일이나 똑바로 해. 너 같은 거 하나 치우는 거 나한텐 별일 아니니까."

녹음은 거기서 끝나 있었다. 슬우는 녹음 내용 중에 마음에 걸리는 부분을 다시금 되새겼다.

한 번도 아니고 두 번이나.
마지막 기회를 줄 테니…….
이번에도 실패하면…….

'처음이 아니다.'

더군다나 신우정이 10년 전에 있었던 뺑소니사고를 알고 있다는 게 께름칙했다.

'설마 그것도 이재희의 짓이었나? 신우정을 시켜서?'

"이번 강도 사건이 처음이 아닌 것 같은데 이전에도 목숨을 위해받은 일이 있으셨습니까?"

황 검사의 질문에 돌연 슬우의 눈빛이 달라졌다. 충격으로 텅 빈 것 같던 눈동자에 서서히 분노와 좌절이 깃들기 시작했다.

"10년 전에 뺑소니사고당한 적이 있습니다."

"범인이 잡혔다면 누구 짓인지 알았을 텐데요?"

"잡지 못했습니다. 안개가 너무 짙어서……. 아무것도 보질 못했어요."

"음, 그런 일이 있으셨군요. 심려가 크셨을 텐데 안 좋은 소식을 전해드리게 돼서 유감입니다. 실례되는 질문이 될지 모르겠지만, 알고 계셨습니까? 장마네 씨가 작고한 장필도 씨의 따님이라는 거 말입니다."

슬우는 척추에서 힘이 빠지는 기분에 소파 등받이로 푹 기대고 말았다.

어떻게 두 번씩이나.

강도사건도 사건이지만, 슬우는 뺑소니사고가 우연이 아니라 의도된 일이었다는데 크나큰 충격을 받았다. 그것 때문에 아무 잘못도 없는 마네 아버지가 돌아가신 게 아닌가. 정말이지 청천벽력 같은 소식이었다.

"예. 알고 있었습니다."

"장마네 씨도 알고 있습니까? 왜 이런 질문을 드리느냐면, 차후에 강도사건뿐 아니라 뺑소니사건도 수사해야 하기 때문입니다."

"마네와 가족은…… 아무것도 모릅니다. 차마 얘기를 꺼낼 수가 없어서…… 기회를 보는 중이었습니다."

점차 참담한 표정으로 변해가는 슬우를 보던 황 검사는 공연히 유자차만 홀짝홀짝 들이켰다.

이재희가 누구인가. 국민남동생이라 불리는 채라온의 친모다. 사건도 보통 사건이 아닌 것이다. 이 일이 알려지게 되는 날엔 온 나라가 떠들썩해질 테고, 이재희뿐 아니라 채명국 사장과 채라온마저 충격에서 헤어나오지 못할 것이었다. 일단 슬우에게 확인은 해야겠기에 조심스럽게 말을 꺼내긴 하였으나, 안색이 흙빛으로 죽어버린 그를 보자 심란하기 이를 데 없었다.

조사하던 과정에서 알아보니 그동안도 평탄치 못한 삶을 살았고, 한 번도 아닌 두 번씩이나 계모에게 죽임을 당할 뻔한 슬우의 처지가 참으로 기가 막혔다. 그런 미친 여자를 엄마로 둔 채라온도 안타까웠고.

기업의 총수라는 자가 여자에 미쳐서 전처도 자살로 죽게 하더니 된통 뒤통수를 맞은 격이었다.

슬우는 아버지가 이 사실을 알고 있을지 궁금했다.

"아버지도 아십니까?"

"제가 직접 말씀드리진 않았습니다. 그래도 누군가 이미 얘기했을 겁니다. 듣기론 외국 출장 중에 급히 귀국하시는 중이라더군요. 아시잖습니까. 이번 일 터지면 어떤 일이 벌어지리라는 거."

"예……."

"장마네 씨에겐 직접 말씀드리는 것이……. 흠흠. 저희한테 듣는 것보다야 채슬우 씨에게 듣는 편이 더 낫지 않겠습니까?"

슬우는 생각만 해도 가슴이 무너지는 것 같아 두 눈을 질끈 감았다가 떴다.

"제가 얘기하는 게 맞겠죠."

"이만 가보셔도 됩니다. 마음 잘 추스르시고, 무슨 일 생기면 저희 쪽에 바로 연락 주십시오. 또 연락드리겠습니다."

하지만 슬우는 쉽사리 자리에서 일어나지 못했다. 아무리 싫고 미워도 어떻게 죽일 생각을 할까. 이재희의 악독한 만행에 분노에 앞서 망연자실했다. 어머니를 자살로 죽게 하면서까지 아버지가 택했던 여자였다. 아들의 고통을 보면서도 또 다른 아들 때문에 눈을 감아버린 아버지가 택했던 그 여자는, 결국 전처의 모든 것을 자신의 인생에서 지워 버리려 하고 있었다.

우연한 뺑소니가 아니었다. 단순한 강도가 아니었다. 그 모든 게 이재희의 사주였고, 신우정이 시킨 짓이었다.

세상이 미쳐 돌아가는 것인가.

슬우는 너무 기가 막혀 헛헛한 웃음이 흘러나왔다.

"흐흐흐……. 흐흐, 하하하, 아하하하하하……."

☆ ☆ ☆

"이제 와?"

그날 저녁, 라온은 소파에 앉아 TV를 보다가 슬우가 들어오자 반갑게 맞이했다. 슬우는 걸음을 멈추고 바지 주머니에 손을 찌르고 서서 라온을 물끄러미 바라보았다.

'검찰에서 잘못 안 것일지 몰라.'

그렇게 생각하고 싶지만, 신우정이 직접 녹음한 내용은 거짓이 아니다. 이재희의 독기 서린 음성이 고스란히 귀에 들려와 슬우는 멍한 표정을 지우지 못했다.

라온은 들어오다 말고 우뚝 그 자리에 서 있는 슬우를 이상하게 쳐다보았다. 혼란스러운 그의 눈빛에 가슴이 쿵 떨어졌다.

"왜…… 그래?"

라온이 물어서야 슬우는 생각 속에서 퍼뜩 빠져나왔다.

"아냐, 아무것도."

슬우는 피하듯 빠른 걸음으로 드레스룸을 향해 걸어갔다. 라온은 뭔가 미심쩍은 표정으로 복도 쪽으로 사라지는 그를 지켜보았다.

'왜 저러지? 엄마랑 또 무슨 일 있었나?'

슬우의 안색만 바뀌어도 가슴이 철렁철렁 내려앉는 라온이었다. 엄마로부터 더 이상 연락이 없어 한편으로는 안도하면서도 다른 한편으로는 언제 다시 나타나 사람을 기함하게 만들지 불안했다. 엄마가 계속 슬우뿐 아니라 주변 사람들에게까지 피해를 준다면 이곳에 머물기도 곤란해지리라.

'그땐 어디로 가야 하지?'

라온은 초조한 마음에 심장이 비정상적으로 쿵쿵 뛰어올랐다.

잠시 후 옷을 갈아입고 나온 슬우는 곧장 현관으로 향했다.

"작업실에 있을 거야."

"……."

예전에 느끼던 차가움은 아니었다. 하지만 음울한 모습에 라온은 슬우에게 좋지 않은 일이 생겼음을 알아차렸다. 안 좋은 일일수록 슬우는 입을 열지 않을 것이다.

대체 무슨 일일까?

정원으로 나온 슬우는 불이 켜진 2층을 올려다보았다. 집 앞에 마네의 차가 있던 걸 보고 들어왔었다. 검사와 면담을 끝낸 뒤 제일 먼저 해야 할 일이 무엇일지 고민했었다. 그리고 이제 그 일을 하려는 것이다.

길게 고민해 봐야 소용없는 일. 어차피 밝혀질 일이라면 하루라도 빨리 알리는 편이 나으리라.

점퍼 주머니에서 휴대전화를 꺼낸 그는 마네에게 전화를 걸었다. 마치 기다리기라도 한 것처럼 마네의 경쾌한 음성이 들렸다.

〈옛, 썰!〉

"작업실로 좀 내려올래?"

〈알았어.〉

먼저 지하작업실로 내려간 슬우는 그리다 만 캔버스 앞에 가서 섰다.

의자에 앉은 피에로 마네.

사는 게 정말 피에로 같아서 쓴 물이 올라왔다.

어디서부터 어디까지 진실일까. 마네에게는 또 어디까지 이야기해야 할지 막막했다.

끝도 없이 수렁에 빠져드는 기분에 망연히 그림을 바라보고 있으려니 문이 열리는 소리가 들렸다. 다다다 소리가 나도록 달려온 마네가 뒤에서 와락 끌어안는다. 가슴이 무너져 슬우는 괴롭게 눈을 감았다.

"난 물감냄새가 정말 좋아. 채 화백한테도 나거든, 물감냄새. 우리 아빠도 그랬구."

"마네야."

"어?"

"나…… 그때……."

망설이는 슬우 때문에 답답해진 마네가 재촉했다.

"그때, 뭐?"

"……그때 니네 아버지 뺑소니사고당했던 날……."

"갑자기 그건…… 왜?"

이상한 낌새에 마네의 생글거리던 얼굴이 한순간 찬물을 뒤집어쓴 듯 굳어졌다. 갑자기 뺑소니사고 얘길 꺼내니 더럭 겁이 났다.

격한 감정이 올라와 입술을 꾹 깨물었던 슬우는 캔버스 속 피에로 마네에게 고백했다.

"니 아버지랑 같이 사고 났었어."

"……뭐?"

"나 때문이야, 니 아버지 돌아가신 거. 날 도와주시려다가 그만……. 나 때문이야. 나 때문에…… 나 때문에……."

슬우의 눈빛이 격정적으로 떨렸다.

망연자실 중얼대는 그의 말이 마네의 귓전을 어지럽게 맴돌았다. 함께 있던 그 청년이 슬우였다니 믿을 수가 없었다. 그 대단하고 오만한 아버지가 바로 슬우의 아버지였다니! 게다가 아빠가 도와주시려다가 함께 사고를 당했다니, 그것은 곧 사건을 조작했다는 말이 아닌가.

이제껏 그 반대로 알고 있던 마네는 큰 충격이 머리를 강타하는 것 같았다.

"오늘 검사를 만났어. 뺑소니뿐 아니라 강도도 라온이 엄마가…… 시킨 짓이라고……."

"……!"

팔에 힘이 쭉 빠져나간다. 스르르 풀려 버린 팔 때문에 마네는 휘청이며 슬우에게서 떨어져 나갔다. 돌아보지도 못하고 등만 보이고 서 있는 슬우 때문에 어안이 벙벙했다. 방금 들은 이야기를 제대로 이해한 게 맞는 걸까?

"라온이 엄마가…… 시켰다구?"

아빠를 죽인 사람이 그럼 라온이 엄마였어?

"말도 안 돼……."

슬우는 빠르게 말라오는 입술을 혀로 축였다. 그리고 그녀 쪽으로 몸을 돌렸다. 경악과 분노에 찬 마네가 눈앞에 서 있었다. 온몸을 부르르 떠는 그녀를 잡아주려 손을 뻗었지만, 그녀는 거부하듯 한 발 뒤로 물러섰다.

"왜 말 안 했어?"

"말할 수가 없었어. ……나 때문에 돌아가신 거나 마찬가진데 도저히 말을 꺼내기가……."

무엇보다 그는 마네를 잃고 싶지 않았다. 이런 아픈 순간이 오리라는 생각만 해도 괴로웠으니까.

이재희가 슬우를 죽이려 한 것도 모자라 애꿎은 아빠까지 돌아가시게 한 사실을 알자 마네는 그만 이성을 잃어버렸다. 슬우가 자신을 속였다는 사실이 더욱 견딜 수 없는 배신감으로 다가왔다. 농락당하고 유린당한 것처럼 심장이 갈기갈기 찢기는 느낌이다.

"어떻게…… 이래?"

서서히 마네의 눈 속에 차오르는 눈물이 슬우의 눈 속에도 똑같이 담겨졌다.

"미안하다……."

절로 신음이 쏟아져 마네는 이를 꽉 악물었다. 아무런 생각도, 아무런 말도 할 수 없었다. 그냥 현실을 외면하고픈 마음뿐.

망연자실 서 있던 그녀는 이내 뒤도 안 돌아보고 그곳을 나왔다. 더 이상은 그를 마주할 용기가 나지 않았기 때문이다.

아빠와 함께 사고를 당한 그 청년. 모멸감만 가득 안겨주었던 부모의 아들.

그 사실이 너무나 끔찍해 그녀는 진저리를 쳤다.

'마네야…….'

슬우는 안타깝게 그녀의 뒷모습을 바라보았다. 쾅, 문이 닫히고 완전히 그녀가 시야에서 사라져서야 비틀거리며 작업대를 손으로 짚었다. 온몸이 갈가리 찢기는 듯한 고통이 휘몰아친다.

"으아아아아!"

작업대 위의 물건들을 죄다 쓸어버리며 슬우는 짐승 같은 비명을 내질렀다. 와장창, 깨지고 부서지는 소리가 요란하게 작업실을 울렸다. 순식간에 엉망진창이 되어버린 작업실, 그 속에서 슬우도 진탕에 허우적거리는 사람처럼 털썩 무릎을 꿇고 말았다.

'정말 맞아, 아빠? 그때 같이 있던 사람, 채 화백 맞냐구?'

마네는 장필도의 초상화 앞에 서서 재차 확인하듯이 물었다.

아무리 생각해도 이 기막힌 인연을 어떻게 받아들여야 좋을지 혼란스러웠다.

'아니라고 해줘. 아니라고 해줘, 아빠. 잘못 안 거라고 한마디만……!'

"언니, 뭐 해?"

방금 욕실에서 나온 밀레는 우두커니 아빠 초상화를 보고 서 있는 마네에게 의아하게 물었다. 퍼뜩 눈가의 눈물을 닦아낸 마네가 반쯤은 넋이 나간 듯 대답했다.

"머, 먼저 자야겠다. 피, 피곤해서."

후다닥 방으로 들어가 버리는 마네 때문에 밀레는 미심쩍은 눈초리를 거두지 못했다.

"왜 저래? 금방 좋다고 내려가더니만, 아저씨랑 싸웠나?"

어쩐지 마냥 좋기만 하더라 싶어 밀레는 그러려니 했다. 연인이 사귀면서 어떻게 안 싸울 수가 있겠는가. 그리 생각하니 문득 라온과 껄끄러운 사이가 되어버린 게 마음에 걸렸다. 꽁한 마음에 다신 안 만나겠다 다짐했지만, 앉으나 서나 라온 생각인 건 분명히 자기가 새대가리라서 그렇다 믿는 밀레였다.

"치. 그래도 어쩜 남자가 문자 한 통도 안 보낸담."

입을 댓 발 내밀고 툴툴거리다가는 마른 한숨을 폭 내쉬었다.

"하긴, 프린스가 뭐가 아쉬워서 문자까지 보내가며 정성을 쏟겠어. 내가 뭐라구."

소식 한 자 없는 라온 때문에 섭섭하다가도 그와 자신의 갭을 떠올리면 여지없이 기대감이 사그라졌다. 스스로 느끼기에도 현실감이 투철하다손 치지만, 사랑하는 마음이 현실감만 갖고 될 일은 아닌 것을.

혹자는 굴러들어 온 복을 제 발로 걷어찼다고 할지 모르겠으나, 라온을 좋아하는 그 순간부터 너무 많은 걸 포기해야 한다는 게 자꾸만 마음을 주저하게 만들었다. 밀레는 용기 없는 자신이 싫었다.

"에휴."

밀레가 시무룩하게 방으로 들어간 그 시각, 마네는 어두컴컴한 방 침대에 누워 어떻게 해야 할지 몰라 전전긍긍했다. 새복과 샤갈이 왔는데도 자는 척 일어나지 않았다. 온 집안의 불이 꺼지고 모두 잠이 든 후에도 새벽 동이 틀 때까지 뜬눈으로 지새웠다. 도저히 용서되지 않는 이재희 때문에, 자신을 속인 슬우 때문에, 그리고 그 모든 사실을 알았을 때 충격을 받을 가족 때문에.

☆ ☆ ☆

라온이 갤러리에 들른 것은 다음 날 정오 무렵이었다. 미리 연락하고 온 게 아니어서 약속이 있어 나갔다는 슬우를 만나진 못 했으나, 실은 밀레를 보러 왔기에 갤러리 내의 카페로 갔다.

점심시간 때라 갤러리뿐 아니라 카페 안에도 손님은 많지 않았다. 드문드문 앉았던 사람들이 들어서는 라온을 보고 반색했다. 하지만 밀레는 주문서를 정리하느라 미처 라온이 들어온 걸 모르고 있었다.

"흠!"

라온이 인기척을 내고서야 주문대 앞에 서 있던 밀레가 인사하며 고개를 들었다.

"어서 오……!"

싱긋 웃는 라온 때문에 밀레의 가슴이 속절없이 쿵 떨어졌다. 두 눈만 깜박인 채 굳어버린 밀레에게 라온은 딴청을 부리듯 주문 판을 올려다봤다.

"커피…… 는 나중에 마시고 점심 먹자."

그때서야 주변의 시선이 죄다 집중해 있는 걸 느끼고 밀레는 후다닥 정신을 차렸다. 그러고는 주문서를 다시 확인하는 척 퉁명스럽게 대꾸했다.

"점심시간 아직 아닌데요."

도로 높임말을 쓰는 밀레 때문에 라온의 눈빛에 살짝 실망감이 드러났다.

"가자, 밥 먹으러. 내가 사무실에 얘기해 놨어."

조르는 투에 밀레는 고개를 홱 들었다.

"같이 밥 안 먹을 건데요."

고집을 피우는 밀레를 보자 라온의 표정이 뚱해졌다.

"난 같이 먹어야겠어, 너랑."

프린스, 노망났니? 웬 생떼야?

밀레는 입을 삐죽거리며 못 본 체 고개를 팩 숙여 애꿎은 주문서만 만지작댔다. 그 주문서에서 밀레의 손을 슬그머니 떼낸 사람은 카페 매니저였다. 그녀는 오호호 경망스럽게 웃으며 밀레의 오동통한 팔뚝을 힘주어 꾹 잡았다.

"같이 밥을 안 먹긴 왜 안 먹는다고 그래? 어서 가는 게 니 신상에 좋을 거야. 오호호호."

시기와 질투의 시선이 사방에서 이글거렸다. 흠칫 놀라는 밀레를 억지로 바깥으로 밀어내며 카페 매니저가 라온을 향해 또 오호호 호들갑스럽게 웃었다. 너무 부러워 속으로는 이를 갈면서.

어디서 감히 프린스의 청을 거절해, 하는 듯 무시무시한 웃음소리에 주눅이 든 밀레는 슬그머니 주문대 바깥으로 나왔다.

"고마워요. 한 시간만 있다가 올게요."

"오호호호. 더 있다가 와도 되는데. 대신 자주 좀 놀러 오세요."

"예. 그럼 다음에 또 봬요."

라온이 덥석 밀레의 손을 잡아 데리고 나가자, 여기저기서 신음 소리가 들렸다. 그 소리를 뒤로하고 카페 밖으로 나온 밀레는 라온의 손에 끌려가다가 부랴부랴 그 자리에 멈춰 섰다.

"자, 잠깐만. 잠깐만요!"

밀레가 그의 손에서 손목을 비틀어 빼자 라온이 대뜸 물었다.

"먹고 싶은 거 뭐야?"

그런 게 있을 리 없잖아!

갑자기 들이닥쳐서 곤란하게 만들고. 은근 제멋대로야.

쉽게 포기할 것 같지 않아 밀레는 앞치마에 손등을 문지르며 말했다.

"짜장면이요."

"겨우?"

밀레는 앞서 사무실 끝 회의실이 있는 곳으로 걸어갔다.

"시켜 먹어요. 같이 나가봤자 사람들 때문에 먹지도 못할 텐데 뭐."

라온이 얼른 따라가 그녀의 손목을 다시 잡아챘다.

왜 자꾸 손목은 잡고 난리?

잡힌 손목이 불에 덴 듯 화끈거려 밀레는 얼굴이 볼긋해졌다.

"예약해 뒀어."

"복장이……."

"괜찮아. 얼른 가자."

라온이 데려간 곳은 갤러리에서 가까운 레스토랑이었다. VVIP실이어서 외부와 차단된 곳이긴 했지만, 유니폼이 영 신경 쓰이는 밀레였다. 고급스러운 레스토랑도 이루 말할 수 없이 부담스러웠지만.

음식이 나오기 전 수프를 먹으며 라온이 순한 강아지 같은 눈을 하고서 애교 섞인 말투로 물었다.

"아직 화 안 풀렸어?"

"……."

"그래서 이제 나랑 친구 안 할 거야?"

"오빠랑 친구 하는 거 어울리지도 않구……."

"우리 엄마 땜에?"

밀레는 금방 그렇다고 대답하지 못했다. 라온에게 자꾸 상처 주는 게 싫기 때문이다. 굳이 그렇다고 하지 않아도 그는 엄마 때문에 상처투성이일 테니까.

밀레는 수프를 떠먹다 말고 빤히 쳐다보는 라온과 시선을 맞췄다. 그토록 정 떼려고 노력했건만, 어째서 또 가슴은 속절없이 쿵쿵 뛰는 것인지.

"오빤 저랑 왜 친구가 하고 싶은 건데요?"

"너 TV 안 봤구나?"

"TV요?"

어떤 프로그램을 말하는 건지 몰라 밀레는 골똘히 생각하는 듯 눈알만 데구루루 굴렸다. 피식 웃고 난 라온이 수프를 맛있게 떠먹으며 말했다.

"연예 프로 나와서 인터뷰할 때 이상형 말한 거 못 봤어?"

"아……. 봤는데요. 그게 뭐요?"

설마 그 이상형이 나랴, 싶어 밀레는 아무 생각 없는 얼굴로 되물었다.

"그게 너야."

챙그랑.

밀레의 손에서 스푼이 떨어져 수프그릇과 접시에 부딪히며 테이블 위에 나뒹굴었다. 어느덧 머리 위에서는 수천 개의 폭죽이 펑펑 터졌다.

"저…… 라구…… 요?"

"어. 알고 있는 줄 알았는데 몰랐구나."

멘사 프린스와 같은 머리인 줄 아는지.

밀레의 가슴속에 여러 가지 감정이 한꺼번에 물밀 듯 쏟아져 들어왔다.

대한민국만세, 세계정복, 해냈어, 아자, 그게 나였다니, 내 미모도 절대 딸리진 않아, 자신감을 가지란 말이야, 등등.

하지만 기쁨과 환희의 순간이 지나자 어둠의 그림자가 마음속을 침범하기 시작했다.

저 프린스가 진짜 노망난 게야, 너무 스트레스가 쌓여 머리가 어떻게 된 거 아닐까, 알고 보면 치명적인 나쁜 남자일지도, 보는 눈 되게 없네, 팬들이 두렵지 않니, 기타 등등.

그때 레스토랑 직원이 요리를 갖고 들어왔고, 그 후로 밀레는 무슨 맛인지도 모른 채 입안으로 꾹꾹 밀어 넣기만 했다.

넋이 나간 표정에 라온은 쿡쿡 웃고는 포크를 앞에다 대고 휘휘 저었다.

꼬마 아가씨, 왜 이렇게 귀여운 거야?

"아가씨, 얘기 좀 하면서 먹지!"

"아……. 네."

"다음 달에 구정 전후해서 며칠 시간 날 거 같은데 해외여행 어디 갈까?"

"전 잘 몰라요. 안 다녀봐서."

라온이 얼굴을 찌푸리며 나무랐다.

"계속 말 높일 거야? 불편해."

"저기 근데 오빠……. 그 친구라는 게 그럼……."

자기가 생각하는 친구와 그가 생각하는 친구의 의미가 다를 거란 느낌이 들어 밀레는 조심스럽게 운을 뗐다.

"친구가 뭐?"

라온은 정말 아무것도 모르는 양 묻는다. 밀레는 괜히 앞서가는 꼴 될까 봐 어설피 웃으며 질문을 철회했다.

"아, 아니야, 아무것도."

"밀레야."

"어?"

"우리 엄마가 힘들게 하면 그땐 내가 막아줄게."

"……."

밀레는 정말로 감동해 버렸다. 사과의 한마디보다 엄마로부터 보호해 주겠다는 그 말이 천 배, 만 배는 더 마음의 상처를 지워내고 있었으므로. 3년은 청소 안 한 듯 우중충하던 마음이 락스로 박박 문질러 닦은 것처럼 반짝거렸다.

"니가 조금만 이해해 주면 안 될까? 우리 엄마, 나 가지고부터 지금까지 나밖에 모르고 살았어. 회사 일로 바쁜 아빠 대신에 나한테만 매달리다 보니까 그렇게 된 거 같아. 너도 알겠지만, 우리 집이 좀 그래. 형이랑 같이 있으면 엄마가 함부로 안 할 거라고 생각했는데 바뀌질 않아. 엄마가 바뀌지 않으니 내가 바뀔 수밖에."

"무슨 말이야, 그게? 오빠가 어떻게 바뀌겠다는 건데?"

라온이 그리 거창한 일은 아니라는 듯 쑥스럽게 웃었다. 그리고 그동안 고민하고 결심했던 말을 다부지게 꺼냈다.

"이제부터 천사 채라온 안 할 거야."

"그럼?"

"때에 따라선 악마 채라온도 될까 해."

악마 채라온이라니 당최 어울려야 말이지.

"형이랑 마네 누나, 그리고 너한테 엄마가 함부로 못 하게 할 거야. 내가 좋아하는 사람들, 내 손으로 지켜야지."

멋있다!

결심을 단단히 한 듯한 라온의 말에 밀레는 뿌듯하게 미소 지으며 스테이크를 쓱쓱 잘라 입에 넣었다. 볼록 볼이 나와 우물우물 씹는 밀레가 예뻐서 라온도 빙그레 마주 웃었다.

며칠 안 봤더니 무척 보고 싶었다. 뭔가 달라진 모습을 보여주고자 천사 채라온이 아닌 악마 채라온이 되겠노라 선언까지 했다.

그만큼 간절해졌다, 소중한 사람들이.

그리고 쉽게 받아주지 않을 거라 생각했는데 진심을 알아준 밀레가 한없이 고마웠다.

라온에겐 절대 놓치고 싶지 않은 삶이었다. 그가 죽도록 꿈꾸고 바라던 시간이었기에.

다섯 잔째 커피다. 억지로 들이켜니 속에서 신물이 울컥 올라와 마네는 짜증스럽게 커피잔을 책상에 내려놓았다.

오후 1시 30분. 곧 라온이 올 시각이었다. 슬우에게선 연락이 없었고, 그녀 역시 연락하지 않았다.

라온을 만나면 어떻게 대해야 할지 막막하다……. 혼란스러움과 먹먹함으로 온 신경이 뒤범벅이었다.

5분여가 지났을 무렵 문이 열리며 라온이 들어왔다. 전전긍긍하며 책상 앞에 앉아 있던 마네는 자리에서 일어섰다.

"누나."

"……."

웬일로 마네의 낯빛이 잔뜩 흐려서는 시선마저 냉정하게 피해 버리니 라온은 슬우와 싸운 게 아닌가 짐작했다. 어제오늘 집에서 본 슬우의 모습과 같았기 때문이다.

인경이 라온에게 차를 줄까 물었고, 라온은 마시고 왔다며 사양했다.

"앉으세요."

인경이 거울 앞으로 라온을 안내했다. 라온은 겉옷을 벗어 인경에게 건네고 화장대 앞에 가서 앉았다.

이것저것 화장품을 준비하던 마네는 잠시 라온에게 시선을 주었다. 그를 바라보는 그녀의 시선이 매우 복잡했다.

"형이랑 무슨 일 있었어요? 형도 기분이 아주 안 좋아 보여서요."

"그래?"

무슨 말을 해야 좋을지 몰라 마네는 그렇게 되묻고 말았다. 라온의 얼굴에 화장품을 바르는 손이 가늘게 떨렸다. 라온을 보자 참을 수 없는 울분이 솟구친다. 그가 미워서가 아니다. 그럼에도 악독한 이재희의 아들이라는 것이 그녀를 너무나 큰 절망감으로 몰아넣었다. 아니, 이 순간만큼은 아무리 착하고 순수한 라온일망정 아무렇지 않게 대해지지가 않았다.

어떻게 이런 악연이 있을 수 있을까. 참을 수 없는 환멸과 절망이 뒤섞여 마네는 속에서 치밀어 오르는 울분을 억지로 삼켰다.

"흐흑!"

자기도 모르게 터져 나오는 울음을 참느라 입술을 깨물며 마네의 얼굴이 자괴감으로 일그러졌다. 그런 마네를 보면서 라온은 불길한 예감을 받았다. 그가 아는 마네는 고작 연인과 싸웠다고 우는 사람이 아니었기 때문이다. 그런데 누구보다 강하고 철인 같은 여자가 운다.

"으흐흑! 흑흑!"

마네의 감은 눈에서 뚝뚝 떨어지는 눈물방울에 라온은 무척 놀라고 당혹스러웠다.

"누나."

인경조차 한 번도 보지 못한 마네의 모습에 얼떨떨한 얼굴이었다.

"도저히…… 도저히 못 하겠어."

마네는 처음으로 중도에 화장을 포기했다. 하염없이 복받치는 눈물 때문이기도 하지만, 라온을 마주 바라볼 수가 없었다.

"누나."

"아무 말도…… 아무 말도 하지 마. 제발…… 아무 말도……."

아니었으면 좋겠다. 다 거짓말이었으면……. 꿈이었으면…….

마네는 심장이 타들어가는 고통에 그만 눈을 감아버렸다.

〈형, 마네 누나랑 싸웠다면서? 왜 울리고 그래? 좀 잘해줘. 스케줄 끝나서 집에 가는 길~ 집에 먹을 거 있나? 배고파. ㅠㅠ〉

라온의 문자를 확인하던 슬우의 눈가가 살짝 떨렸다.

'울어?'

가뜩이나 심란하던 차에 마네가 울었다는 소식을 접하니 더욱 마음이 좋지 않았다. TV를 켜놓고도 무슨 소리인지 귀에 전혀 들어오지 않았다. 증거가 있으니 지금쯤이면 신우정이든 이재희든 잡아들였을 터인데 아직 연락이 없는 게 불안했다. 이미 귀국했을 게 분명한데 아버지가 잠잠한 것도 이상했다. 아버지도 너무 큰 충격을 받아 연락할 면목조차 없는 것일까?

솔직히 아버지의 표정이 어떠할지 궁금했다.

당신의 업보라 생각할까? 뿌린 대로 거둔다는 진리를 깨닫기 바라지만, 글쎄.

누구보다 냉정하고 이기적인 아버지가 과연 후회는 할까 의문이었다. 그래서 먼저 연락하기가 꺼려지는 것이다. 어려서 받은 상처가 나이 서른이 넘어서도 트라우마로 남아 있어 아버지라면 손톱까지 아플 만큼 끔찍했으니.

그때 손에 쥐고 있던 휴대전화에서 벨이 울렸다. 답장이 없어 라온이 걸었나 했더니 아버지였다. 그는 물끄러미 액정 속의 '채 사장' 이란 이름을 바라보았다.

긴장감을 떨쳐 버리려 애쓰며 전화를 받았다.

"예."

〈문 열어. 집 앞이다.〉

전화는 끊겼고, 슬우는 허탈감에 피식 웃었다.

대체 뭘 기대했던가. 엄마가 돌아가신 후 처음 들르는 집이었다. 그런데 마치 자기 집인 양 당당하게 문 열라는 말을 듣자니 어처구니가 없었다. 조금은 미안하고 누그러진 말투일 줄 알았지만, 역시 아버지는 아버지였다.

잠시 후 현관문을 열어주는 슬우를 한 번 휙 쳐다보고는 채명국이 성큼성큼 안으로 들어왔다. 싸늘한 눈길로 그 모습을 지켜보던 슬우는 현관문을 소리 나지 않게 닫고 소파에 앉는 채명국 옆으로 갔다.

"차 드시겠습니까?"

"필요 없어. 앉아."

코트도 벗지 않은 채 채명국은 매우 기분이 언짢은 얼굴로 맞은편에 가서 앉는 슬우를 쳐다보았다.

"그 일은 내가 알아서 할 테니 넌 잠자코 있어."

"예?"

슬우는 채명국의 말을 이해 못 해 머리가 띵했다. 두 번이나 목숨을 잃을 뻔했는데 잠자코 있으라니, 대관절 무슨 생각인 거지?

채명국의 얼굴에 가득 밴 노여움을 보자 이재희한테 당한 것보다 더 섬뜩해진다.

"신우정 그 백여우가 라온이 엄말 갖고 놀고 있어. 아니, 나와 정길상 의원까지 압박하려고 수를 쓰고 있다 그거야."

"아버지."

슬우의 입에서 절망에 가까운 신음이 흘러나왔다. 아들이 죽을 뻔했는데도 믿지 못하겠다는 투였다. 끝까지 이재희 짓이 아니길 간절히 바랐던 슬우였지만, 아버지의 태도에 하늘이 무너지는 것 같았다.

"라온이 엄마가 저한테 한 짓을 믿고 싶지 않으신 겁니까? 아니면…… 알고도 아버지 명예에 금이 갈까 봐 전부 신우정 짓으로 돌리고 싶으신 겁니까?"

정곡을 찔렸는지 채명국의 미간이 꿈틀거렸다.

"라온이 엄마 짓이라 해도 이대로 당하고만 있진 않아."

"그래서 뭘 어쩌시려구요?"

"라온이 엄마 짓이라는 게 세상에 알려져 봐. 나뿐 아니라 라온이는…… 끝장이야."

예상한 대로 이재희 짓이라는 걸 이미 알고 있었다. 그럼에도 당신과 라온이 걱정만 하는 아버지를 보자 슬우는 이루 말할 수 없이 속이 뒤틀렸다.

"그럼 저는요? 아니, 제 생각 안 해주셔도 좋습니다. 하지만 그때 뺑소니로 억울하게 죽은 장필도 씨는요! 사건 조작까지 하고서도 그분과 가족에게 죄책감 느끼지 않으십니까? 어떻게 저와는 의논 한마디 없이 일방적으로 결정하실 수가 있습니까?"

이를 갈며 울분을 토하는 슬우를 보면서도 채명국의 낯빛은 조금도 흐트러짐이 없었다.

"검찰에 조치 취해뒀으니 너무 걱정할 거 없어. 그리고 라온이 엄마……. 내 손으로 끝낼 거다."

잔혹하기 짝이 없는 그 모습은 숫제 돌아가신 엄마에게 했던 것과 똑같았다. 이미 전처를 자살로 몰고 가 죽였고, 이젠 미치광이로 살아가는 후처까지 스스로 끝내겠다 말하는 아버지에게 슬우는 환멸을 느꼈다.

"예! 그래야 분이 풀리시겠죠. 믿었던 여자한테 뒤통수 맞으셨으니 말입니다. 전처까지 죽이고 얻은 여자가 아버지 명예를 또 더럽혔으니 얼마나 분하고 원통하셨겠습니까. 아버지가 그렇게 하지 않으셔도! 라온이 때문에 이재희 그 여자 어떻게 할지 아버지한테 의논하려고 했었습니다. 그런데…… 제 의견 따윈 처음부터 소용없던 거였어요."

사실이 알려지더라도 끝까지 라온을 포기하고 싶지 않았던 슬우로서는 극악한 아버지의 이기심에 허탈감만 몰려왔다. 라온이는 핑계일 뿐 지금도 당신이 받은 충격만 머릿속에 남아 있으리라. 이재희를 찢어 죽여도 분이 안 풀릴 것 같은 눈빛을 한 아버지를 보며 슬우는 엄마뿐 아니라 이재희를 미치광이로 몰고 간 사람 또한 아버지가 아닐까 짐작했다. 이재희가 라온에게 보이는 집착이 바로 아버지의 광포한 성정 때문이 아닐까 하고 말이다.

"뺑소니사고당한 사람은 운이 없다고 봐야겠지."

"그래서 그 가족한테 함부로 하신 겁니까? 사과하기는커녕 적반하장으로 구셨지 않습니까."

"그땐 나도 정황을 몰랐으니까 그런 거 아냐!"

"그럼 지금이라도 그분들 만나면 사과할 마음은 있으신 겁니까?"

"만날 필요가 뭐가 있어? 긁어 부스럼 만들 일 있어? 그 가족

보다 우리 가족을 생각해야지."

가족?

슬우의 입에서 어이없는 웃음이 터졌다.

"언제부터 우리가 가족이었습니까?"

"뭐야?"

"제 가족은 라온이 하나뿐입니다. 아버지라고 해서 다 가족은 아니라 그 말입니다."

"너 이 녀석……!"

"진짜 아버지가 제 가족이라면 이렇게는 못 하십니다. 자식 몸에 생채기 하나만 나도 마음 아픈 게 부모인데 두 번이나 죽을 뻔했다구요. 아버지 여자 때문에!"

후, 깊은 한숨을 내쉬며 채명국이 안색을 더욱 굳혔다.

"그래서 어쩌자는 거냐? 경찰에 당장 잡아가라고 해? 라온이는 너와 달라. 넌 강한 놈이니까 견딜 수 있다 쳐. 하지만 라온이는……."

채명국이 말을 잇지 못하고 두 손으로 퍽퍽해진 얼굴을 벅벅 쓸었다. 그때서야 조금은 라온이를 진심으로 생각하는 아버지의 모습이 보였다. 하지만 여전히 아버지의 마음에서 자신은 뒤로 제쳐진 느낌이었다.

아버지에게 사랑을 준 적이 없으니 그렇기도 하리라. 애써 자위해 보지만, 슬우는 예나 지금이나 아버지의 가족에게 불청객이 된 기분을 떨칠 수가 없었다. 이제 유일한 끈이 되어버린 라온을 도로 끊어내지 않으면 모를까. 이 모든 걸 예상하고 있었으면서도 슬우는 완벽하게 혼자가 되어버린 고독감에 몸서리쳤다.

모든 사실이 밝혀지더라도 라온 곁에서 끝까지 지켜주리라 마음먹었었다. 그런데 아버지의 말을 듣자니 사실을 밝히기는 커녕 또다시 묻어둘 모양이다. 이재희를 어떤 식으로 처리할지는 모르겠으나, 그것 하나만으로도 슬우는 마네에게 용서받지 못할 죄를 짓는 기분이었다.

열여섯 개의 별

"그게 무슨 말입니까? 이재희를 체포할 수가 없다니요?"

아버지가 돌아가고 얼마 안 있어 황 검사에게 전화가 걸려 왔다. 슬우는 문득 아버지가 검찰에 조치를 취해뒀다는 말을 상기하고 암담해졌다.

황 검사는 되레 원망이 가득 밴 음성으로 허탈한 한숨부터 쏟아냈다.

〈휴우. 그렇게 됐습니다. 채슬우 씨가 너무 대단하고 훌륭한 아버지를 두신 덕분에 말이죠.〉

황 검사의 비아냥에 슬우는 더욱 발끈했다.

"당신, 검사 맞아? 증거물이 있는데 못 잡는다는 게 말이 돼?"

〈신우정은 곧 잡을 겁니다. 근데 이재희는 못 잡을 거 같아서 전화드린 겁니다. 서로 사건이 다르기도 하지만, 이재희 건은 이대로 덮어질 승산이 커요. 신우정이 아무리 떠들어봤자 정치적 음해라고 해버리면 그만이니까요.〉

"그래서 다 알고도 모른 체하겠다는 거야? 누구 맘대로!"

〈저로서는 더 드릴 말씀이 없군요. 죄송합니다.〉

황 검사가 불쾌감이 가득한 음성으로 말을 건네고는 먼저 전화를 끊었고, 슬우는 화가 나 '제기랄!' 하고 외치며 휴대전화를 소파에 내동댕이쳤다.

양손을 허리춤에 괴고는 분을 삭이지 못하고 있을 때 라온이 잔뜩 뭔가를 사 들고 들어왔다. 조금만 더 일찍 왔어도 아버지와 마주칠 뻔했다. 슬우는 몹시 피로한 얼굴로 테이블 위에 먹을 걸 늘어놓는 라온을 쳐다보았다.

"마네 누나한테 잘못했다고 그래, 형. 나도 오늘 밀레랑 화해했거든."

해맑게 웃는 라온을 보는 슬우의 마음이 더욱 착잡했다. 뜨끈뜨끈 김이 오르는 만두를 펼치며 라온이 나무젓가락을 슬우에게 내밀었다.

"먹어봐. 여기 만두 속 비치는 거 보여? 완전 맛있겠지?"

"별로 생각이……."

"같이 먹으려고 많이 사왔어. 2층에도 좀 사다 줄 걸 그랬나? 너무 늦어서 실례될까 봐 그냥 왔거든."

라온이 만두를 집어 한입에 쏙 넣고 음, 감탄사를 내뱉었다.

"진짜 맛있다. 어서 먹어."

라온의 재촉에 슬우는 하는 수 없이 라온이 건네는 젓가락을 쥐고 하나를 집어 입에 넣었다. 입안이 까끌까끌해 도통 무슨 맛인지 알 수 없었다.

비닐봉지 안에서 음료수를 꺼내던 라온이 컵을 가져오겠다며 주방으로 갔다. 만두를 목구멍으로 삼키려는데 갑자기 속에서 욕지기가 올라와 슬우는 욱, 입을 틀어막으며 화장실로 뛰었다.

그사이, 컵을 갖고 나온 라온은 화장실로 들어가는 슬우를 보고는 소파로 와서 다시 앉았다. 그리고 막 음료수 뚜껑을 열려할 때였다. 소파에 있던 슬우의 휴대전화에서 진동이 울렸다. 휴대전화를 들어 액정을 들여다보자 아버지였다. 엄마와는 달리 아버지는 슬우와 함께 사는 걸 내심 좋아하는 것 같아 얼른 전화를 받았다.

〈나다. 라온이한테 비밀로 하는 거 잊지 마라.〉

'비밀?'

'아빠' 하고 부르려다 급히 쏟아내는 말에 라온은 자기도 모르게 안색이 착 가라앉았다. 아버지 목소리가 무척 경직되어 있었기 때문에 중요한 일이라는 걸 짐작할 수 있었다.

〈제 엄마가 널 죽이려 했다는 걸 알면 그 녀석 견디지 못할 거다.〉

"……!"

〈내가 라온일 편애한다고 생각해도 어쩔 수 없다. 라온이 아니었으면 나도 니 엄마한테 그렇게까지 안 했어. ……내 말 듣고 있는 거냐?〉

라온의 손에서 떨어진 휴대전화가 바닥을 굴렀다.

제 엄마가 널 죽이려 했다는 걸 알면 그 녀석 견디지 못할 거다.

제 엄마가 널 죽이려 했다는 걸 알면…….

제 엄마가 널 죽이려…….

라온의 안색이 하얗게 질려 버렸다.

화장실에서 죄다 구토하고 노란 물까지 게워낸 후 거실로 나오자 라온이 없었다. 방에 갔다고 생각했지만, 기척이 없어 슬우는 쓰린 속 때문에 인상을 찡그리며 라온을 찾아보았다.

"라온아. ……라온아!"

집 안에 없는 것 같아 거실로 돌아온 슬우는 전화를 걸려 소파에 내동댕이쳤던 휴대전화를 찾았다. 그런데 휴대전화가 보이지 않았다. 바닥에 떨어졌나 하고 허리를 굽혀 테이블 아래를 살폈다. 라온이 앉았던 자리 아래에 굴러떨어져 있는 휴대전화를 발견한 순간, 슬우의 머릿속에 선뜩한 기운이 스쳤다. 재빨리 휴대전화를 들어 켜자 최근 통화로 아버지가 찍혀 있었다.
"맙소사!"
시간을 보니 화장실에 있을 때다. 라온이 아버지와 통화했으리라 믿은 슬우는 부랴부랴 아버지에게 전화를 걸었다. 전화를 받은 채명국이 짜증스럽게 말했다.
〈왜 아무 말도 없이 전화를 끊어?〉
"전화로 무슨 말씀하셨습니까?"
〈라온이한테 비밀로 하라고 했다. 제 엄마가 널 죽이려 했다는 걸 알면 그 녀석 견디지 못할 거라구. 왜?〉
슬우는 눈앞이 캄캄해져 손으로 뜨겁게 열이 오르는 이마를 감쌌다.
"라온이가 전화 받았습니다."
〈뭐!〉
"라온이 찾아봐야겠어요."
황급히 전화를 끊은 슬우는 겉옷을 챙길 생각도 하지 못하고 차 열쇠만 챙겨 뛰어나갔다. 라온이 이재희를 만나러 가 확인할 게 분명해 라온에게 전화를 걸었다. 하지만 받지 않는다.
"빌어먹을."
지름길로 가기 위해 슬우는 급히 차를 회전했다.

"라, 라온아, 이 밤에 연락도 없이 웬일이야?"
이재희는 갑자기 들이닥친 라온 때문에 소파에 앉아 신문을 보던 채명국의 눈치를 실살 보았나. 얼굴이 상기되어 있는 걸로 보아 이미 채명국과 이야기를 나누고 있었던 모양이었다. 안색이 하얗게 질린 라온은 두 사람이 있는 소파로 멍하니 다가갔다.

채명국이 슬쩍 돌아보며 태연히 알은 체했다.

"오랜만에 집에 왔구나."

"그게…… 무슨 말이에요, 아빠? 엄마가 형을 죽이려고 하다뇨?"

라온의 음성이 붕붕 허공을 떠돌았다. 이미 채명국에게 이야기를 들었던 터라 안절부절못하며 이재희가 냉큼 그 말을 받았다.

"얘 너 뜬금없이 그게 무슨 소리야?"

불안하고 초조하게 눈빛이 흔들리는 이재희를 보며 라온은 더욱 확신이 들었다. 미친 듯이 차를 몰고 오면서도 잘못 들은 것이길 바랐다. 그런데 그 소리를 듣고도 요지부동인 아버지와 평소답지 않게 어쩔 줄 모르는 엄마를 보자 눈앞이 노래졌다.

라온의 얼굴에서 가는 실핏줄들이 죄다 불거졌다. 눈동자가 급격히 흔들렸고, 참을 수 없는 노기로 창백하게 일그러져 갔다.

"미쳤어, 엄마? 어떻게…… 어떻게……."

그때 탁 소리가 나게 신문을 접으며 채명국이 버럭 성을 냈다.

"조용히 해! 당신도 라온이 너도 여기 와서 앉아."

"예. 예, 여보. 라, 라온아, 앉아. 앉아서 얘기해, 응? 아빠가 잘못 아신 거야. 내가 그럴 리 없잖아. 어떻게 넌 그 말을 믿어?"

달래듯 하는 이재희의 말에도 라온은 도리어 마음 깊은 곳에서 환멸감만 솟구쳤다.

"난…… 난 그래도 내 부모라서……. 모든 사람 다 손가락질해도 내 부모니까……. 그게 내 운명이니까……. 참고 또 참았어. 어떻게…… 어떻게 이럴 수 있어!"

울분을 토해내는 라온의 눈에서 아픔과 증오의 눈물이 흘러나왔다. 형의 어머니가 자신 때문에 돌아가신 것도 견딜 수 없어 착하게만 살면 그분이 조금은 용서해 주시지 않을까 했다. 형이 동생으로 인정하지 못한다 해도 잘하려고 노력하면 조금은 받아주지 않을까 했다. 가뜩이나 욕먹는 부모를 대신해 어느 누구를 만나도 예의 바르게 행동했고, 대중 앞에서도 거짓 없이 겸손하게 살려 노력했다.

이제 겨우 형과도 사이가 좋아졌건만, 엄마는 그 형을 죽이려 하고, 아버지는 그 일을 묵과하는 현실이 라온은 미칠 듯이 괴로웠다. 우울증 약도 조금씩 줄여가는 시점에 그에게 찾아온 시련은 이전과는 비하지 못할 만큼 커다란 충격이었다. 자신이 아닌 듯이, 마치 유령이나 되어버린 것처럼 존재감은 사라지고 껍데기만 남아버린 채라온이란 생명체는 그렇게 죽어버렸다.

"으아아아악! 아아아악!"

발작처럼 비명을 지르는 라온 때문에 그제야 채명국이 벌떡 소파에서 몸을 일으켰다. 동시에 인터폰에서 벨이 울렸다. 귀가하자마자 일하던 가사도우미도 집에 보내 버린 터라 채명국은 슬우라는 걸 확인한 후 문을 열어주었다.

사시나무 떨듯 떨고 있는 이재희와 가슴을 쥐어뜯으며 울부짖고 있는 라온, 그리고 잠시 후 슬우가 뛰어들어 왔다.

한발 늦은 슬우는 벌어진 사태를 파악하고 라온에게 다가가 어깨를 붙잡았다.

"집에 가자."

라온이 그의 손을 뿌리치며 슬우에게서 뚝 떨어져 나갔다.

"형을 죽이려 했대, 엄마가!"

처참하게 일그러져 눈물로 범벅된 라온을 보자 슬우의 눈에도 눈물이 맺혔다. 빌어먹을 운명이 형제의 마음을 또다시 갈가리 찢어놓았다.

"가자구, 집에!"

슬우가 격한 감정을 실어 라온의 어깨를 재차 잡아챘다.

"어떻게 가! 내가 어떻게 그 집에 다시 가. 나 때문에 형이 죽을 뻔했는데 어떻게 가!"

고통을 못 이겨 피를 토하듯 울부짖는 라온을 보자, 슬우는 그의 어깨를 잡은 채로 이재희 쪽으로 홱 돌려세웠다. 그러고는 이를 갈며 외쳤다.

"보이십니까! 당신이 그토록 사랑하는 아들 채라온! 당신한테 절대 돌려주지 않을 겁니다."

입술을 깨물고 바들바들 떨며 이재희는 라온을 안타깝게, 슬우에겐 증오의 눈빛을 번갈아 던졌다.

채명국에게 시선을 돌린 슬우가 똑같이 뇌까렸다.

"다시는 저희 찾지 마십시오."

"니 마음대로 되지 않을 거다."

이재희의 짓을 시인하면 모든 게 끝장이란 생각에 채명국도 지지 않고 맞섰다. 슬우만 나서지 않는다면 신우정의 단독범행으로 몰아붙일 수 있는 상황이었다. 그리고 이재희는…….

"어디 마음대로 해보시죠. 결과가 어찌 되었든 한 가지는 확실하니까. 자식한테 버림받는다는 게 어떤 기분인지 똑똑히 아시게 될 겁니다."

슬우가 라온을 끌고 나가자 다급해진 이재희가 라온을 불렀다.

"라온아! 돌아와. 엄마한테 와. 다 거짓말이야. 속지 마. 날 너한테서 떼어놓으려고 니 아빠랑 슬우가 짜고 그러는 거라구!"

하지만 라온은 슬우와 함께 뒤도 돌아보지 않고 집을 나갔다.

"안 돼! 안 돼! 안 돼!"

발악하듯 쫓아나가는 이재희를 잡아챈 채명국이 참지 못하고 그녀의 뺨을 세게 후려쳤다. 바닥으로 나동그라진 이재희가 붉게 손자국이 난 뺨을 감싸며 채명국을 죽일 듯이 노려보았다.

"닥쳐, 그 입! 감히 내 자식을 죽이려고 해? 오냐오냐 해줬더니, 미친!"

"그래서 날 죽이기라도 하게? 당신 아니었으면 내 인생 이렇게 시궁창까진 안 됐어. 전부 포기하고 당신 한 사람 선택한 나야. 전처 잃고 자식 잃고 두고두고 후회하면서 산 건 당신이잖아! 전처 살아 있었으면 얼마든지 날 버리고 라온이만 데리고 갈 사람이었어, 당신!"

화가 머리끝까지 나 얼굴이 시뻘게진 채명국이 쓰러진 이재희의 멱살을 잡아 흔들었다.

"죽기 싫으면 입 닥쳐! 곱게 보내줄 때 한국 떠나. 다시는 라온이 볼 생각하지 마!"

"라온이 내 아들이야. 당신이 무슨 권리로 내 아들을 빼앗아? 일, 일, 일! 지겹도록 일만 하면서 내가 필요할 땐 돌아보지도 않더니, 인제 와서 아버지 행세하려구? 내 아들 빼앗기만 해. 다 가만히 안 둬. 채슬우, 당신! 똑같이 지옥으로 보내줄 거야."

더 이상 아름답고 매혹적이던 여배우는 없었다. 오로지 악독한 기운만 내뿜는 악귀가 되어 있었다. 어쩌다가 이 모양이 되어 버렸을까. 원대로 호적에도 올려주고, 25년을 부부로 살았건만 그 모든 게 허깨비 같아 채명국은 움켜쥐었던 멱살을 스르르 풀고 말았다.

슬우 말이 맞다. 자식 하나도 모자라 둘을 잃어버렸다.

회한의 눈물. 그런 건 채명국에게 어울리지 않는다.

업보다. 어느덧 미치광이가 되어버린 이재희도, 지옥 속에 내던져진 슬우와 라온도.

☆ ☆ ☆

"아구, 아구, 다리야."

새복이 거실 바닥에 주저앉아 다리를 길게 쭉 폈다. 종일 앉을 새도 없이 손님이 많아 다리가 퉁퉁 붓고 삭신이 쑤셨다. 이젠 나이를 먹었는지 체력이 예전 같지가 않았다. 딸 셋 중 하나라도 치우면 마음이 좀 편할까.

옆에 끼고 일하느라 서른셋이 되도록 애인도 없는 샤갈, 눈치를 보아하니 슬우와 사귀는 것 같은 마네, 그리고 아직 대학생인 밀레까지 걱정이긴 매일반이었다. 이러다 마네가 먼저 덜컥 결혼이라도 한다고 하면 어쩌나 싶으니 말이다. 동생이 먼저 결혼하면 자극받아 그제라도 샤갈이 결혼 생각을 할까?

보아 하니 석현과 자주 통화하고 이따금 만나는 것도 같지만, 딱히 연애하는 분위기는 아니어서 약간 조바심이 났다. 나이도 꽉 찬 남녀가 친구가 웬 말인지 원. 쯧쯧. 둘 다 하는 꼴이 비슷해서인지 영 탐탁치가 않다.

마네의 상대로 슬우를 생각하자니 언감생심 그 집에서 허락이나 해줄지 의문이었다. 슬우와 라온이만 보자면 나무랄 데 없지만, 그 집 부모가 오죽 대단해야 말이지. 그 집 부모가 마네를 탐탁지 않아 하기 이전에 새복이 그 집 부모가 마음에 들지 않았다.

"엄마."

마네가 넌지시 새복을 불렀다. 요 며칠 안색이 좋지 않은 마네 때문에 가뜩이나 신경이 쓰이던 새복은 딸의 부름에 시선을 주었다.

"왜?"

마네는 가족이 받을 충격을 생각하니 도저히 입이 떨어지지 않았다. 이 일로 슬우와의 관계도 완전히 틀어져 버렸는데 말 못 할 이유가 뭐란 말인가. 그런데도 한없이 미어지는 가슴속엔 아직 슬우라는 존재가 걸려 있었다.

"불러놓고 왜 말이 없어? 할 얘기 있으면 해 봐. 답지 않게 빼고 그래."

새복이 시답잖다는 듯 툴툴거리자 마네가 쓸쓸히 웃었다.

"그냥 불러봤어."

"싱겁기는. 라온인 언제 또 쉬는 날 없어?"

"왜?"

"같이 또 삼겹살이나 구워먹게. 해도 바뀌었는데 한 번 모여야지."

그러자 밀레가 손뼉을 짝 치며 좋아했다.

"찬성! 이번엔 한우도 좀 사. 우리 그때 별장 가서 먹은 쇠고기 완전 맛있던데. 그치, 언니?"

밀레의 자랑에 새복이 떨떠름하게 말했다.

"누가 니들 먹이려고 그러는 줄 알어? 삼겹살 마니아잖아, 라온이가. 애를 얼마나 굴리면 말라가지고 그러다 얼굴 없어지겄어. 지 엄마가 보약이며 영양제는 좀 챙겨준다니?"

샤갈이 아니꼬운 듯 말을 잘랐다.

"이젠 딸들도 뒷전이구만. 좀 있음 아들 하자고 그러겠네."

"내가 아들 없어서 한이 돼 그런다, 왜?"

라온을 챙기는 엄마를 보니 더 한숨만 나오는 마네였다. 저 마음이 언제까지 유지될지 모르겠기에 살얼음판을 걷는 양 마음이 천근만근 무거웠다.

슬우는 또 어쩌고 있으려나? 라온이에겐 얘기했을까?

아니, 못 했을 것이다. 제 엄마가 형을 죽이려 한 사실을 알면 라온은 못 견딜 게 뻔하다.

차라리 아무것도 몰랐더라면 하는 생각에 마네는 또다시 눈물이 솟구쳐 슬그머니 방으로 들어왔다. 억울하게 돌아가신 아빠와 한스럽게 산 가족을 생각하면 슬우와 라온에 관한 마음도 깨끗이 접어야 하는 걸 알지만, 단시간에 그들을 마음에서 잘라내기엔 그 뿌리가 생각보다 깊게 자랐다.

갈피를 잡을 수 없는 심정에 오늘도 마네의 밤은 괴로움으로 더욱 짙어졌다.

슬우는 라온을 불러 거실에 마주 앉았다. 울어서 벌겋게 짓무른 눈가에는 아직도 눈물이 맺혀 있었다. 미세하게 떨리는 입술과 연신 불안하게 비벼대는 손바닥, 금방이라도 폭발할 것처럼 흔들리는 눈동자.

라온은 잔인하도록 집요한 엄마가 끔찍해서 목이 조이는 것처럼 고통스러웠다.

엄마는 포기하지 않을 것이다. 그게 엄마니까. 지금껏 그래왔으니까.

"라온아. 니 엄마, 마음에서 놔. 내가 그랬듯이. 그래야…… 너와 내가 산다."

"형……."

"내 동생으로 살아라. 니 엄마 아들로 살지 말고 내 동생으로 살아. 날 포기할 수 없다고 했지? 나도 그래. 너까지 포기하면…… 난 가족을 전부 잃게 돼."

형 말이 맞다. 라온에게도 이제 가족은 형뿐이었다. 엄마가 형을 죽이려 한 사실을 알았을 때 그는 모든 걸 놓아버렸다. 엄마도, 아버지도, 자신의 인생도. 그동안 노력한 모든 게 허사였다. 아무런 희망도 없는 지금, 그는 깜깜한 동굴을 헤매는 듯 춥고 무서웠다. 언제 또 엄마가 형을 죽이려 들지 알 수 없었으니까. 그런데도 형은 자신을 죽이려 하는 여자의 아들을 포기할 수 없다 말한다.

왜?

라온은 형을 이해할 수 없었다. 자신 때문에 생긴 일이다. 자신 때문에 결국 형은 엄마의 마수에서 벗어나지 못한 채 평생 생명을 위협받으며 살아갈 것이다.

참을 수 없었다. 용서할 수 없었다.

라온의 마음은 걷잡을 수 없이 피로 물들어 갔다.

"내가 형 동생으로 사는 한 끝나지 않을 전쟁이야."

"그럴지도 모르겠다. 그래서…… 더 지고 싶지 않아. 그 일 때문에 마네 아버지가 돌아가셨어. 아무 죄도 없는 그분이 나와 니 엄마 때문에 돌아가셨다구. 더는 널 그런 여자와 함께 둘 수 없어. 결국엔 너까지 망칠 게 분명해."

"뭐……?"

"10년 전 그 뺑소니사고 때 돌아가신 분이 바로 마네 아버지셔."

"……."

갈수록 태산이라더니. 청천벽력 같은 소식에 라온은 하늘이 무너지는 듯했다.

"형을 죽이려 한 게 그때 그 강도…… 뿐만이 아니었다구?"

"어차피 너도 알게 될 사실이라서 얘기하는 거야. 그러니까 마음 단단히 먹어. 나도 수없이 고민했어. 이 사실이 알려지면 넌 더 이상 연예인생활 못해. 그래도 어쩔 수 없어. 우리 안위 때문에 마네 가족을 속일 순 없는 거야."

"누나는? 누나도 알고 있어?"

슬우가 참담한 얼굴로 고개를 주억거렸다.

"알아."

라온의 얼굴이 더욱 참혹하게 일그러졌다. 그제야 비로소 마네가 왜 자신 앞에서 눈물을 보였는지 이해가 되었다.

"그래서 그렇게……."

점점 드러나는 행각이 점입가경이라 불끈 주먹을 쥔 손으로 입을 틀어막은 라온은 욱욱, 짐승처럼 울었다. 슬우와 마네에게 너무 미안해서, 부모 또한 용서할 수 없어서.

온몸이 갈가리 찢기는 고통스러운 모습을 지켜보며 슬우도 억장이 무너져 내렸다.

그날 밤, 혹시나 하는 마음에 라온을 복층으로 데리고 올라왔다. 평소엔 이곳을 올라오지 못해 안달이더니 막상 올라오라 하자 라온은 선뜻 침대로 오르지 못하고 쭈뼛거렸다.

처음이었다. 형제가 한 침대에서 자는 건. 슬우도 어색하긴 마찬가지였으나, 당분간은 어쩔 수 없었다. 라온의 심신이 불안정하여 지켜볼 필요성이 있었으므로.

슬우는 내색 없이 가운을 벗어 옷걸이에 걸고 먼저 침대로 올랐다.

라온은 난감한 듯 서 있다가 천천히 이불을 젖히고 형의 옆에 누웠다. 그토록 바라던 일이었는데 침대가 가시방석처럼 따갑다. 형은 그 어느 때보다 가까운 피붙이처럼 대해주지만 가슴이 짓눌리는 압박감으로 숨을 쉴 수가 없었다. 평온하지 못한 마음이 그가 있는 자리, 그가 함께 있는 사람도 거부하게 만들었다.

"형."

"응."

"마네 누나랑은 어떻게 되는 거야?"

가슴이 먹먹해지는 느낌에 슬우는 천장만 물끄러미 올려다봤다. 사실을 알고 실망과 충격에 휩싸여 돌아서던 그때의 모습이 아직도 눈앞에 선연했다.

사랑이 끝난다…….

그녀가 떠난다…….

그 생각만으로도 심장이 뚝 떼어지는 듯이 아팠다.

"내 걱정은 하지 마라. 마네와 마네 가족이 받을 상처……. 우리 때문에 더 클 거야. 우리가 그분들한테 어떻게 하는 게 옳은지 그것만 생각하자, 지금은."

정을 주고받았던 사람들에게 상처를 주게 돼서 형제는 죄책감을 떨칠 수 없었다.

슬우가 마네에게 그런 것처럼 라온도 밀레를 생각하면 계속해서 좋은 관계를 이어가기가 염치없고 뻔뻔한 짓 같았다. 엄마가 마네에게 한 행동만으로도 크게 상처를 받았던 아이가 아닌가. 헌데, 아빠를 죽인 사람이라니 어떻게 나올지 불 보듯 뻔했다.

다시는 실망시키고 싶지 않았는데…….

"그래……. 그래야겠지."

자신은 그렇다 치고, 형과 마네는?

도저히 인생에 도움이라곤 안 되는 자신이 라온은 너무나 비참했다. 슬우에게서 등을 돌리고 모로 눕는다. 여전히 흔들리는 눈동자에는 어서 이 깊은 수렁에서 빠져나가고 싶은 마음과 당장에라도 모든 걸 끝내 버리고 싶은 마음이 담겨 있었다. 그래서 슬우와 마네, 그녀의 가족에게 속죄할 수만 있다면 무슨 짓이든 할 수 있을 것 같았다.

〈아무래도 조짐이 좋지 않아. 몸 좀 피해 있어야겠네.〉

늦은 시각, 백기환 의원에게 걸려온 전화로 신우정은 잔뜩 심기가 흐려졌다. 휴대전화를 도난당한 일이 결국 탈이 난 모양이다.

신우정이 잠자코 있자 백 의원의 다급한 음성이 이어졌다.

〈당분간 외국에 나가 있어. 상황 봐서 연락하지. 출국 금지 떨어지기 전에 서둘러야 하네.〉

"알았어요."

전화를 끊고 가만히 사진 속의 레오를 응시하던 신우정은 무표정한 얼굴로 사무실을 나갔다.

'민트'를 빠져나간 그녀는 어쩐 일인지 공항 쪽으로 가지 않고 다른 곳으로 이동했다. 가는 길에 공항에 전화를 걸어 예약하는 것을 잊지 않았다.

"12시쯤 외국 나가는 비행기가 뭐가 있죠?"

〈11시 55분 이스탄불과 두바이가 있습니다.〉

그때까진 2시간가량이 남아 있었다. 신우정은 약간 고민하는 듯 말이 없다가 두바이행 하나를 예약했다.

그 길로 그녀가 간 곳은 자신의 아파트. 경비원이 웃으며 인사했고, 신우정은 인사도 받는 둥 마는 둥 쌀쌀맞게 안으로 들어갔다.

엘리베이터를 탄 그녀는 잠시 후 24층에서 내렸다. 좌측과 우측의 호수를 살피다 좌측 집의 비밀번호를 해제하고 문을 열었다. 조용히 문을 닫고 현관에 있는 남자 구두를 확인했다. 신발을 신은 채 거실로 올라서자 TV는 켜진 상태였고, 소파에는 먹다 만 캔맥주와 과자가 아무렇게나 놓여 있었다.

그녀는 무심히 집안을 살피다가 욕실로 다가갔다. 안에서 작게 노랫소리가 들렸다. 문고리를 비틀어 열자 소리 없이 문이 열린다. 안으로 들어가니 욕조에 앉은 레오의 뒷모습이 보였다. 흥겨운 노랫소리에도 신우정의 얼굴은 무표정으로 일관했다.

유령처럼 신우정이 뒤로 다가오는 줄도 모르고 레오는 느긋하게 거품목욕을 즐기는 중이었다. 그런데…….

마침 걸려온 전화에 레오는 노래를 중단하고 욕조 위에 두었던 휴대전화를 들었다. 하지만 휴대전화가 미끄러져 그만 욕조 안으로 빠져 버리고 말았다.

"젠장!"

물속에 손을 넣어 더듬던 레오가 휴대전화를 꺼내 들었을 땐 이미 늦은 듯 먹통이었다. 투덜대던 레오가 그만 일어나려는 듯 수건을 찾으려 고개를 드는 순간, 갑자기 전화벨이 울렸다. 고장 난 휴대전화에서 들리는 줄 착각했으나 벨소리가 달랐다. 레오의 벨소리는 새로 발표될 신곡이었지만, 지금 들려오는 건 이전 곡이다.

깜짝 놀란 레오가 고개를 돌렸을 때 무표정한 얼굴로 보고 있던 신우정이 빙긋 웃었다.

"안녕, 레오?"

너무 놀란 나머지 레오는 꼼짝도 못한 채 그녀를 바라보았다. 경비가 삼엄할 텐데 어떻게 여기까지 들어왔는지 몰랐다.

"뭘 그렇게 놀라?"

신우정이 벌벌 떨고 있는 레오에게 나지막한 소리로 묻더니 동요라고는 없는 눈빛으로 그를 응시했다.

"인사하러 왔어. 오늘이 마지막이 될 거야, 레오……."

마지막이라는 말이 풍기는 섬뜩한 기운에 레오는 자기도 모르게 마른침을 꿀꺽 삼켰다.

"이, 이, 이러는 이유가 뭐야? 왜, 왜 나야?"

"닮았어. 내가 아는 사람이랑."

"누, 누군데, 그 사람이?"

"내…… 첫사랑."

딩동! 딩동, 딩동!

갑작스럽게 울리는 현관 벨에 신우정의 눈동자에 당황한 기색이 스쳤다. 레오도 지금이 아니면 고스란히 당한다는 생각에 있는 힘을 다해 그녀를 홱 밀쳤다. 그는 그녀가 비틀거리는 사이 재빨리 욕조를 빠져나갔고, 곧장 욕실 밖으로 도망쳤다.

알몸을 가릴 틈도 없이 허둥지둥 현관으로 달려갔다. 발이 미끄러워 몇 번이고 넘어질 뻔했지만, 원체 유연성이 뛰어나다 보니 용케 넘어지지 않고 현관문을 열었다.

"사람 살려! 사, 사람 살……!"

덥석 강 형사의 팔을 붙잡고 레오는 살려달라고 외쳤다. 그를 지나쳐 안으로 들어선 강 형사와 임 형사, 그리고 몇몇 형사들은 급히 욕실로 달렸다. 문을 열려 했지만 안으로 잠겨 있었다.

"열쇠, 열쇠!"

레오가 급히 찾아다 준 열쇠로 문을 따고 들어갔을 때 신우정은 옷을 벗고 레오가 앉았던 자리에 앉아 있었다. 형사들이 들이닥쳤는데도 태연히 눈을 감고 앉은 그녀를 보자 다들 어이가 없어졌다.

하는 수 없이 권총을 빼든 강 형사가 말했다.

"다 끝났어, 신우정."

그럼에도 신우정은 엷은 미소를 지은 채였다.

☆ ☆ ☆

"어떻게 그런 일이 있냐?"

아침 일찍 슬우의 전화를 받고 집으로 와 자초지종을 알게 된 석현은 크게 충격을 받은 모습이었다. 신우정을 레오의 스토커로만 알았다가 설상가상 청부까지 하는 무서운 여자라는 사실도 놀라웠지만, 이재희의 행각은 실로 경악스럽기 그지없었다.

이른 아침에 전화가 온 것만으로도 가슴이 벌렁거려 혼났는데 슬우가 전한 얘기는 이제껏 중에 가장 핵폭탄급이었다. 아무리 싫고 미워도 어떻게 죽일 생각을 할까?

석현은 밤새 잠을 이루지 못해 해쓱한 얼굴의 라온을 바라보았다. 대체 이 형제의 인생은 왜 이다지도 힘들기만 한 것인지 안타깝기 그지없었다. 좀 괜찮아지나 싶으면 여지없이 일이 터져 주는데 이번엔 정말 혼비백산할 사건이다.

"스케줄 다 빼자."

석현의 말에 라온이 고개를 떨구고 있다가 허한 눈빛을 들었다.

"형."

"지금 스케줄이 문제냐? 아, 나 정말……."

석현은 차마 채명국과 이재희 욕은 못 하고 가슴이 답답해 지끈거리는 머리만 쿡쿡 쥐어박았다. 인간도 아니야, 라는 말이 절로 나왔지만 꾹 참고 침울하게 앉아 있는 형제에게 안쓰러운 시선을 주었다.

"어쩔 셈이야, 이제? 사장님은 사건 덮고 싶어하고, 너흰 그 반대일 거고. 신우정도 잡혔으니 분명히 사모님 얘기 나올 거잖

아. 정치적 음모니 뭐니 공방전 벌어질 거 뻔한데, 그거 다 어떻게 감당할래? 마네 씨랑 가족한테 얘기는 한 거야?"

"마네한테만. 조용한 거 보니까 가족한테 아직 얘기 못했나 봐. 마네가 얘기하는 것보다 내가 얘기하는 편이 옳아. 실은 너무 경황이 없어서 어떤 게 순서인지도 모르겠어."

"그래. 제정신인 게 더 이상하지."

"사건 그냥 못 덮어요, 형."

라온의 말에 옆에 앉았던 슬우는 왠지 가슴이 철렁했다. 그나마 정치적 음모로 몰고 가면 라온의 연예인생활은 크게 지장이 없을 것이다. 허나, 사건을 사실대로 들추면 완전히 매장감이다. 그럴 각오로 마네와 라온에게 사실대로 이야기했지만, 생각은 더욱 복잡해졌다.

"라온아."

슬우가 걱정스럽게 불렀으나, 라온은 이미 결심이 선 듯 표정이 더욱 단호해졌다.

"도저히 용서할 수 없어. 아니, 용서 안 해."

"어휴—"

석현은 허공에 한숨을 크게 날리곤 슬우를 힐끗 쳐다봤다.

"슬우 니 생각은?"

"덮고 싶은 생각 없어, 나두. 형한텐 미안하게 됐다. 이 일 알려지면 형한테도 후폭풍이 대단할 거야."

"지금 내 걱정 하냐? 라온이 견딜 수 있지?"

아무래도 석현은 마음 여린 라온이 걱정이었다. 슬우는 사건 당사자이니 어떻게든 부딪쳐야 할 일이지만, 중간에 낀 라온은 무슨 죄란 말인가.

"죄송해요, 형."

"누가 사과받재? 라온아."

"예."

"어떤 일이 있어도 흔들리거나 마음 약해지지 마. 너한텐 인마, 이렇게 형도 있고 나도 있어. 그러니까 세상에 혼자 버려진 애처럼 굴지 마. 알았지?"

어찌 되었건 가까이서 늘 큰 힘이 되어주는 석현이 고마워 라온은 그예 눈시울이 붉어졌다.

"라온이도 알았나?"

석현에게 갑자기 급하게 연락이 와 스케줄이 취소됐다는 말을 듣고 마네는 어렴풋이 짐작했다. 슬우도 라온에게 얘기했으니, 자신도 빨리 가족에게 얘기해야 하리라.

식구들이 모두 출근하고 없는 빈 집에 앉아 마네는 거실 벽에 걸린 아빠의 초상화를 물끄러미 응시했다.

'용서라는 거 너무 쉽게 생각했나 봐, 아빠. 무슨 일이 있어도 절대 흔들리지 않을 줄 알았어, 난. 그만큼 채 화백을 사랑하고, 라온일 좋아했으니까. 채 화백이랑 라온이 잘못이 아니란 것도 알아. 근데…… 이전처럼 아무렇지 않게 대해지지가 않아. 정말

견디기 힘들어, 아빠.'

소파 반대편 장식장에 두 무릎을 세우고 기대앉아 있던 마네는 바닥에 둔 휴대전화에서 벨이 울리자 시선을 내렸다.

채 화백.

그의 이름을 보자 가슴이 쿵쿵 뛰어오른다. 지하작업실에서 그렇게 싸우고 헤어진 후 처음 걸려온 전화였다. 마네는 까끌까끌 말라붙은 입술에 침을 묻힌 후 전화를 받았다.

"여보세요?"

〈잠깐 볼 수 있을까? 연못에서 기다릴게.〉

"……."

전화를 끊은 마네는 착잡한 표정으로 자리에서 일어났다.

현관문을 열고 밖으로 나오니 저 멀리 연못가에 서 있는 슬우가 보인다. 마네는 생각이 많은 얼굴로 그를 바라보다가 계단을 내려갔다.

잠시 후 연못가로 다가가자 무연히 연못을 쳐다보던 슬우가 고개를 돌렸다. 마네는 의식적으로 그의 시선을 피했지만, 그는 마네가 가까이 올 때까지 시선을 떼지 못했다. 수척해진 그녀의 얼굴에 가슴 끝이 알싸하게 아파왔다.

"얘기해."

마네는 낮은 한숨과 함께 건조하게 말했고, 슬우는 약간 초조한 낯빛으로 입을 열었다.

"자리 좀 마련해 줘. 가족한테 말씀드려야지. 오늘 했으면 하는데.”

마네의 시선이 그를 향했다. 까칠해진 얼굴을 보자 마음고생이 얼마나 심했을지 짐작이 갔다.

“라온이는…… 어때?”

“충격…… 많이 받았어. 그보다 아버지가 사건 덮으려고 해.”

“뭐?”

자기 자식을 죽이려 했는데 잡아넣어도 시원찮을 판에 덮으려 한다구?

정말 이기적인 작자라는 생각에 마네는 기가 막혀 그 말을 씁쓸하게 전하는 슬우를 바라보았다.

“라온이랑 난 각오되어 있어. 근데 오늘은 미안하지만, 나 혼자 니네 가족 만나 봬야 할 것 같아. 라온이가 아직…… 그럴 상황이 아니어서. 그것만큼은 니가 이해해줬으면 좋겠다.”

“당신은 괜찮구?”

화난 눈빛인 마네를 가만히 응시하던 슬우는 속마음을 꺼냈다.

“내가 정말 두려운 게 뭔지 알아?”

“…….”

“널 잃는 거야.”

“……!”

“마네야.”

마네는 자기도 모르게 한 발 뒤로 물러섰다.

"아니! 가족한테 내가 당신 사랑한다, 그러니 한 번만 봐 달라 사정하고 싶지 않아. 그게 더 가족한테는 상처가 될 거야."

"날 사랑하지 않는 건 아니구?"

그의 날카로운 말이 비수가 되어 심장에 와서 꽂혔다. 마네는 울컥 하는 마음을 가까스로 억누른 채 차갑게 뇌까렸다.

"지금 사랑하고 사랑하지 않고가 중요한 게 아니잖아. 모르겠어?"

"나한텐 니가 중요해! 그래서 더 말 못 했던 거야. 니 마음 다치는 거 보기 싫었으니까."

"우리 얘긴 나중에 해. 지금은 아빠 일이 우선이야. 당신은 안 그렇다지만, 난 그래."

"헤어질…… 생각이니?"

심각한 질문에도 마네는 허무한 마음만 가득했다. 그와 있었던 모든 일이 거짓말 같았다.

"당신 얼굴 보며 웃을 자신 없어. 이럴 때일수록 당신 편에 서서 위로해 주고 응원해 주고 그래야 하는 거 맞는데, 생각처럼 안 돼. 아빠랑 함께 있었던 사람이 당신이었다는 게, 우리 엄마 가슴에 못 박은 사람이 당신 아버지이고 라온이 엄마라는 게 너무 싫어. 끔찍해."

"……."

입에조차 올리기 싫은 듯 거칠게 머리를 쓸어 올리는 그녀를 보며 슬우는 그만 할 말을 잃어버렸다. 그녀에게 위로와 응원을 바란 게 아니었다. 사랑했기에 더 큰 충격을 받고 패닉 상태라는 것도 알지만, 그녀의 매몰찬 말에는 어쩔 수 없이 상처를 받는다. 그녀의 심정을 이해 못 하는 것도 아닌데 왜 이렇게 서운하고 스산한 걸까.

"저녁 8시에 집으로 올라와."

그 말만 남기고 마네는 등을 돌려 연못가로 난 작은 오솔길을 걸어나갔다. 점점 멀어지는 그녀의 뒷모습을 보고 있노라니 슬우는 정말로 끝인 것만 같은 암담함에 휘청이다 벤치에 털썩 주저앉아 버렸다.

☆ ☆ ☆

취조실에 태연한 얼굴로 앉아 있는 신우정과 눈이 마주친 임 형사는 야릇한 미소에 약간 홀린 듯하다가 퍼뜩 정신을 차렸다.

그는 심기일전하듯 금세 눈을 빛내며 말했다.

"자아, 신우정 씨. 선수끼리 오래 끌지 마입시더. 우리가 그동안 수집한 정보를 보니까 와아, 엄청나삐더라고요. 청부살인에 성상납에, 미술품으로 로비까정. 여기 나와 있는 이름들만 봐도 와이구, 눈 튀어나올라 카네."

쭉 적혀 있는 죄목 맨 하단을 본 임 형사가 눈을 껌벅껌벅하더니 심드렁하게 앉아 있는 신우정을 신기하게 바라봤다.

"그것도 모질라서 레오 스토커라이 참 가지가지 하는구마. 하도 죄목이 화려해가 스토커는 애교네, 애교."

임 형사가 비아냥대자 신우정이 피식 웃었다. 임 형사가 그 모습을 보더니 하하 같이 웃었다.

"백기환 의원이 도와줄 거라고 생각하는 모양인데 우야꼬? 지금쯤 거기도 비상일 긴데."

"정길상 의원이랑 채명국 사장이 백 의원님 잡으려고 기를 쓰나 봐? 애먼 나까지 잡아들이고 없는 죄목 잔뜩 갖다 붙인 걸 보니."

"그기야 앞으로 캐보면 나올 기구마는."

"흥. 벌써 다 짜놓은 시나리오 아니야? 내가 무슨 말을 해도 결국엔 다 나 혼자 덮어쓰게 될 거잖아."

신우정도 이미 채명국이 손을 쓴 걸 아는 투여서 쉽지 않은 심문이 될 듯했다. 마음 같아선 윗선의 명령을 깡그리 무시하고 신우정과 이재희를 함께 묶어버리고 싶지만, 그래봤자 결과가 뻔하니 정작 맥이 빠지는 건 임 형사 자신이었다.

"그건 그렇고 대체 레오는 와 따라다니노? 갸도 누가 죽이라고 시킨 거 아이가?"

"훗. 멋있잖아."

눈빛을 반짝이며 '멋있잖아' 하는데 임 형사의 등줄기가 오싹해졌다. 수많은 범죄자를 봐왔지만 신우정은 어딘가 특별한 구석이 있었다. 젊은 여자가 세상 초탈한 것도 같고, 미친 것도 같고. 정신병 기록은 없었지만 이참에 진단을 제대로 해볼 필요성이 있었다. 레오의 소속사인 박태식 대표를 통해 연예인들을 상납받았다는 것도 확인한 바 있어 사건은 더욱 확대될 전망이었다.

임 형사가 신경질적으로 투덜거렸다.

"또라이들이 너무 많다카이. 쯧쯧쯧. 요즘 같으마 멀쩡하게 잘살고 있는 게 용타 아이가."

취조가 진행되는 동안에도 형사들은 저희끼리 소소한 궁금증을 푸느라 서로 의견을 주고받았다.

신우정이 레오를 왜 좋아하는가?

당최 남편이 누구인지 모른 채 '사모님'이라는 이름으로 불리는 그녀의 비밀스러운 베일을 파헤치는 게 이 사건의 핵심이었다. 계속되는 추궁에 신우정은 이렇게 대답했다고 한다. 자신의 인생에서 가장 순수하고 아름다웠던 때는 첫사랑과 함께 한 그때뿐이었노라고. 레오는 그때의 감정을 불러일으킨 유일한 사람이라고.

왠지 허탈하게 만드는 대답이었지만, 그녀의 인생이 비뚤어지게 된 시발점을 가늠할 수 있었다.

☆ ☆ ☆

그날 저녁, 갑자기 할 얘기가 있다며 일찍 들어오라는 마네 연락을 받고 집에 온 식구들은 먼저 와서 기다리던 슬우가 다짜

고짜 무릎을 꿇기에 어리둥절해졌다. 무슨 큰 잘못을 저질렀길래 무릎부터 꿇는가 말이다. 내내 안색이 어둡던 마네를 떠올리자 심상치 않은 일이 일어났음을 금방 깨달았다.

그때부터 슬우에게 사건을 전말을 듣게 된 마네 가족은 완전히 패닉 상태에 빠져들었다.

"이, 이게 다 무, 무슨 소리야?"

헛헛한 눈으로 슬우를 바라보던 새복이 소파에서 일어나려다 비틀거리며 다시 주저앉았다.

"엄마."

옆에 앉았던 샤갈이 새복을 부축했고, 새복의 놀란 시선은 여전히 슬우에게로 가 있었다.

"마, 마네야. 지금 채 화백이 하는 소리가 다 뭔 소리야? 라온이 엄마가 채 화백을 죽이려 했다니 그게 무슨 소리냐구? 채 화백이 니들 아빠랑 같이 있었던 그 청년이라는 게 사, 사실이야?"

마네는 다소 침착한 얼굴로 고개를 끄덕였다.

"사실이야."

아니길 바랐다가 마침내 사실임을 확인한 새복은 기절할 듯이 뒤로 넘어갔다.

"아이고머니나, 세상에. 아이고, 아이고. 어, 어떡하면 좋아?"

가슴을 부여잡는 엄마 때문에 밀레도 그만 눈물이 왈칵 솟았다. 라온이 엄마가 화가 아저씨를 죽이려 한 것도 기가 막힐 지경인데, 아빠를 돌아가시게 한 주범이라니 눈앞이 캄캄했다.

"그리고 그때 사고도 아버님께서 절 도와주시려다가 벌어진 일이었습니다."

"뭐……? 채, 채 화백이 도와주려다 사고를 당한 게 아니었단 말이야? 우, 우리한테 거짓말……."

"죄송하다는 말씀밖에 드릴 말씀이 없습니다. 진작 말씀 못 드려서 정말 죄송합니다."

슬우의 거듭된 사과에 소파에서 내려앉은 새복은 그의 옷을 잡아채어 흔들었다.

"이게 죄송하다고 될 일이야! 알고도 말을 안 했다니. 그러고도 우리한테 얼굴 떳떳이 들고 대해! 어떻게 이럴 수가 있어? 어떻게!"

마구잡이로 잡아 흔드는 새복 때문에 슬우는 피할 생각도 못 하고 눈시울을 붉혔다. 펄쩍펄쩍 뛰는 새복이 흔들면 흔드는 대로 때리면 때리는 대로 죽은 듯이 있었다.

보다 못한 샤갈이 새복을 뜯어말려서야 새복은 쓰러지듯이 슬우에게서 떨어졌다. 그새 눈물범벅이 된 밀레는 이 모든 사실이 믿기지 않아 울며 방 안으로 뛰어들어 갔다. 그러고는 침대에 엎어진 채 엉엉 소리 내어 울고 말았다.

거실에서는 새복이 주먹으로 연신 가슴을 치며 울부짖었다.

"그런 줄도 모르고 원수의 자식놈들한테 정을 줘가며 불쌍하다 한 내가 미쳤지. 아유, 아유. 여보, 어떡하면 좋아? 원통해서 못 살아. 원수를 갚아도 부족할 판에 내가 눈이 멀었지. 미쳤어! 어으으윽!"

거의 비명에 가까운 울음이었다. 차마 듣기조차 두려운 새복의 가슴을 찢는 고통이 고스란히 느껴져 마네는 끝내 아픈 눈물을 쏟았다.

"속이려던 게 아니었습니다. 말씀드리려고 했습니다."

"언제? 우릴 실컷 우롱한 다음에? 니가 우릴 얼마나 우습게 봤으면, 우리 심정이 어떨지 뻔히 알면서 감쪽같이 감춰? 내가 니들 형제를 어떻게 생각하는지 다 알면서!"

새복의 호된 꾸지람에 슬우의 고개가 더욱 숙여졌다.

"잘못했습니다. 어떻게 말씀드려야 할지 몰라서 망설였던 거 사실입니다. 때를 봐서…… 말씀드리려고 했습니다. 정말 죄송합니다."

얼굴이 벌겋게 달아올라 울먹이는 슬우를 지켜보는 마네의 가슴이 미어졌다. 엄마를 봐도 억장이 무너지고, 슬우를 봐도 마음이 아파 차마 볼 수가 없을 지경이다.

"잘난 니 부모나 어디 한번 보자. 어떻게 된 인간들이기에 자식 죽이려는 것도 모자라서 멀쩡한 사람까지 죽이는지. 애꿎은 사람을 죽여놓고도 원인 제공했다고 모함하더니, 무슨 낯짝으로 자기들 짓이 아니라고 발뺌하는지 어디 보자구. 그러고도 어떻게 부모라는 이름으로 살 수가 있는지 보자, 어디! 천하의 몹쓸 것들!"

분을 못 이겨 입술을 깨물고 바들바들 떠는 새복을 보자 슬우는 자신의 처지가 너무나 한스러워 목구멍으로 쓴 눈물을 삼켰다. 부모라는 이름이 아깝도록 인간 이하인 그들의 자식이라는 이유로 모든 상처와 아픔을 평생 안고 살아야 할 자신과 라온, 그리고 억울한 희생양이 된 마네 가족까지 너무나 가엾다. 가엾어서 차마 밖으로도 토해내지 못할 울음을 이를 악물어 속으로만 삼키는 것이다.

집안이 그야말로 태풍이 휩쓸고 지나간 듯 적요했다. 처음엔 사실을 듣고도 믿기지 않아 밀레는 정신이 멍하다가 조금씩 실감이 나기 시작했다. 아빠를 죽게 한 사람의 자식이란 사실만으로 두 사람에게 마음이 뚝 떨어졌었다. 하지만 점차 시간이 지나며 라온이 어떻게 하고 있을지 걱정이 되었다.

엄마가 형을 죽이려 한다.

밀레로서는 상상도 할 수 없는 일이었다. 그 사실을 알았을 때 라온의 마음이 어땠을까 싶으니 또 울컥 눈물이 솟구친다. 혹시 문자라도 남겼을까 문자함을 뒤져 보지만 그럴 정신이나 있을까 싶어 애가 끓었다.

슬우가 가고 난 후 마네도 방에만 처박혀 있고, 샤갈은 방 안에 머리를 싸매고 드러누운 새복 옆에서 간호하느라 두문불출이었다. 그러더니 10시쯤 되자 슬그머니 방에서 나와 마네를 불러냈다.

밀레의 방문을 연 샤갈이 떼꾼한 눈으로 말했다.

"마네랑 나갔다 올 테니까 엄마 좀 보고 있어."

언니들이 나가고 난 후 밀레는 조심조심 엄마 방으로 건너갔다. 한 달은 앓은 사람마냥 이불 위에 초주검이 되어 누워 있는 새복을 보자 가슴이 철렁 내려앉았다. 엄마 모습으로는 슬우와 라온을 다시는 안 볼 태세였기 때문이다. 엄마 마음은 이해가 가지만, 슬우와 라온을 생각하면, 그리고 마네 언니를 생각하면 마음이 몹시 쓰라렸다.

어떻게 된 게 라온과는 잘되나 싶으면 재깍 탈이 나는지 모를 노릇이었다. 운이 없으면 뒤로 자빠져도 코가 깨진다더니. 코만 깨진 게 아니라 마음에 심각한 부상을 입어버렸다.

슬금슬금 무릎걸음으로 다가가 벽을 보고 누운 새복의 얼굴을 들여다봤다.

"엄마……."

"내 이것들을!"

갑자기 후다닥 일어나는 새복 때문에 화들짝 놀란 밀레는 뒤로 엉덩방아를 찧었다.

'아이쿠, 깜짝이야.'

밀레는 안중에도 없는지 잔뜩 충혈된 눈으로 새복이 벌떡 몸을 일으켰다.

"어, 엄마, 어디 가?"

놀란 밀레가 새복의 다리를 붙잡았다. 새복이 분을 참을 길

없어 씨근덕거리며 말했다.

"답답해서 그래. 바람 좀 쏘여야 살 거 같어."

"어, 어딜 가려구?"

행여 경찰서에 달려갈까 봐 밀레는 안절부절못했다.

"정원에 있을 거야. 걱정 말고 있어."

그러더니 팽하니 방을 나간다. 정말인지 거짓인지 몰라 밀레는 후다닥 일어나 거실로 따라 나갔다. 곧장 현관으로 가 슬리퍼를 신고 나가는 새복을 보자 조금 안심이 되었다. 경찰서에 갈 거면 외투와 지갑은 챙겼을 터인데 빈손이었으니 말이다. 그래도 지켜는 봐야 할 것 같아서 몰래 뒤를 밟았다. 난간 아래로 빼꼼 내다보자 새복은 휘적휘적 걸어 연못 쪽으로 가고 있었다.

연못에 있는 벤치로 가서 철퍼덕 주저앉은 새복은 차디찬 공기에도 아랑곳없이 속에서 확확 치밀어 오르는 화를 참을 수 없어 몇 번이고 거친 숨을 골랐다. 생각할수록 분통하고 어이가 없었다. 감쪽같이 숨긴 슬우도 용서가 안 되지만, 라온의 부모라는 인간들에게는 더 치가 떨렸다. 아무리 제 몸으로 난 자식이 아니라고 두 번씩이나 죽이려들까. 전처는 자살하게 만들더니, 그 사실을 알고도 방조한 채명국이란 놈은 더 인간쓰레기였다.

원수의 자식이라 있던 정이 뚝 떨어졌다 싶었는데 점점 시간이 지나자 그런 부모 밑에서 자란 형제가 불쌍해 한숨만 푹푹 쏟아졌다. 평소에도 가엾다, 불쌍하다 했더니만 그 동정심이 괜히 나온 건 아닌 모양이다. 결국엔 이런 악연이 되려고 정을 붙였나 싶은 게 사지가 절단되는 듯이 고통스러웠다.

새복은 울다 울다 지쳐 눈물도 말라 버렸는지 허한 눈을 들어 하늘에 휘영청 뜬 달을 올려다봤다. 달님 위로 장필도의 인자한 얼굴이 걸렸다. 남편의 얼굴을 보자 새복의 말라 버린 눈이 금세 글썽거렸다.

"마네 아빠, 어떡하니? 왜 하필 이 집이야? 이 집에 세 들어오지만 않았어도……."

'새복아. 그러지 마라. 애들 인생이 달린 문제야.'

"그러니까. 마네 저게 겉으론 강해도 물러 터졌어. 당신 닮아 정만 많아가지고 레오 땜에 그렇게 속을 썩더니 원수 놈의 자식이랑 사귀면 나는 어떡하라구? 생떼 같은 남편 잃고 혼자 애 셋 키우며 산 난 누구한테 이 원통함을 풀어?"

'나 때문에 당신 고생 많이 했다. 채 화백과 라온이가 당신 평생 은인으로 모실 거야.'

"싫어! 은인이고 나발이고 다 필요 없어! 내가 왜 원수 놈의 자식 얼굴을 보면서 살아야 해? 당신 죽고 지난 10년 동안 그놈들 어디 잘 사는지 두고 보자고 하루에도 수천 번 저주한 사람이야, 내가. 근데 어떻게 용서해? 난 못 해. 안 해!"

'누가 원수 놈들 용서하래? 채 화백, 라온이, 그 불쌍한 놈들 말하는 거지. 지들 손으로 부모랑 인연 끊을 거 뻔한데 당신이 용서해 주지 않으면 어떡해? 내가 사랑하는 천새복, 그렇게 모진 여자 아니잖아. 손해 보며 사는 게 이기는 거다. 하하하.'

"염병할 인간. 만날 자기만 착한 사람이지. ……아유, 여보. 어떡하니, 어떡해? 으흐흐흑."

나무 뒤에 숨어 그 모습을 고스란히 지켜보던 밀레도 그만 훌쩍이고 말았다. 달 보고 혼자 얘기하질 않나, 욕을 하다가는 갑자기 아빠를 찾으며 눈물을 쏟질 않나. 저러다 정말 생사람 잡게 생겼지 뭔가.

'우리 엄마가 미치려나 봐. 흑흑.'

헤어숍 근처의 실내 포장마차에 앉은 마네와 샤갈은 심란하게 술잔을 기울였다. 갑자기 터져 버린 일들이 아직도 새빨간 거짓말 같아 샤갈의 안색은 창백하게 질려 있었다.

"세상에, 뭐 이런 일이 다 있다니? 아니, 어떻게 아빠랑 같이 있던 사람이 채 화백일 수가 있어? 넌 대체 언제 안 거야?"

"며칠 안 됐어. 미안해, 언니. 언니한테라도 먼저 얘기할까 했는데 도저히 입이 안 떨어졌어."

그러자 조금은 슬우의 마음이 이해가 갔다. 그 말을 꺼내기가 얼마나 힘들었을지. 얼마나 안타깝고 괴로웠을지.

"이해해. 이게 보통 일이어야지. ……채 화백이랑 어쩔 셈이야?"

마네는 가뜩이나 착잡해 있다가 서글피 대답했다.

"헤어져야겠지."

역시 그럴 생각이구나, 하는 표정으로 샤갈이 마네의 술잔에 술을 따라주었다.

"생각할수록 기가 막히네. 대표님도 알고 있었던 거 아냐?"

"왜? 대표님이 뭐라고 했는데?"

"아무 말도 안 하길래 하는 소리야."

"언니도 대표님이랑 잘돼가고 있는 거야?"

샤갈이 씁쓸하게 웃으며 술을 입안에 톡 털어 넣었다.

"잘해볼까 생각한 적 있었어. 근데 나까지 안 사귀길 천만다행이다 싶다."

샤갈은 서로에게 선견지명이 있었나 보다고 애써 자위했다.

"넌 정말 괜찮겠어?"

샤갈의 안쓰러운 눈길에 마네는 가슴이 찡해졌다.

"그럼 어떡해? 채 화백 볼 때마다 엄마 마음 괴로울 거 아냐. 우리 가족한테 너무 큰 상처야. 나도 지금은 도저히 용서가 안 되구. 아빠 일, 잊고 지낼 자신 없어."

이래저래 피해 보는 사람 속출이라 샤갈은 메마른 한숨을 푹 내쉬었다.

"부모 복도 지지리 없어. 어떻게 그런 인간들한테 그런 자식들이 나와? 그동안 우리가 오죽 잘해줬었어야지. 엄마도 나도 내심 채 화백, 니 짝으로 어떨까 생각했었고. 아빠 생각하면 억울해 미치겠다가도, 채 화백이랑 라온이 생각하면 또 안 됐구. 나도 어떻게 해야 좋을지 모르겠다, 정말."

속이 상한 샤갈은 울 것처럼 술을 따라 벌컥벌컥 들이켰다. 마네도 아무 말 없이 샤갈을 따라 술잔만 기울였다.

열일곱 개의 별

"언니 먼저 올라가. 난 잠깐 바람 좀 쐬고 갈게."

정원에서 문득 걸음을 멈춘 마네는 샤갈을 먼저 2층으로 올려 보내고 천천히 연못가로 갔다. 텅 빈 연못. 연못 속에는 은빛 달만 덩그러니 외롭게 담겨 있다. 아침에 이곳에서 만났던 슬우가 떠올랐다. 저녁에 무릎 꿇고 앉아 잘못을 빌던 그의 모습이 이토록 가슴 아플 줄 그때는 미처 몰랐다.

마네의 눈에서 후드득 눈물이 떨어져 내렸다. 상처는 그도 똑같이 받았을 텐데 잘못을 빌어야 하는 것도 그의 몫이어서 참을 수 없이 화가 치밀어 오른다. 그녀는 떨리는 입술을 깨물어 터져 나오려는 오열을 참았다.

'이재희 당신, 절대 용서 못해!'

슬우를 비참하게 만든 이재희가 원망스럽고 아빠를 죽인 그녀가 미워서 견딜 수 없었다. 줄줄 흘러내리는 눈물을 닦을 생각도 없이 홀로 분노를 삭이고 있을 때 뒤에서 인기척이 느껴졌다. 마네는 돌아보지 않아도 그 사람이 슬우라는 걸 알 수 있었다.

그를 마주 보기가 괴로워 그녀는 꺽꺽 터져 나오는 울음을 손으로 틀어막았다. 자신처럼 그도 괴롭고 슬프다는 걸 너무나도 잘 알고 있으니 서러움만 더했다.

조용히 다가온 슬우가 그녀를 뒤에서 포근히 감싸 안았다. 아무 말 없이 꼭 끌어안아 주는 그를 보자 예전 패밀리레스토랑에서 끌어안아 위로해 주던 일이 떠올랐다. 라온이 때문에 괴로워 복층 침실 침대에 주저앉아 괴로워하던 그를 마주 안아주었던 일도 생각났다. 그때만 하여도 서로에게 큰 위로가 되었었는데 어째서 정작 위로가 필요할 때는 마음의 문을 닫아버렸던 것인지 마네는 어긋난 사랑에 통한의 눈물을 흘렸다.

"흐흑!"

"힘들게 해서 미안하다."

"당신 때문에 우리 엄마 고통스러워하는 거…… 안 볼래. 우리 때문에 당신이 괴로워하는 것도 안 볼래. 그러니까 놔줘. 당신한테서 위로받는 거 이젠 안 하고 싶어."

슬우는 급히 그녀를 돌려세워 품에 꽉 끌어안았다. 그녀의 가족을 만났을 때 용서해 달라는 말조차도 할 수 없었다. 그러니 그들 앞에서 어떻게 마네를 사랑한다고 말할 수 있을 것인가. 누구보다 마네 스스로 너무나 괴로워하고 있는데. 그 모습을 지켜봐야 하는 슬우 역시 힘들긴 매한가지였다.

"울지 마. 니가 원하는 대로 해줄 테니까 나 때문에 울지 마. 넌…… 웃는 게 훨씬 어울려. 후후."

그가 웃고 있었다. 모든 걸 체념한 듯 허탈하기 짝이 없는 웃음이 마네의 가슴에 슬픈 파도처럼 밀려와 먹먹하게 떠돌았다.

아아! 어떡하면 좋을까, 이 남자를? 잡을 수도 놓을 수도 없는 이 마음을.

아쉽게 그녀를 품에서 놓아준 슬우는 눈물로 범벅이 된 그녀의 얼굴을 두 손으로 감싸 닦아주었다. 성치 않은 그 손이 사실은 교통사고 때문이란 걸 알아서 마네는 질끈 눈을 감아버렸다. 눈에 한가득 고였던 눈물이 그의 손을 타고 흘러내렸다.

"미안해……."

흐느끼며 읊조리는 그녀의 말을 삼키듯 슬우는 그녀의 입술을 삼켰다. 찝찌름한 눈물이 입술 새로 새어 들어왔지만, 그는 그 눈물과 함께 그녀의 입술을 더욱 세게 빨아들였다.

미안하고 서러운 키스가 그의 마음을 아프게 했다. 좀 더 행복하게 해주지 못하고 상처만 남겨줘서 그녀를 더 이상은 붙잡을 수가 없었다. 헤어지길 원하는 그녀의 말에 동조했지만, 실상 그녀를 보내야 하는 마음은 갈기갈기 찢어졌다.

그것이 마지막 키스라는 걸 아는 듯이 마네도 그를 매몰차게 떨쳐 내지 못했다. 가족을 위해서였다. 그리고 평생 그를 보며 아빠 일을 떠올려야 할 자신이 너무 괴로워 그녀는 끝내 그와의 이별을 선택하고 말았다.

안방 문을 살짝 열고 들여다보니 새복은 등을 돌리고 누운 채 시름시름 앓았다. 그 모습을 가만히 바라보던 마네는 조용히 문을 닫고 방으로 갔다.

방으로 들어가자 샤갈이 침대에서 베개를 들다가 그녀를 돌아보았다.

"어디서 자게?"

"엄마랑."

"그럴래?"

"어쩌냐, 우리 엄마? 채 화백만 보면 아빠 생각난다면서 이상하게 정이 간다고 했었어. 그래서 더 병난 거야, 지금."

샤갈의 넋두리에 마네는 쓸쓸히 웃고는 침대로 걸어가 잠옷으로 갈아입었다. 방을 나가려다 말고 샤갈이 그녀를 물끄러미 바라보았다. 시선을 느낀 마네가 잠옷 윗도리를 입으며 물었다.

"왜?"

"이건 언니로서 하는 말인데, 우리 때문에 채 화백이랑 헤어지겠다거나 하는 생각은 말아줬음 좋겠다. 엄마는 어떨지 몰라도 나 때문에 니가 그런 결정 내리는 건 싫어."

마네는 동병상련이라고 샤갈이 석현 때문에 하는 말인 줄 알았다. 헌데 샤갈은 마네의 생각을 꿰뚫듯이 피식 웃는다.

"대표님 때문 아니야."

"아니야?"

"우린 그냥 친구라니까. 근데 넌 채 화백 많이 사랑하잖아. 물론, 엄마 생각하면 헤어지는 게 맞지. 한데, 다른 사람도 아닌 가족 때문에 사랑하는 사람을 잃는다는 건 별로 좋은 생각 아니야. 감당할 수 없으니까 그런 말 하는 거지. 헤어질 핑계 만드는 건 진짜 사랑 아니다."

"……."

"그만 자. 내일 일은 또 내일 생각 하자구."

샤갈이 나간 후 마네는 잠옷을 마저 갈아입고 방을 나와 욕실로 들어갔다. 머리에 헤어밴드를 하고 이를 닦으려 칫솔을 꺼냈을 때 연못가에서 슬우와 한 키스가 떠올랐다. 불시에 한 키스였지만, 마지막이라 생각하니 왠지 모르게 짙은 여운이 남았다.

"헤어질 핑계 만드는 건 진짜 사랑 아니다."

샤갈이 한 말이 자꾸만 가슴속에서 어지럽게 맴돌았다.

"당신 때문에 우리 엄마 고통스러워하는 거…… 안 볼래. 우리 때문에 당신이 괴로워하는 것도 안 볼래. 그러니까 놔줘. 당신한테서 위로받는 거 이젠 안 하고 싶어."

거실 창가에 우두커니 서서 지난 밤 연못에서 한 마네의 이야기를 되뇌고 있던 슬우는 깊은 한숨을 내쉬며 두 손으로 머리칼을 쓸어 올렸다.

아버지를 설득하는 것은 소용없는 짓이다. 이 상황에서 이재희를 잡을 길은 신고뿐. 신우정의 침묵이 길어지면 길어질수록 이재희가 빠져나갈 시간은 그만큼 커진다.

자식이라 직접 고발하지 못하는 법 때문에 그는 석현에게 부탁해 볼까 생각 중이었다. 하지만 그도 못할 노릇. 소속사의 대표 연예인인 라온의 부모를 고발한다면 석현은 대중의 비난을 면치 못하리라.

'마네 어머니가 할지도 몰라.'

잠시 그런 생각도 들었지만, 마네의 가족은 충격이 심했던지 아직 아무런 태도도 취하지 않았다. 어쩌면 마네를 중심으로 대책을 마련 중인지도 모르겠다. 그렇다면 차라리 마네에게 우선권을 주는 편이 나을까?

오랜 고민 끝에 슬우는 감정보다 이성이 우선해야 할 때임을 자각했다.

걸려 오는 전화를 일체 차단한 채 마네는 종일 사무실에 틀어박혀 있었다. 라온뿐 아니라 다른 스케줄도 전부 취소한 터라

인경도 일찌감치 들여보내고 줄곧 혼자였다. 슬우의 일로 심란하고 어떻게 해야 할지 머리가 지끈거렸다.

지금 그녀가 해야 할 일은 이재희를 고발하는 것!

하지만 막상 그렇게 하려니 슬우와 라온이 마음에 걸렸다. 슬우는 피해자이니 그렇다 쳐도 라온은 연예계뿐 아니라 그의 인생에 큰 치명타가 될 터였다. 부모 때문에 라온이 또 다른 피해자가 되는 것이다.

마네는 심각하게 휴대전화로 인터넷을 검색했다. 신우정에 관한 소식을 알 수 있을까 해서였다.

신우정의 침묵으로 사건은 좀처럼 진전을 보이지 못했다. 하지만 언제까지 버틸지 아무도 모르는 일이다. 만약 슬우의 일이 사실로 드러난다면 채명국과 이재희, 나아가 채명국과 손잡은 정길상 의원이 입을 타격은 엄청날 터였다. 총선을 앞두고 벌어진 사건은 꼬리에 꼬리를 물고 시국을 어지럽힐 것이며, 그 가운데서 슬우와 라온이 겪을 고통이란 상상을 초월할 게 분명했다.

그렇다 해도 인정에 이끌려 죗값을 받아야 할 사람들을 모른 체할 순 없는 노릇이다. 이재희와 채명국을 고발하기 위해 슬우와 이별도 불사했는데 이제 와서 마음이 약해져서야 되겠는가.

인터넷을 끄고 경찰서로 전화를 걸려 하는 순간, 그녀의 손이 멈췄다.

'도저히 못 하겠어.'

휴대전화를 내던지듯 책상 위에 내려놓은 마네는 속이 상해 의자를 홱 옆으로 돌려 앉았다.

"망설이다가 이재희를 놓치면……?"

두 형제를 마음에서 끊어내기론 직접 고발하는 편이 나으리라. 바꿔 생각하면 슬우를 위한 일일 수도 있다. 그를 죽이려 한 이재희를 고발하는 일이니까.

고민에 빠져 있던 마네는 갑자기 걸려온 전화에 정신을 차렸다. 누군가 하고 봤더니 슬우다. 마음을 추스르듯 숨을 고르고는 전화를 받았다.

"왜?"

〈이재희와 아버지, 니가 고발해.〉

"뭐……?"

〈생각해 봤는데 그게 옳은 거 같다. 니 손으로 해. 억울하게 돌아가신 아버님 명예 찾아야 하잖아.〉

슬우의 진지한 제의에 마네는 울컥 뜨거운 것이 치밀어 올랐다. 가뜩이나 망설이고 있던 참에 그에게 직접 고발하란 소리를 듣자니 가슴이 먹먹했다.

〈내가 신고한다고 해도 법적으로 자식이라 따로 고발할 사람이 필요해.〉

"당신 참 대단하네. 그동안은 입 꾹 다물고 있더니 이제 와서 고발하라구? 누굴 위해서? 날 위해서? 우리 가족 위해서?"

〈마네야.〉

"그래, 나도 알아. 우리한테 죄책감 느끼고 있다는 거. 그래서 모든 걸 감수하기로 마음먹고 라온이까지도 희생시키려는 거."

아무리 그렇더라도 이건 제 손으로 부모를 고발하는 것이나 다름없었다.

〈누군가는 해야 할 일이야.〉

마네는 그의 진중한 음성 속에 깃든 아픔이 고스란히 느껴져 입술을 깨물었다. 자기 입으로 연인이었던 여자에게 부모를 고발해 달라 말할 때 어떤 마음일지 알 것 같기에.

그녀는 신음하듯 뇌까렸다.

"당신이 말 안 해도 고발하려고 했었어. 그러니까 내가 고발하는 건 당신 때문이 아니야."

〈……서둘러. 아버지가 이재희, 외국으로 빼돌릴 거야.〉

도곡동 이재희의 저택에선 어김없는 승강이가 벌어졌다. 슬우가 쳐들어와 라온을 데리고 나간 후 신우정이 체포되었다는 소식이 전해졌고, 다급해진 채명국이 이재희를 외국으로 보내려 했기 때문이다.

헌데, 신우정의 소식을 듣고도 이재희는 꿈쩍도 하지 않았다. 라온과 함께 가는 게 아니라면 한 발짝도 이 집에서 나가지 않겠다고 고집을 부렸다.

외모에 갖은 신경을 쓰던 이재희가 산발이 된 꼴로 집안을 서성이는 모습을 보며 채명국은 기함했다. 점점 미쳐 가는 것 같으니 말이다. 더 험한 꼴 보기 전에 그는 자기 눈앞에서 그녀가 사라져 주었으면 했다.

자칫 신우정이 입을 열었다간 그간 쌓아올린 공든 탑이 한 순간에 무너질 것은 자명한 일. 하루하루가 살얼음판인데, 이재희까지 실성한 여자처럼 구니 답답하기 한량없었다. 사람이라도 붙여 억지로 비행기를 태워 버릴까 했으나 괜히 눈에 띄면 구설수에 오를 게 뻔해 속앓이만 했다.

"차라리 나하고 가."

채명국이 분노를 삭이며 하는 말에 이재희가 어림없다는 듯 비웃었다.

"당신을 어떻게 믿어? 날 거기다 버릴 게 뻔한데."

"재희야!"

"당신은 필요 없다고 했잖아. 당신도 내가 필요 없어졌구. 그런데 무슨 희망을 갖고 같이 가자는 거야? 나와 라온이 때문에 슬우 엄마가 죽고 슬우를 잃었다고 내 앞에서 말했을 때부터 난, 당신이란 사람한테 희망을 버렸어."

"그러면서 이때까지 왜 같이 살았어!"

"쫓겨나기 싫었으니까. 라온일 내게서 빼앗아갈 게 뻔했으니까. 라온이랑 같이 보내준다고 약속하면 두말 안 하고 가. 하지만 그전엔 싫어. 나 혼자선 절대 안 가."

불안과 두려움에 떨면서도 라온을 절대 놓지 않으려는 이재희에게선 필사적인 심정이 엿보였다. 이대로 모든 것이 무너질지 모른다는 중압감이 그녀의 이성을 마비시키고 점점 궁지로 몰아넣었다.

"라온이 생각은 안 해? 라온이 인생까지 망쳐 놓으려고 작정했어?"

채명국의 거침없는 윽박지름에 이재희는 기가 찬다는 듯 싸늘히 일갈했다.

"라온이 생각해 주는 척하지 마. 역겨워."

"뭐가 어째?"

"당신은 가족 누구에게도 최선이라곤 모르고 살았지. 근데 난 적어도 내 아들한테만큼은 모든 걸 다 내줬어. 내 인생을 포기할 정도로! 그런 나한테 엄마의 자격 운운할 수 있어, 당신이?"

이재희의 아집에 기가 질린 채명국은 분노를 참지 못하고 버럭 고함쳤다.

"난 당신과 라온일 살리려는 거야! 우리 가족을…… 어느 누구 하나 다치지 않게 보호하려는 거라구! 아직도 모르겠어?"

☆ ☆ ☆

"그래서 니 손으로 고발하겠다구?"

새복이 다그쳤고, 샤갈과 밀레도 마네의 대답을 기다리며 빤히 쳐다봤다. 마네가 마음을 굳게 먹은 양 단호히 고개를 끄덕였다.

"채 화백한테 전화 왔었어. 직접 고발하라구. 그게 아빠 명예를 되찾는 길이라구."

슬우를 생각하니 착잡한데 새복이 입술을 비틀며 이죽거렸다.

"양심은 있는 모양이네. 아무렴. 고발해야지. 고발하고말고. 그럼, 고발도 안 하고 또 고스란히 당하고 있을 줄 알았어?"

서슬 퍼렇게 뇌까리는 새복을 보며 밀레는 좌불안석이었다. 엄마와 언니들 심정을 모르는 바 아니나 여전히 가슴 한 구석에 남은 라온이 걸린 탓이었다.

마네가 의견을 묻듯 샤갈을 쳐다보자, 그때까지 별말 없이 앉아 있던 샤갈이 얼버무렸다.

"나야 뭐……. 싫다고 해도 고발할 거 아닌가?"

그러자 새복이 날카롭게 쏘아붙였다.

"넌 왜 싫어?"

"싫다는 게 아니라 마네가 마음 굳힌 거 같으니 하는 말이지. 난 상관하지 말고 알아서 하라구."

"맏이라는 게 나서서 해결할 생각은 않구……. 쯧쯧쯧."

새복의 면박에 샤갈이 민망했는지 동생들 눈치를 보며 구시렁거렸다.

"누가 나서기 싫어서 그러나? 나까지 설쳐 대면 더 정신없을까 봐 그러지."

“시끄러!”

그러더니 굳은 얼굴로 앉아 있는 마네에게 시선을 돌린다.

“늦기 전에 당장 경찰서에 가자.”

새복이 일어서려 하자 마네가 말렸다.

“엄만 그냥 있어. 나 혼자 가도 돼.”

“너 혼자 어떻게 가? 샤갈이라도 같이 가, 그럼.”

“됐다니까. 나 혼자 해도 돼.”

슬우 일로 잔뜩 기가 꺾인 마네를 보자 새복은 그제야 딸의 처지를 가늠했다. 사귀던 남자와 연관된 일이니 오죽 상심이 클까.

하지만 지금이라도 알게 되어 천만다행이라 스스로 위안했다. 만약 속아서 결혼이라도 했으면 어쩔 뻔했나. 생각만 해도 아찔했다.

정을 떼야 하리라. 그녀는 새삼스레 마음을 다져 먹었다.

그때 방바닥에 두었던 마네의 휴대전화가 울렸다. 슬우의 전화여서 마네는 불안한 마음으로 전화를 받았다.

“어.”

〈잠깐 시간 돼? 라온이가 어머닐 찾아뵙겠다고 해서.〉

“지금?”

〈어머니가 싫다 하시면 어쩔 수 없구.〉

마네는 기다려 보라 이르고는 새복에게 조심스레 물었다.

“라온이가 지금 집에 오겠다는데 어떻게 할까?”

라온이란 말에 금세 안색이 굳어진 새복이 떽떽거렸다.

"여긴 왜? 지 부모 대신 싹싹 빌기라도 하겠대? 오라고 해. 와서 무슨 말 하는지 들어나 보게."

전화를 끊고 얼마 후 슬우와 함께 라온이 왔다. 라온은 거실 소파에 앉은 새복 앞에 이전에 슬우가 그랬던 것처럼 대뜸 무릎부터 꿇었다. 덩달아 슬우도 그 옆에 두 번째로 무릎을 꿇었다.

라온이 잔뜩 긴장한 얼굴로 더듬더듬 입을 열었다.

"죄송합니다. ……용서 같은 거 바라지 않습니다. 그래도 사죄는 드려야 할 것 같아서……."

예전과는 다르게 차디찬 시선으로 라온을 노려보던 새복은 울화가 가라앉지 않아 끙끙 앓는 소리를 냈다.

일주일 새 광대뼈가 보일 정도로 말라 버린 라온과 그에 못지않게 해쓱해진 슬우를 바라보는 새복의 마음은 여전히 가시덤불이었다. 무슨 업보기에 원수의 자식놈을 둘씩이나 바라봐야 하는지.

그녀는 속이 끓어 홱 돌아앉다가 벽에 걸린 장필도의 초상화에 시선이 멈췄다. 장필도가 또다시 인자한 음성으로 그녀를 불렀다.

'새복아. 난 당신 믿는다.'

'지랄 같은 인생.'

눈물이 나 떨리는 손을 이마에 갖다 대던 라온은 더욱 기어들어 가는 소리로 말했다.

"저 때문에 벌어진 일인데 형이랑 마네 누나……."

말을 잇지 못하고 결국 눈물이 터져 버린 라온의 어깨가 심하게 떨렸다. 자신 때문에 모든 게 엉망이 되어버려 가슴이 천 갈래 만 갈래 찢기는 듯했다. 밀레에겐 문자 한 통 보내지 못할 만큼 미안해서 지금도 뻔히 지켜보고 있으리란 걸 알면서도 눈조차 마주칠 수 없었다. 이렇게 부끄럽고, 이토록 아픈 가슴이 눈물만 뚝뚝 흘리는 것으로 대신하는 것이다.

"난 니들 부모, 용서 못한다."

새복이 악에 받쳐 토해낸 소리였다. 그 말 한마디에 집안은 더더욱 냉랭하고 적막해졌다. 그 사이로 새복이 가까스로 울화를 삼키며 말을 이었다.

"니들 부모, 고발할 테니 그리 알아."

"……."

"모든 사실이 명명백백히 밝혀진 연후에 이 집에서도 이사 나갈 거야."

새복이 더는 꼴 보기 싫다는 듯 소파에서 일어나 홱 방으로 들어가 버렸다.

비칠거리며 일어서는 라온을 슬우가 부축했다. 누구 한 사람 입을 열지 못한 채 거실엔 깊은 정적만이 깔렸다. 그 사이를 지나 슬우와 라온은 힘없이 고개를 떨구고 집을 나갔다.

두 사람이 나란히 집을 나가고 나서야 뒤에서 보고만 있던 샤갈이 무거운 정적을 깨고 한숨을 토해냈다.

"사람 사는 게 아니네, 정말."

샤갈의 말에 완전히 공감한 듯 밀레가 눈물을 글썽이며 방으로 들어갔고, 마네도 우울하게 자기 방으로 가버렸다. 혼자 남은 샤갈은 소파로 가 털썩 주저앉았다. 집안에 공기가 몽땅 사라져 버린 것 같았다.

"아우, 숨 막혀."

터벅터벅 2층에서 내려오는 라온의 두 눈엔 아직도 눈물이 그득했다. 마음을 짓누르는 죄책감에 마네 가족을 찾아오긴 했지만, 그들에게 자신이 어떤 존재인지를 더욱 확실히 깨달았을 뿐.

상심에 젖어 계단을 내려오자니 휴대전화가 울린다. 느낌에 엄마일 것 같아 라온은 망설였다. 그러자 곁에 나란히 오던 슬우가 다급히 일렀다.

"받아 봐. 외국 못 나가도록 붙잡아둬야지."

슬우는 이재희에 대한 원망이 조금도 사그라지지 않은 채였다. 이재희 때문에 라온이 받는 상처와 모멸감을 버젓이 눈으로 지켜봐야 했다는 데 화가 났고, 그녀를 라온의 엄마로 인정하고 싶지 않은 마음도 컸다.

슬우의 말에 또다시 현실을 깨달은 라온은 떨리는 마음을 가다듬어 전화를 받았다. 부모의 죄를 묻어두고 평생 죄책감에 시달려 살기보다 죗값을 물게 하는 편이 옳다. 그 생각만큼은 변함이 없었다.

전화를 받자마자 이재희의 히스테릭한 음성이 들려왔다.

〈라온아! 엄마 좀 만나. 집으로 와. 집에 와서 엄마랑 얘기해. 차근차근 다 설명할 테니까 제발 좀 만나, 응?〉

"……."

〈언제까지 기다려? 엄마랑 같이 가자. 니 아빠가 날 버리려고 해. 니 아빠가 얼마나 무서운 사람인지 니가 몰라서 그래. 라온아, 부탁이야. 집으로 와. 짐 싸놓고 기다리고 있을 테니까 빨리 와. 무서워 죽을 것 같아.〉

울음 섞인 목소리로 호소하는 이재희 때문에 라온은 더욱 깊은 절망감으로 빠져들었다. 자신이 저지른 죄 따위는 아랑곳하지 않고 아직도 아빠 탓만 하며 도망갈 길만 모색하는 엄마가 너무나 혐오스러웠다.

'이제 곧 끝나, 엄마.'

속으로 중얼거린 그는 나직하게 말했다.

"기다려. 내일 갈게."

뜬눈으로 밤을 새우고 아침 일찍 집을 나선 마네는 차가운 공기에 흠칫 몸을 떨었다. 정원을 지나며 1층을 바라보니 두꺼운 커튼이 쳐진 채였다. 습관적으로 지하작업실을 쳐다보았으나 그곳도 불이 꺼져 있었다.

지하작업실에서 슬우와 있었던 일들이 떠올라 그녀는 쓸쓸한 마음을 안고 천천히 걸음을 옮겼다.

집 밖으로 나와 담벼락에 세운 차로 걸어가고 있을 때였다. 그 뒤에 있던 라온의 차가 기다렸다는 듯이 옆으로 다가와 선다. 마네는 걸음을 멈칫했다.

그녀 옆으로 차를 멈추고 내려선 라온이 성큼성큼 걸어왔다. 푸석한 얼굴과 충혈된 눈빛에 슬픔이 가득했다.

"무슨 일이야……?"

"경찰서 가는 거 맞죠? 같이 가요, 누나."

라온이 보조석 문을 열었다. 슬우도 차 안에 있나 싶어 안을 살폈지만 비어 있었다.

"형은?"

"형이 얘기해 줘서 나도 알 만큼 알아요. 누나와 형이 가는 것보다 내가 가야 아버질 막을 수 있어요."

"뭐?"

"자세한 얘긴 가면서 해요."

라온이 서둘러 자기 차에 태우는 바람에 마네는 당황했다.

"니 뜻은 알겠지만, 너랑 같이 가는 건 좀 아닌 것 같다."

라온과 경찰서에 갔다간 라온에게 더욱 치명상을 입히게 될 것이다. 마네는 은연중에도 그를 걱정하는 마음이 커 그것만은 피하고 싶었다.

"누나한테 따로 할 얘기도 있구요."

라온은 억지로 마네를 보조석에 태웠다. 어쩔 수 없이 마네가 차에 올라탔고, 출발하고 얼마 안 있어 라온이 착잡한 듯 말을 꺼냈다.

"형이랑 정말 헤어질 생각이에요?"

슬우에게 이야기를 들은 모양이라 마네는 시선을 창밖에 둔 채 우울하게 대답했다.

"설득할 생각이라면 관둬."

"알아요. 나한테 그럴 자격조차 없다는 거. 지금은 형 동생으로서만 얘기할게요. 나한텐 어떻게 해도 상관없어요. 형하고 헤어지지만 않는다면."

"니가 형제이길 포기한다고 해도 안 되는 건 안 되는 거야."

"형 잘못이 아니잖아요."

"니 잘못도 아니지."

무심코 말하고서 마네는 자신의 이율배반적인 태도에 가슴이 뜨끔했다. 슬우와 라온의 잘못이 아닌 줄 알면서 그들을 외면했던 자신이었으니 말이다.

흘끗 그녀를 쳐다본 라온은 조심스럽게 말을 건넸다.

"이 일 밝혀지면 난 어차피 한국에서 못 살아요. 하지만 형은 아니니까……. 또다시 형 혼자가 될 텐데 누나라도 곁에 있으면 안심이 될 것 같아서요."

"니 부모님 고발하러 가는 길이야. 너도 전부를 잃을지 모르는 판국이라구. 근데도 형 걱정밖에 안 되니, 넌?"

"형은 우릴 가족이라고 생각 안 하고 살았지만, 난 다르니까요."

답답한 녀석.

마네는 속으로 혀를 찼다. 부모의 일이니 자신의 책임도 있다는 뜻이었다. 인간 이하의 부모에게 무슨 연민이 남아서.

라온과 함께 경찰서에 가는 지금, 마네는 많은 생각으로 머리가 더욱 복잡해졌다.

"라온아."

일어나 아래층으로 내려온 슬우는 라온이 보이지 않자 불길했다. 어제 2층에 올라갔다 온 후로 오늘 마네가 경찰서에 갈 거라는 것도 짐작하고 있었고, 별다른 내색이 없어 괜찮겠거니 했다. 그런데 아침부터 보이질 않으니 가슴이 덜컥 내려앉았다.

"어딜 간 거지?"

급히 복층으로 올라가 협탁 위에 둔 휴대전화로 라온에게 전화를 걸어봤지만 꺼져 있었다. 생각다 못해 그는 마네에게 전화를 걸어보았다. 혹시 경찰서에 같이 간 게 아닐까 해서였다.

잠시 후 꽉 잠긴 음성이 들렸다.

〈어.〉

"어디야?"

〈경찰서.〉

"혼자?"

〈아니. 라온이랑 같이. 미안해, 연락 못해서. 할 형편이 못됐어.〉

예상한 대로 마네가 라온과 함께 경찰서에 갔다는 걸 알자 슬우는 마음이 뻥 뚫린 것처럼 공허해 아직 커튼이 쳐진 거실 창을 물끄러미 응시했다. 굳게 닫힌 거실 창처럼 세상과도 완전히 차단된 것만 같았다.

라온이 일부러 자신을 따돌렸다는 생각에 목이 메어 쉽게 말을 꺼내지 못하던 슬우는 감정을 억누르며 간신히 입을 열었다.

"지금 갈게."

〈대표님한테는 방금 라온이가 전화했어. 라온이 연예계생활 접겠대.〉

그 얘기는 이미 몇 차례 나눴으니 그다지 놀랄 것이 없었다. 다만, 혼자 모든 짐을 짊어지려는 라온 때문에 가슴이 무너졌다.

"경찰에서 이재희 체포한대?"

아버지가 손을 써놨던 게 기억나 슬우는 미심쩍게 물었다.

〈TV 틀어봐. 속보 나오고 있어.〉

슬우는 급히 리모컨을 찾아 TV를 켰다. 마네가 알려주는 채널로 돌리자 앵커가 전하는 뉴스를 들을 수 있었다.

"청부살인은 물론이고 정 · 재계와 문화계의 인사들에게 뇌물수수와 연예인 성상납을 해온 혐의로 체포되어 수사 중인 신우정 씨 소식입니다. 신우정 씨에게 뇌물과 성상납을 수차례 받은 혐의로 조사 중인 백기환 의원은 정치적 음해라고 주장한 바 있습니다. 그런데 오늘 아침 신우정 씨와 관련해 이재희 씨와 채명국 씨가 청부살인과 방조죄로 고발당했습니다. 고발한 사람은 다름 아닌 채라온 씨의 비주얼 디렉터인 장마네 씨이고, 채라온 씨도 동행해 증인으로 나섰습니다. 이재희 씨와 채명국 씨는 자택에서 체포되어 현재 조사를 받고 있습니다. 이재희 씨는 한때 최고 여배우의 자리에서 채명국 씨를 만나 결혼했으며, 두 사람 사이에는 가수 겸 배우로 '국민남동생'의 칭호를 받아 온 채라온 씨가……."

드디어 이재희의 만행이 세상에 알려지는 순간이었다. 슬우는 뉴스를 들으며 숨이 꽉 막히는 듯했다.

〈올 때 라온이 옷 좀 챙겨 와. 기자들 때문에 당분간 경찰서에 있겠대. 여기저기서 시달리느니 그러는 편이 낫겠어.〉

"알았어. 넌 필요한 거 없어?"

〈먹을 거 사 와.〉

대뜸 먹을 걸 찾는 마네 때문에 슬우는 진지하게 물었다가 피식 웃음이 나왔다. 스트레스를 엄청 받은 모양이다. 이 와중에 먹을 게 당기는 걸 보면.

"그래. 금방 갈게."

☆ ☆ ☆

"이재희 씨, 채슬우 씨를 죽이라고 신우정에게 사주한 일 있으시죠?”

“누가 그래요? 채슬우 그놈이 그래요?”

이재희는 뻔뻔하게도 눈알을 번뜩이며 되물었다. 이른 아침, 갑자기 들이닥친 경찰들에 붙잡혀 온 후로 뇌신경을 꼬집는 듯한 두통 때문에 신경이 더욱 날카로웠다. 가뜩이나 며칠 전 라온과 슬우가 한바탕 집안을 뒤집고 간 것도 심기가 어지럽던 차에 고발장이 접수되었다니 기가 막혔다.

“장마네 씨가 이재희 씨와 채명국 씨는 물론이고 신우정 씨까지 고발했어요. 채라온 씨도 증인 서겠다고 했구요.”

“뭐, 뭐라구요?”

이재희는 경찰에서 뭔가 착각하고 있다고 생각했다. 라온이 증인을 서겠다고 했다는 게 믿을 수 없었다. 슬우가 시킨 게 아니라면 절대!

“채슬우 어딨어? 그 자식이 나와 라온일 갈라놓으려 중간에서 이간질하고 있단 말이야. 채슬우 데려와!”

강 형사가 약간 어이없다는 투로 이를 바득바득 가는 이재희에게 주의를 주었다.

“그래 봤자 이재희 씨한테 불리해집니다. 우린 이미 이재희 씨와 신우정 사이에 거래가 있었다는 거 알고 있어요. 10년 전에 뺑소니사고도 이재희 씨가 시킨 거 아닙니까?”

“난 모르는 일이야! 신우정인지 귀신인지 난 모른다구!”

강 형사와 임 형사가 낮게 탄식했다. 잠깐 사이를 두고 임 형사가 꾸짖듯이 추궁했다.

"보소, 이재희 씨. 한 번도 아니고 두 번씩이나 남편 아들을 죽이려고 한 게 잘했다고 지금 큰소린교? 아들 보기 창피하지도 않아요? 오죽하면 아들이 증인을 서겠다고 했겠나."

"라온이랑 얘기할 거야. 라온일 만나야겠어."

형사의 말은 듣지 않겠다는 고압적인 태도였다. 하는 수 없이 임 형사가 라온을 취조실로 데려왔다. 이재희는 분한지 몸을 부들부들 떨고 앉았다가 라온을 보자 눈을 희번덕 떴다.

"슬우가 시킨 짓이라고 말해. 장마네랑 짜고 한 짓이라고."

"엄마."

"어서! 니가 그놈의 간교한 꾀에 넘어간 거야. 우릴 인간 취급도 안 하다가 널 받아줬을 때 알아채야 했어. 아니라고 했잖아, 아니라구! 왜 내 말 안 믿어? 왜 그놈 말만 믿고 이래? 난 니 엄마야!"

바락바락 악을 쓰는 이재희를 보자 라온은 인간의 밑바닥을 보는 것처럼 눈동자가 허했다.

"난 엄말 용서 안 해. 아버지도 용서 안 해. 절대."

"채라온!"

이재희는 믿을 수 없었다. 착하디착한 라온이, 순하디순한 라온이 저리 독한 눈빛이 되어 부모를 절대 용서하지 않겠다고 선언하는 것이다. 아버지는 그렇다 쳐도 엄마인 자신에게는 그래선 안 되는 거였다. 저 하나만을 위해 모든 걸 버린 어미한테는 그러면 안 되는 거였다.

"나한텐 이제 부모 없어."

공허하게 울려 퍼지는 라온의 음성을 듣자 이재희가 절망에 가까운 눈물을 쏟으며 탁자 너머로 손을 뻗었다.

"라온아, 이리 와. 엄마한테 와. 어, 엄마는 너 없인 못 사는 거 알잖아. 너 하나만 바라보고 산 거 너도 잘 알잖아. 니가 어떻게……. 니가 어떻게 날……."

애절한 호소를 거부하듯 라온이 스윽 자리에서 일어나 물러섰다. 이재희가 눈물을 줄줄 흘리며 싸늘한 눈길로 바라보는 라온을 올려다봤다.

"다 끝났어."

그 말만을 남긴 채 냉정히 돌아서 버리는 라온에게 이재희는 절규하듯 아들을 불렀다.

"라온아! 채라온! 채라온! 난 니 엄마야. 난 니 엄마라구!"

"이재희 씨가 두 번이나 아들을 죽이려 했는데도 왜 곧바로 신고하지 않으셨습니까? 범행을 숨기려 한 것이 아닙니까?"

반장의 물음에도 채명국은 꿋꿋이 입을 다문 채 대답하지 않았다. 변호사와 얘기하겠다는 것이다. 라온이 증인으로 적극 가담했다는 게 그로서도 꽤나 큰 충격이었던 모양이다. 이번엔 어떻게 막아볼 새도 없이 당했으니 말이다.

이렇게 되면 같이 죽기보다 혼자라도 살아남을 길을 찾아야 한다. 이재희의 소행이란 걸 안 즉시 마음에서는 이미 그녀를 버렸으니.

끝내 묵비권을 행사하는 채명국을, 슬우는 멀찌감치 서서 지켜보았다. 결국 잡혀 왔으면 최소한 라온을 위해 잘못을 시인할 줄 알았다. 하지만 역시 아버지는 아버지였다. 최후의 순간까지 자신의 잘못을 인정하지 않을 것이다. 이재희의 범행을 알고도 숨기려 한 아버지가 아니었던가.

슬우는 슬픔에 젖어 돌아섰다. 밖으로 나가는 그의 뒤를 급히 따라나온 임 형사가 알은 체를 했다.

"안녕하십니꺼?"

슬우가 깊은 눈매를 들어 그를 바라보았다. 슬픔이 가득 밴 그의 눈빛에 임 형사가 머쓱하게 말했다.

"심려가 크시겠습니더."

"라온이는 어디 있습니까?"

"그게…… 아무도 만나고 싶지 않다 카네요."

"만나게 해주십시오."

난감한 듯 머뭇대던 임 형사가 그를 다른 사무실로 안내했다. 무얼 하는 곳인지 몰라도 큰 탁자만 덩그러니 놓여 있는 그곳에 라온이 혼자 우두커니 앉아 있었다. 슬우가 들어가는 것도 모른 채 멍하니 있다가 임 형사가 불러서야 고개를 돌렸다.

코트 주머니에 두 손을 꽂아 넣고 물끄러미 바라보는 슬우와 눈을 맞추고서야 라온은 멍한 표정을 풀었다. 그러더니 힘없이 고개를 숙였다.

"말씀 나누이소."

임 형사가 자리를 피해주었고, 슬우가 가까이 다가가 의자에 엉덩이를 걸쳤다.

"이제 속 시원하냐?"

슬우의 나무라는 듯한 물음에도 라온은 대답 없이 손끝만 내려다봤다. 슬우가 추워 보이는 라온의 목덜미를 손으로 어루만졌다. 하지만 라온의 목덜미는 열이 올라 뜨끈뜨끈했다. 얼마나 속이 타고 아플지 알 수 있어 슬우는 허망한 한숨을 내쉬었다.

"형. ……처음 사실 알았을 땐 그냥 죽어버릴까 생각했다. 근데…… 형 때문에 못 죽겠는 거야. 형 엄마도 그렇게 돌아가셨는데 나까지 죽어버리면 형 마음에 나란 놈 영원히 상처밖에 안 되잖아."

서서히 두 눈에 눈물이 맺히는 라온의 머리를 끌어다 슬우는 가만히 안아주었다. 결과를 떠나 라온이 부모를 고발하는 일에 가담했다는 것 하나만으로 그 후에 겪을 모진 풍파가 못내 가슴 아팠다. 그 짐을 전부 짊어진 라온이 안쓰럽고 안타까워 가슴으로 통곡이 흘러나왔다.

라온이 있던 대기실 밖, 잠시 커피를 가지러 다녀오던 마네는 슬우와 복도에 있는 의자에 나란히 앉았다. 마땅히 해야 할 일을 했음에도 씁쓸한 마음이 가시지 않는 건 슬우와 라온 형제 때문이었다.

경찰관이 묻는 말에 담담하게 설명하는 라온을 보면서 마네는 괜한 짓을 한 게 아닐지 염려스러웠다. 라온이 적극적이라 당황한 건 경찰관이었다. 이렇게 스스로 모든 걸 정리하는 게 아닐지 내심 라온이 안타까웠다. 그들을 마음에서 끊어내는 일, 생각했던 것보다 훨씬…… 어렵고 힘들다.

"미안해."

"잘했어."

슬우는 모든 걸 체념한 듯 담담했다. 잠시 슬우의 옆얼굴을 바라보다 마네는 그새 미지근해진 커피를 한 모금 마셨다.

"당연한 일을 한 거야."

슬우가 재차 담담히 그녀를 위로했고, 마네는 도무지 개운해지지 않는 기분 탓에 낯빛이 더욱 어두워졌다.

"라온이 많이 힘들 거야."

어디 힘든 사람이 라온이 뿐일까.

"잘 견딜 거야."

말 속에 슬우의 바람이 강하게 느껴져 마네는 조금 힘을 내보았다.

"그래야지. 우리 모두."

그녀는 아직 마음이 뒤죽박죽이어서 자신의 진심이 무엇인지 확신이 들지 않았다. 그의 말마따나 그를 사랑하긴 했던 것일까?

그 의문만이 머릿속을 뱅글뱅글 맴돌았다.

☆ ☆ ☆

라온의 부모에 관한 소식은 삽시간에 온 나라를 떠들썩하게 만들었다. 언론의 대대적인 보도로 아침부터 마네의 집에도 그 충격은 고스란히 전해졌다. 거실에서 뉴스를 보던 마네 가족은 밤새 들려온 소식에 한동안 움직일 줄 몰랐다.

앵커가 그 궁금증을 대신해 주었다.

"채라온 씨의 모친 이재희 씨가 남편 채명국 씨의 전처 아들인 채슬우 씨를 두 번이나 죽이려 한 혐의로 오늘 아침 8시경 자택에서 체포되었습니다. 채명국 씨는 그 일을 알고도 방조한 혐의로 이재희 씨와 함께 체포되었습니다. 이재희 씨는 10년 전에 뺑소니사고로 채슬우 씨를 1차 살해하려고 했다가 실패하자, 얼마 전 강도로 위장한 킬러를 보내 또다시 2차 살해를 사주했습니다. 두 번 모두 이재희 씨가 신우정 씨에게 사주하여 범행을 저질렀다고 해서 충격을 주고 있습니다. 신우정 씨는 정치적 음모라고 주장하고 있습니다. 하지만, 장마네 씨의 고발과 채라온 씨의 증언으로 사건은 일파만파로 커지고 있는 상황입니다. 가수 레오 씨가 신우정 씨를 스토커로 고소했다는 소식도 이미 알려 드렸는데요. 대관절 이 신우정 씨는 뭐 하는 사람일까요? 저희도 사건 추이를 계속 지켜보도록 하겠습니다."

마음을 졸이며 뉴스를 보고 있던 샤갈은 묵묵히 TV를 시청하는 새복의 안색을 살폈다.

"후우—"

이재희와 채명국의 체포 소식에 기뻐할 줄 알았던 새복은 땅이 꺼져라 한숨을 내쉰 뒤 복잡 미묘한 얼굴로 일어나 방으로 들어가 버렸다. 그 모습을 지켜보던 밀레도 잔뜩 풀이 죽어 제 방으로 건너갔다.

방으로 들어가자마자 털썩 침대에 엎드린 밀레는 마네와 라온이 함께 경찰서에 있다는 생각에 마음이 이루 말할 수 없이 착잡했다. 자기 부모가 고발당하는 자리에 있어야 한다는 게 심적으로 얼마나 큰 부담이고 고통일지 가늠이 되었다. 더군다나 라온은 많은 이들에게 사랑받던 국민남동생이 아니던가. 굳이 인터넷을 보지 않더라도 이미 세상은 난리가 났으리라.

"이젠 정말 끝이야?"

라온의 미래가 이대로 끝이 난 것만 같아 밀레는 아쉬움과 안타까움만 가득했다. 아빠와 가족을 위해선 잘된 일이지만, 마음이 아픈 건 어쩔 수가 없다.

"아빠 죽인 사람을 잡았는데 왜 하나도 안 기쁘지? 난 나쁜 딸인가 봐."

"채라온 씨 상태는 어떻습니까?"

"굳이 함께 온 이유가 뭡니까?"

"장마네 씨, 심정이 어떤지 한 말씀만 해주시죠."

경찰서 앞에 진을 치고 있다가 마네가 나오자 기자들이 우르르 몰려들었다. 예상하고 있었지만 너무나 많은 취재진으로 마네는 매우 당황했다. 그녀를 뒤따라 나오던 슬우가 재빨리 취재진을 뚫고 들어가 그녀의 어깨를 감싸듯 안고 차로 데려갔다.

운전석에 그녀를 태우며 슬우는 귓속말로 속삭였다.

"먼저 가. 뒤따라갈게."

차를 몰아 주차장을 빠져나오는 마네를 죽자 사자 따라오던 기자들이 아쉬운 표정을 지었다. 그녀를 뒤이어 슬우도 취재진을 물리치고 신속히 경찰서를 빠져나갔다.

집에 와서도 사정은 마찬가지였다. 그곳까지 온 취재진 때문에 슬우와 마네는 난처하기 이를 데 없었다. 두 사람의 차량을 발견한 취재진이 득달같이 달려와 에워쌌고, 좀비처럼 차량에 들러붙은 취재진 때문에 마네는 곤란한 기색을 띠며 차를 멈춰야 했다.

"으, 좀비들 같으니!"

기자들에게 시달리는 건 도무지 그녀의 체질에 맞지 않았다. 경찰서에서 한 얘기를 똑같이 해야 한다는 것도 끔찍하게 싫었다.

골치가 아픈 듯 의자에 머리를 툭 기대 버린 마네와 달리 슬우는 얼른 차에서 내려섰다. 언제까지 마네를 차에 가둬둘 순 없었으므로.

그가 마네의 차로 다가오자 그의 차를 에워쌌던 기자들이 따라오며 연신 질문을 해댔다.

"두 분 관계는 아무 이상 없는 겁니까?"

이상 있기를 바라는 건지 여기자의 질문에 발끈한 슬우는 걸어오다가 휙 돌아보았다.

가뜩이나 헤어지게 된 마당에 불난 집에 부채질하는 거야?

무섭게 인상을 그리며 노려보는 슬우 때문에 기자들이 흠칫 놀랐다가 기회를 놓치지 않고 캐묻기 시작했다.

"두 분 헤어지시는 겁니까?"

"장마네 씨 가족에게 하실 말씀은 없으십니까, 채슬우 씨?"

"앞으로의 계획 좀 말씀해 주십시오."

곧이라도 화가 폭발할 듯 얼굴이 붉으락푸르락하던 슬우는 기자들을 향해 나직이 뇌까렸다.

"계획은…… 당신들을 마네와 내 주위에 얼씬 못하게 하는 겁니다."

하지만 그의 말을 무시하듯 기자들은 그를 빙 둘러싸고 자기 질문하기에만 바빴다. 왁자지껄 무슨 말인지도 못 알아듣겠기에 슬우는 결국 버럭 소리를 지르고 말았다.

"조용! 당장 나한테서 떨어져!"

슬우의 호통에 깜짝 놀란 기자들이 조금 물러서자, 그 틈새를 비집고 슬우는 마네의 차로 다가갔다. 창문을 톡톡 두드리니 마네가 피곤에 절은 얼굴로 창문을 조금 내린다.

"들어가. 주차 내가 할게."

"아냐, 됐어. 내가 하고 들어갈게. 기자들 금방 안 갈 텐데 괜찮겠어?"

"라온일 안 데려오길 잘했군. 들어가서 쉬어. 가족한텐 잘 말씀드리구."

"그래. 당신도 빨리 들어와."

다시 창문을 올린 마네가 담벼락에 차를 세우고 내리자 기자들이 우르르 몰려가려 했다. 그들을 가로막아 선 슬우는 검지를 들어 냉큼 경고했다.

"누구라도 날 지나쳐 가면 알아서 해. 멀쩡히 돌아가지 못하게 해줄 테니까."

가까스로 기자들을 떼어내고 집 안으로 들어왔을 때 2층으로 올라간 줄 알았던 마네가 계단 밑에 우두커니 서 있었다. 곁으로 다가간 슬우는 경찰서에서 먹을 걸 잔뜩 앞에 두고도 잘 먹지 못하던 그녀를 떠올리곤 걱정스럽게 물었다.

"괜찮아?"

마네는 기운이 쪽 빠진 얼굴로 고개를 주억거렸다. 그러다 이내 고개를 가로젓는다.

"안 괜찮아. 괜찮아야 하는데, 아무렇지도 않아야 하는데 참 싫다, 이런 기분."

내내 썩은 물을 입안에 담고 있는 기분이 들어 마네는 구역질

할 것처럼 인상을 찡그렸다.

"술 마실래?"

마네도 술이 너무나 마시고 싶던 참이다. 마음 같아선 왕창 마시고서 죄다 잊어버리고 싶었다. 이런 끔찍하고 구질구질한 기분 따위.

하지만 그녀는 그와 술을 마신다는 게 내키지 않았다. 정을 떼려 이별을 선택했고, 그 이별을 확실히 하기 위해 라온의 부모를 고발까지 했다. 그런데 서로 위로해 가며 술잔을 기울이는 자신의 이중적인 모습이 싫었다.

질색인 양 고개를 젓는 그녀에게 슬우는 조금 웃어 보였다.

"너랑 다시 어쩌겠다는 생각으로 그러는 거 아니야. 혼자 술 마시기 싫을 뿐이야. 지금쯤 석현이 형도 정신없을 텐데 부르기도 그렇잖아."

슬우의 쓸쓸한 표정에 마네는 속절없이 마음이 흔들렸다.

속상하고 피곤한 하루였으니 술 마시는 것 정도는 괜찮지 않을까?

2층에 올라가 봤자 마시다가 숨겨둔 소주 하나 없을 게 뻔하고, 그건 더 초라해서 싫었다.

"이 와중에 소주가 당기고 지랄."

그녀가 싱숭생숭한 얼굴로 중얼거리자 슬우가 오랜만에 듣는 욕 푸념에 피식 웃었다.

"있어, 소주. 라온이랑 마시려고 사뒀던 거."

그를 따라 터벅터벅 집 안으로 들어가자 라온이 없어서인지 썰렁한 기운이 감돌았다. 혼자 경찰서에서 밤을 지새울 라온 생각에 마네는 울적했다. 아침에 그에게 했던 말이 종일 머릿속에서 떠나질 않았다. 따지고 보면 라온의 잘못이 아닌데, 단지 그의 부모 때문에 한순간 마음이 싹 돌아서서 편견의 눈으로 보았던 게 조금은 미안해졌다.

그건 슬우에게도 마찬가지다. 사랑하는 여자에게 쉬이 하지 못할 말이란 걸 이해하면서도 단지 아빠의 사고와 관련이 있었다는 사실 하나만으로 냉정히 돌아서 버렸던 자신이 너무 매몰찼던 것 같아 마음이 좋지 않았다. 샤갈 언니 말마따나 가족은 핑계일 뿐 실상 그를 깊이 사랑하지 않아서 생긴 일이라는 자책감이 심하게 들었다.

'내 사랑이 그토록 얄팍하고 가벼운 것이었다니. 젠장.'

바에 앉아 슬우와 주거니 받거니 소주잔을 기울이며 마네는 가볍디가벼운 자신의 사랑을 한탄했고, 꼬일 대로 꼬여 버린 슬우와의 관계가 괴로워 금방 취하고 말았다. 라온과 마시려고 사두었다는 소주는 자그마치 열 병이나 되었고, 마네는 그중 두 병을 내리 마셨다. 한 병을 마신 슬우보다 배로 마신 셈이었다.

급히 술을 들이켜는 마네를 말릴 생각을 하지 못했던 것은 바로 2층이 그녀의 집이기도 하거니와 오늘 같은 날에 취하고 싶기는 슬우도 매한가지였기 때문이다.

마신 술이 세 병째로 들어서자 마네의 꼬여 버린 혀가 제멋대로 놀아나기 시작했다.

"왜 당신이야? 왜 하필…… 아빠랑 있었던 사람이 당신이냐구?"

"그래서 헤어졌잖아."

"그래, 그랬지. 난 후회 안 해. 당신이랑 헤어진 거 절대로 후회 안 해."

마네가 거듭 강조하자 슬우가 씁쓸히 술잔을 기울였다.

"강조 안 해도 알아."

"당신도 그러는 거 아니야. 아니, 어떻게 헤어지자 한다고 냉큼 너 좋을 대로 해라 그러냐?"

술을 마시다가 슬우는 어이없게 그녀를 쳐다봤다. 속 쓰린 이별도 꾹꾹 참고 기껏 그녀의 입장 생각해 줬더니 뭐라는 건가?

"뭐?"

"죄책감? 미안함? 아니. 남자 자존심 때문이잖아."

아무리 그래도 그 상황에 자존심을 내세울까 싶어 슬우는 곧바로 부인했다.

"자존심 아니었어. 난 정말 니가 나 때문에 괴로워하는 게 싫어서……."

곧이곧대로 대꾸하는 그를 게슴츠레한 눈으로 쳐다보다가 마네는 체념한 얼굴로 술잔에 술을 따라 마셨다.

"곧 죽어도 자존심은."

"자존심 아니라니까."

취기가 올라 양쪽 볼이 발그름해진 그녀를 보자 슬우는 아까부터 진짜 자존심은 따로 있었다. 미치도록 키스가 하고 싶은데 차마 그럴 수는 없고 곤혹스러워 견디기가 어려웠던 것이다. 가까스로 이성을 꽉 붙잡고 있건만 연신 해롱대며 자극해 대는 그녀 때문에 그는 애꿎은 술만 들이켜야 했다.

하지만 곧 그 인내심마저 바닥을 드러냈다.

빤히 그녀를 바라보던 그의 상체가 점점 기울어져 열기가 느껴지는 그녀의 얼굴 가까이로 다가갔다. 슬우의 손이 그녀의 볼을 감쌌고, 스르륵 눈을 감는 모습을 보자 바짝바짝 마르던 입안 가득 달큰한 침이 고였다. 붉디붉은 입술이 촉촉하게 젖은 채 그를 유혹했다.

더 이상 참지 못 하고 그녀의 입술을 담싹 머금으려는 순간, 그녀의 고개가 한쪽으로 푹 꺾였다.

키스할 기회를 놓치고 어리둥절해진 슬우는 상체가 기울어지는 그녀를 얼결에 품에 안았다. 헌데, 그의 어깨에 기댄 그녀는 쌕쌕 숨까지 고르며 잠이 들어 있었다.

"……."

어이없는 상황에 잠시 어떻게 할지 곰곰이 고민하던 그는 그녀를 조심조심 안아 올렸다. 그러고는 복층계단을 올랐다. 2층으로 올려 보내기보다 자신의 침대에서 재우기로 한 것이다.

그녀를 살포시 침대에 내려놓고 이불로 가슴까지 덮어주었다. 애틋한 눈길로 그녀를 내려다보다가 조용히 아래층으로 내려와 욕실로 들어갔다. 샤워를 한바탕 하고 가운만 걸친 채 복층으로 다시 올라왔을 때까지 그녀는 뒤척임조차 없이 곤히 잠들어 있었다.

가운을 벗자 그의 맨몸이 달빛에 드러났다. 이불을 들춰 그녀의 곁에 누운 슬우는 그녀가 깰까 최대한 움직임을 조심하여 그녀 가까이 다가갔다. 자고 있는 그녀를 보자 절로 미소가 그려졌다. 얼마 전까지만 하여도 서로 몸을 탐닉하며 사랑을 쏟아붓던 그녀였건만, 이젠 그 시간마저 아주 오래전 일처럼 멀게만 느껴졌다.

슬우는 문득 그때 생각에 애잔한 마음이 되어 그녀의 입술에 경건히 입맞춤했다. 사랑하는 그녀는 아직도 그의 마음속에 있어서 완전히 떠나보낼 수 없었다. 어쩌면 영원히 이렇게 그녀 곁에서 맴돌아야 할지도 모르겠다.

슬우는 오래도록 잠이 든 그녀의 얼굴을 바라보았고, 그녀의 작은 뒤채임에 품으로 끌어당겨 꼭 안아주었다. 그 밤이 영원히 지속되길 애타게 바라며.

열여덟 개의 별

"이야. 우리 마네가 정말 그림을 잘 그리는구나."

밀레와 방바닥에 엎드려 그림을 그리는 마네의 머리를 쓰다듬어 주며 장필도가 흐뭇하게 웃었다. 새해가 되어 열한 살이 된 마네는 정성껏 그린 가족 그림을 자랑스럽게 바라봤다. 그 옆에서 낙서에 가까운 그림을 그리던 밀레도 고개를 쭉 빼어 마네의 그림을 구경했다.

"와, 나도 있네!"

밀레가 자기를 콕 찍어 손가락으로 가리키자 장필도가 껄껄 웃음을 터뜨렸다. 마네는 아빠의 칭찬을 받자 우쭐해져 큰 소리로 말했다.

"나도 아빠처럼 화가 될 거야! 아빠도 내가 화가 되면 좋겠다고 했잖아."

"오, 정말? 마네는 아빠가 그림 그리는 거 싫어하지 않았어?"

"아니야. 아빠가 그림 그리고 있으면 얼마나 멋진데."

"멋져? 아빠가?"

처음 듣는 소리에 장필도는 놀란 눈으로 어린 마네를 쳐다보았다.

"그러엄! 내가 애들한테도 막 자랑했어, 우리 아빠 화가라구. 근데……."

별안간 말소리가 잦아들던 마네가 시무룩하게 말끝을 흐렸다.

"애들이 유명한 화가 아니라고 놀려서 때려준 거란 말이야."

어린 마음에 상처를 받은 게 고스란히 드러나 장필도는 가슴이 짠했다.

"아빠가 유명한 화가가 아니라서 속상해?"

마네는 고개를 살래살래 저었다.

"아니. 난 아빠가 그냥 그림 그리는 게 좋아. 아빤 내가 커서 유명한 화가가 안 되면 속상해할 거야?"

천진하게 묻는 마네 때문에 장필도는 할 말을 잃은 양 물끄러미 바라보다가 환하게 웃었다.

"아빤 마네가 뭘 하든 즐겁게 하는 사람이 됐음 좋겠어."

"즐겁게?"

"억지로 하는 거 말고 재밌고 즐겁고 신나게 하는 게 자기한테 제일 맞는 거거든. 돈 벌려고 억지로 하는 건 진짜로 그 일을 사랑하는 게 아니야."

마네는 아빠가 하는 말이 알듯 말듯 아리송했지만, '재밌고 즐겁고 신나게' 란 말에는 금세 동화됐다.

"무조건 재밌고 즐겁고 신나게 하는 일이면 뭐든 괜찮다는 거지?"

"그렇다고 아무거나 하면 안 되고, 니 자신한테 떳떳하면 돼."

"그럼 나, 화가 해도 돼, 아빠?"

"아빤 괜찮은데, 엄마는 아마 싫어할 걸. 그러니까 아직은 엄마한테 비밀로 하자. 알았지?"

마네는 아빠와 둘만의 비밀이 생긴다는 생각에 마음이 설레 혀를 쏙 내밀었다.

"알았어. 내가 그림 열심히 연습하면 엄마도 암 말 안 할 거야."

아빠에게 칭찬받았던 가족 그림은 오랫동안 거실 벽에 붙어 있었다. 아빠의 예상대로 엄마는 그림 소질이 있는 마네를 탐탁지 않아 했지만.

세월이 지나 이사를 다니며 그 그림도 아빠가 파일에 보관해 뒀다. 그리고 마네는 가끔 아빠가 그리울 때면 파일을 꺼내 자신이 그린 그림을 보곤 한다.

"아빠……."

마네는 가족 그림을 들여다보며 애틋하게 아빠를 불러보았다.

그런데 어찌된 일일까?

보고 있던 그림 안에서 아빠가 흔적도 없이 사라진다.

놀란 마네는 연기처럼 사라져 버린 그림을 보며 안타까움에 젖고 말았다.

"아빠…… 아빠…… 아……."

"마네야."

비몽사몽간에 슬우의 음성이 들렸다. 분명히 그림 속의 아빠를 보고 있었는데…….

"마네야, 꿈꾸니?"

번쩍 눈을 뜬 마네는 눈앞에 나타난 슬우 때문에 화들짝 놀랐다. 스탠드 불빛 사이로 그의 얼굴이 점점 또렷하게 드러났다.

'여기가 어디지?' 하고 생각하다가 간밤에 함께 술을 마셨던 기억이 떠올랐다. 그리고 누워 있는 공간 역시 어딘가 낯이 익었다.

"헉!"

슬우의 침대라는 걸 깨닫는 찰나, 마네는 자기도 모르게 벌떡 일어나 앉았다. 곁에 누웠던 슬우도 상체를 일으켰고, 나신이란 걸 알고서 그녀는 몹시 멋쩍어졌다. 잠이 든 새 딴 짓이라도 했을까 슬며시 눈동자를 굴려 몸을 살펴보았지만 입고 온 옷 그대로였다.

"집에 데려다 주려다가 술까지 먹여 바래다주면 어머니가 싫어하실 거 같아서."

"그렇다고 한 침대에서 자냐? 음흉하게."

마네가 미심쩍은 듯 흘겨보자, 슬우가 어이없다는 눈초리로 쳐다보았다.

"헤어졌다고 치한 취급이야?"

마네는 기가 차서 그의 상반신을 아래위로 훑었다.

"옷은 왜 벗고 있어?"

"내가 원래 옷 입고 못 자. 됐어?"

기분이 상했는지 까칠하게 대답하는 슬우 때문에 마네는 황당함을 금치 못했다.

"짜증내고 지랄."

무언가 말하려는 듯 입술을 달싹이던 슬우는 잔뜩 욕구불만인 얼굴로 침대에서 일어나 버린다. 비록 뒷모습뿐이었지만 적나라하게 드러난 그의 나신에 마네는 가슴이 쿵 내려앉았다. 그는 곧장 옷걸이에 걸어놓은 가운을 걸쳐 입더니 계단 쪽으로 걸어가며 툴툴거렸다.

"더 자. 난 아래층에서 잘게."

"난 집에 가서……."

그는 듣는 둥 마는 둥 뒤도 안 돌아보고 아래층으로 내려가 버렸다. 계단을 밟아 내려가는 그의 발자국 소리를 들으며 마네는 긴장감이 풀려 침대에 털썩 드러누웠다.

"누가 재워달랬나?"

혼자 슬우의 침대에 누워 있자니 잠이 오지 않았다. 아래층에 있는 그가 신경 쓰였기 때문이다. 사랑하는 여자와 한 침대에 자면서 어떻게 아무 욕구가 일어나지 않겠는가.

마네는 침대에서 일어나 대충 머리를 가다듬고는 발소리를 죽여 아래층으로 내려왔다. 슬우는 작은 방으로 갔는지 거실엔 작은 벽등만 외롭게 켜져 있었다.

슬우가 나올까 거실 소파에 두었던 핸드백을 챙겨 살금살금 집을 나왔다. 방금 침대에서 빠져나온 탓인지 온몸이 열이 올라 뜨거웠다.

현관문을 나선 그녀는 잠시 그 자리에 서서 새벽의 맑은 공기를 힘껏 들이마셨다.

깜깜한 하늘엔 별이 지천이다. 세상에 순수하게 빛나는 건 별밖에 없다는 생각이 들어 물끄러미 하늘을 올려다봤다.

이제 곧 이 집과도 작별인가? 어딜 가면 저런 별들을 또 볼 수 있으려나?

아름다운 별빛도 그 새벽엔 우울하기 그지없었다.

"누나."

오후 3시. 취재진을 뚫고 간신히 경찰서 안으로 들어간 마네는 귀에 익은 음성에 고개를 돌렸다. 커다란 선글라스를 낀 레오가 무척이나 지친 얼굴로 성큼성큼 걸어왔다. 신우정을 스토커로 고소한 것은 익히 들어 알고 있었으나 경찰서에서 만난 건 처음이었다.

"웬일이야, 이 시간에? 혼자 왔어?"

신우정 사건으로 박태식 대표도 연예인 성상납이 밝혀져 발칵 뒤집히는 바람에 레오의 기획사도 비상이었다.

"진술 다 했는데 또 뭐가 부족한 건지. 맨날 사람 귀찮게 오라 가라야."

마네는 그를 어이없게 쳐다보았다.

"그렇게 당하고도 아직 정신을 못 차렸어. 니가 지금 불평할 때야? 수사에 도움될 일이라면 뭐든 해야 할 처지에. 너한텐 잘된 일 아냐? 그 기획사에서 나오고 싶어했잖아."

"누나가 몰라서 그래. 신우정 그 여자만 생각하면 무서워서 잠도 안 와. 어디 숨어 있다가 불쑥 나타날 거 같다니까. 바로 앞집에 사는 줄도 모르고……. 근데 경찰서에 오고 싶겠어? 가뜩이나 심란한데, 누나 일까지……. 전화 못 해서 미안해. 누나도 경황없을 거 뻔해서 일부러 안 했어."

"기특한 생각을 다 하고 드디어 니가 인간이 되려나 보구나."

마네가 진담 반 농담 반으로 이죽대자 레오가 입을 삐죽하더니 은근슬쩍 물었다.

"채라온 아직 여기 있다며?"

"집에서 편히 있는 게 싫단다."

"이해를 못 하겠네. 집 놔두고 청승맞게 여기 왜 있어? 그러니까 동정심 산다는 말이 나오지."

"무슨 소리야?"

정색하는 마네에게 레오가 떨떠름하게 해명했다.

"내가 그런 거 아니거든. 알잖아, 누나도. 우리나라 네티즌 심리가 어떤지."

"너나 흰소리하고 다니지 마. 이번 일로 너랑 라온이가 역전됐다는 소리 들리는데 그거 절대 좋은 일 아니야."

마네의 충고에 레오는 큰 걸음으로 곁을 따라오며 코웃음을 쳤다.

"나도 알거든요."

"넌 왜 따라 와?"

"의리가 있지. 선배가 집에도 안 들어가고 경찰서에 있다는데 가서 인사는 해야 할 거 아냐."

"뜬금없이 멋있는 척은 하고 지랄."

마네는 같잖게 웃고는 레오를 데리고 라온이 있는 곳으로 부지런히 걸음을 옮겼다. 조용히 인사만 하고 가라는 경고와 함께.

모퉁이 끝에 있는 사무실로 들어가자 라온이 의자에 앉아 벽에 기대 있다가 상체를 똑바로 세웠다. 마네의 뒤로 레오가 함께 들어오기에 약간 당황한 기색이었으나, 형사에게 레오 이야기를 들은 터라 위로의 눈빛을 보냈다.

"안녕하십니까, 선배님?"

레오의 정중한 인사에 라온은 다소 어색하게 인사를 받았다.

"레오 씨가 여긴 웬일로……?"

선글라스를 벗은 레오가 의자에 앉으며 거들먹거렸다.

"선배님 뵈러 왔죠. 어떤가 하구."

평소 생글거리던 웃음은 찾아볼 수 없는데다 너무나도 초췌해진 모습에 충격을 받은 듯 레오는 머쓱하게 말을 이었다.

"오해는 하지 마십시오. 구경 온 거 아니니까. 난 그저 걱정이 돼서……."

"괜찮아요. 레오 씨 얘기 들었어요. 그간 마음고생이 심했겠어요."

"말도 마세요. 내가 그 여자만 생각하면……."

흥분하여 신우정에게 스토킹당한 일을 얘기하려던 레오는 그럴 분위기가 아니란 걸 파악하고 급히 말을 돌렸다.

"힘내세요. 동료 연예인들도 다 걱정하고 있거든요."

손가락질을 한다 해도 뭐라 하겠는가. 평소 친분이 있던 사람들에게 전화와 문자가 빗발쳤지만, 일절 받지 않았던 라온이었다. 자신으로 인해 그들까지 곤란을 겪게 되는 게 싫었기 때문이다. 그런데 뜻하지 않게 레오에게 위로를 받으니 그동안 라이벌로 불렸던 것이 무색했다.

그때 문이 열리며 슬우가 들어왔다. 안에 마네와 레오가 있을 줄 몰랐던 그는 멈칫했다가 조용히 문을 닫았다. 레오도 그를 보자마자 자기도 모르게 벌떡 일어났다.

슬우와 레오의 눈이 마주쳤고, 왜 왔느냐는 강한 눈빛에 레오는 슬그머니 시선을 피했다. 잠시 어색한 침묵이 흘렀다. 그 침묵을 깬 건 레오였다.

"누나, 먼저 갈게. 선배님, 다음에 또 뵙겠습니다."

레오는 슬우에겐 짧게 목례만 하고는 사무실을 나가 버렸다. 슬우는 늘 레오가 탐탁지 않았으므로 미간을 찌푸리며 의자에 앉았다.

"재는 여기 왜 온 거야?"

"신우정 일로 왔다가 인사 차. 다른 뜻 없어."

그러고는 라온에게로 시선을 돌렸다.

"라온인 오늘 집에 들어가. 니가 여기 있다고 해서 도움될 거 없으니까."

그녀의 말에 슬우도 동감인지라 거들었다.

"그래. 나도 너 데리러 온 거야."

긴 한숨을 늘인 라온이 신중히 말을 꺼냈다.

"재판 끝나면 외국 나갈까 해."

슬우도 같은 생각이었으므로 선뜻 동조했다.

"같이 가."

마네는 힐끗 슬우를 쳐다보았다. 그에게 이별을 고한 건 자신이었는데 라온과 함께 외국으로 나가겠다는 슬우를 보자 가슴이 먹먹해진다. 하긴, 라온 말마따나 재판이 끝난다 해도 한국 땅에서 살긴 무리일 터. 라온을 위해선 옳은 선택이라 생각하지만, 떠난다는 말에 착잡한 기분이 드는 건 어쩔 수 없는 일이었다. 새벽녘에 슬우의 집을 나오면서 벌써 그곳에서 바라보는 별들이 그리워지지 않았던가.

'나만 이별을 준비하고 있는 게 아니었구나.'

마네는 씁쓸한 기분이 들어 그만 자리에서 일어났다.

"나도 가볼게. 죽 사왔으니까 먹구."

오면서 산 죽가방을 두 사람 앞으로 밀어놓았다. 다시는 보고 싶어하지 않을 줄 알았는데 부러 죽까지 사들고 찾아온 게 고마워 라온은 말없이 그녀를 바라보았다. 그의 눈빛을 읽기라도 한 것처럼 마네는 진심을 담아 위로의 말을 건넸다.

"고마워. 용기 내줘서."

대기실을 나와 복도를 걸어가는데 급히 달려오는 듯 탁탁 발소리가 들렸다. 돌아보니 슬우가 빠른 속도로 다가왔다. 마네는 무슨 일인가 싶어 걸음을 멈추고 그를 향해 돌아섰다.

"데려다 줄게. 밖에 취재진 있어."

"알아. 들어올 때도 봤는걸 뭐."

"성가시잖아. 나랑 같이 가면 좀 나을 거야."

일전에도 그의 보호를 받아 집까지 무사히 갔지만, 매번 그럴 수는 없는 노릇이었다.

"괜찮아. 이 상황에 꼭 붙어 다니면 낚싯밥 던져 주는 거 밖에 더 돼?"

마네의 시큰둥한 반응이 마음에 들지 않는지 슬우는 그녀의 손을 낚아채듯 하고는 성큼성큼 걸음을 옮기기 시작했다.

같이 꼭 붙어 다니는 것도 모자라서 손까지 잡고 취재진 앞에 나서면 앞서 나온 기사들처럼 현대판 로미오와 줄리엣이 될 판국이었다. 기자라면 죄다 적군으로밖에 보이지 않는 마네였으니 어떤 기사를 쓰든 싫기는 마찬가지였다. 이럴 땐 가만히 내버려 두는 게 인간적 대우가 아닐는지.

슬우의 손에 이끌려 나오자 아니나 다를까 벌떼처럼 취재진이 몰려들었다. 슬우는 그녀를 감싸듯 안고는 그녀의 차로 데려가 보조석에 재빨리 태웠다. 그리고 자신은 운전석에 올라탔다.

그녀로부터 차키를 받아든 슬우는 이내 경찰서를 빠져나왔고, 또다시 허탕을 친 취재진이 아쉽다는 얼굴로 멀어져 가는 두 사람을 바라만 보았다.

어딜 가든 취재진이 따라붙는 바람에 진절머리가 날 지경인 마네는 의자에 기대어 답답한 숨을 골랐다.

"어디로 갈 거야?"

"사무실."

"거기도 기자들 있지 않을까? 헤어숍은 아직 문 안 열었지?"

"영업할 정신도 없고, 문 열어봐야 기자들한테 시달릴 텐데 뭐. 밀레만 간신히 학교 다니고 있어."

누구 못지않게 상심이 컸을 밀레 때문에 슬우는 마음이 쓰였다.

"밀레, 내 원망 많이 하지?"

"당신이 라온이와 밀레가 친하게 지내는 걸 왜 탐탁지 않아 했는지 알겠어. 난 그런 것도 모르고 둘이 잘되길 바랐었잖아. 그나마 밀레가 잘 견디고 있는 것 같아서 다행이야."

염려했던 것과 달리 마네의 사무실 앞에는 취재진이 없었다. 인경도 사무실에 나오지 않고 있어 마네가 이곳에 올 거라곤 예상을 못한 모양이었다. 차에서 내린 두 사람은 사방을 둘러보다 안심하듯 서로를 바라보았다.

"커피 줄래?"

슬우의 요청에 마네는 어제 생각이 나 망설여졌지만, 기사도 정신을 발휘하여 여기까지 함께 와 준 그를 박대할 수 없었다. 엄마도 재판 끝날 때까진 이사를 보류해 두겠다고 했으니 그때까지만 동지 하는 거다. 어쨌거나 목표는 같으니까.

"들어와."

시원스럽게 대답한 뒤 먼저 지하로 내려간 마네는 가방을 소파에 던져 두고 부랴부랴 커피 두 잔을 만들어 그와 마주 앉았다.

"생각해 봤는데……. 집 말이야."

마네는 슬우의 말에 귀를 기울였다. 집 이야기를 꺼내는 걸 보니 뭔가 심각한 이야기인 듯했다. 그 이야기를 하려고 바래다준다는 핑계로 이곳까지 온 게 아닐까?

"라온이랑 같이 외국 나가면 어차피 빌 텐데……."

"……."

"정말 싫지만 않으면 그냥 우리 집에서 사는 거 어떨까 해서.

엄마 유품이나 마찬가지라 팔지도 못해. 마냥 비워두기도 유령 집처럼 변할까 봐 싫구. 모르는 사람이 들어와 사는 것도 싫어."

"엄마가 싫다고 하실 거야. 나도 그 집에서 계속 사는 거 찝찝하구."

그 말에는 또 섭섭한지 슬우의 얼굴이 눈에 띄게 굳어졌다. 상처받은 그의 눈빛을 보다가 마네는 커피를 마시는 척 시선을 돌려 버렸다. 부모 고발까지 하고 무슨 염치로 그 집에서 산단 말인가. 게다가 주인 형제는 외국으로 내쫓고서. 절대 안 될 말이다.

"재고의 여지도 없어?"

"재고할 게 뭐 있나? 기사 못 봤어? 우리더러 현대판 로미오와 줄리엣이라잖아. 유치하게."

"나한테 완전히 정 떨어진 모양이군."

가슴이 콕 찔렸지만, 마네는 애써 무시했다.

"채 화백도 알다시피 내가 좀 극성맞아? 더 이상 엄마 속 썩이고 싶지 않아. 내가 채 화백을 좋아했던 건 우리 가족도 채 화백한테 남다른 호감을 갖고 있었기 때문이야."

슬우는 깊은 한숨을 내쉬었다. 그녀의 마음을 모르지 않으나 어려서부터 가정을 잃어 누구보다 가족의 소중함을 절절하게 아는 그에겐 그저 가슴 아픈 고백일 뿐이었다. 장필도 아저씨의 딸만 아니어도 자기만 믿으라며 허세를 부렸을지도 모른다. 하지만, 그녀는 자신 때문에 억울하게 돌아가신 그분의 딸이었다.

그 사실이 절망 끝에 선 것처럼 괴롭고 아파 슬우는 속으로 신음했다.

어떻게 잊을 수 있을까, 그분들을. 석현 이후로는 처음 정을 줘본 사람들인 것을.

평생 사죄하는 마음으로 곁에 머물고 싶지만 여전히 마음이 변하지 않는 마네 때문이라도 슬우는 이루 말할 수 없는 좌절감을 맛봐야 했다.

"그래도 여쭤는 봐. 갈게."

커피를 다 마시지도 않고 자리에서 일어서는 슬우 때문에 마네는 가슴 한 구석이 미어지는 듯했다. 그녀라고 유쾌할 리 없었으니 말이다. 신나서 헤어진 것도 아니요 억지로 마음에서 끊어낸 것이나 다름없는데 죄책감마저 드니 스스로에게 부아가 났다.

문이 닫히자 마네는 들고 있던 커피잔을 소리가 나도록 내려놓았다. 어쩌면 상황을 받아들이지 못하는 건 그가 아니라 자신인지도 모르겠다. 그는 모든 상황을 뛰어넘고 싶어하지만, 자신은 상황 자체에 거부감을 느끼고 피하려고만 하고 있으니.

자괴감이 폐부를 찔러 그녀는 울적한 푸념만 늘어놓았다.

"하아— 센 척은 혼자 다 해놓고 어떻게 라온이보다 용기가 없지? 라온인 적어도 피하진 않았잖아. 근데 난 아직도 가족 핑계만 대고 있네. 정말 마음에 안 들어."

☆ ☆ ☆

한파로 길이 꽝꽝 얼어붙어 밀레는 조심조심 걸어갔다. 딱히 무얼 하려는 마음은 아니었다. 어딜 가나 따라붙는 기자들 때문에 성가시긴 했지만 그동안 학교와 아르바이트도 쉬지 않고 나갔고, 오늘은 휴일이라 종일 틀어박혀 있었더니 답답했을 뿐이다. 라온이 집에 왔다기에 혹시나 하고 기다렸다. 하지만 혼자 생각이었는지 그에겐 여전히 문자 한 통 없었다.

차디차게 얼어붙은 거리가 마치 자신의 마음마냥 시렸다. 터벅터벅 정처 없이 걷다가 음반가게 앞을 지나던 밀레는 진열대 맨 앞 중앙에 놓인 라온의 3집 앨범과 유리창에 붙어 있는 그의 포스터를 바라봤다. 이미 소속사의 발표도 있었지만, 연예계를 떠난다는 게 아직도 믿기지 않았다.

그때 지나가던 젊은 남자 둘이 옆에 와 서더니 라온의 이야기를 주고받았다.

"채라온도 한 방에 훅 가는구나. 영원한 왕좌는 없는 모양이야."

"부모 보니까 개판이던데. 채라온 그것도 순전히 가식 아냐?"

그 말을 듣자 밀레는 자기도 모르게 발끈했다. 남의 속사정도 제대로 모르면서 함부로 이야기하는 그들이 꼴사나웠다.

밀레의 따가운 시선을 느꼈는지 남자들이 그녀를 쳐다봤다. 그들은 눈이 세모꼴이 되어 째려보는 그녀에게 오히려 불쾌한 듯 인상을 썼다.

"하여간 채라온 빠들이 더 문제야. 이럴 땐 가만히 있어주는 게 약인데 말이야. 아주 채라온 변호사들 났어. 채라온 복귀는, 미친 것들."

"난 레오가 더 불쌍해. 1년 넘게 스토커한테 시달렸다잖아. 장마넨가 그 여자랑 사귄 것도 거짓말이었대. 스토커 눈 피하려고 일부러 그랬던 거래."

"난 그것도 모르고 레오 욕만 들입다 했네. 신우정이랬냐? 그 여잔 뭐냐? 완전 사이코야."

"킬킬킬. 난 채라온 엄마가 더 골 때려. 와, 씨발. 뭐 그딴 여자가 엄마냐? 채라온이 천사표 달고 다닌 이유를 알겠더라. 진작에 지 엄마가 그런 여잔 줄 알았던 거지. 오죽하면 남의 가정 파탄 내고 전처도 자살로 몰았겠어."

"전처도 그 여자가 죽인 거 아냐. 무슨 호러 집구석이야."

두 사람의 막말에 두 주먹을 불끈 쥔 밀레는 부들부들 떨며 바락 소리를 질렀다.

"채라온 욕하지 마!"

패딩에 통통한 몸매가 가려져 그저 자그마한 여고생이라고 생각했던 두 남자는 우렁찬 고함 소리에 귀청이 떨어져 나갈 듯 놀랐다.

"씨발, 저건 뭐야?"

"어유, 여기 또 쌍또라이 하나 있었네. 야, 가자, 가자. 그 연예인에 그 팬이지. 쯧쯧쯧."

남자들이 상대를 말자는 듯 가버리자 밀레는 글썽이며 유리창에 붙은 라온의 포스터에 시선을 옮겼다. 자기도 모르는 새 패딩 주머니 속에 손을 집어넣어 휴대전화를 만지작댔다. 하지만 그도 연락을 안 하는데 굳이 먼저 해서 그의 마음만 더 어지럽게 하고 싶지 않았다.

"에휴."

결국, 전화하기를 포기한 밀레는 또다시 그곳을 벗어나 터벅터벅 거리를 걷기 시작했다. 그녀의 머리 위로 나풀나풀 하얀 눈이 떨어진 것도 그때였다.

제법 눈발이 굵었다. 거실 창 앞에 서서 펑펑 쏟아지는 눈을 바라보는 라온의 얼굴이 해맑았다. 사람의 마음도 저렇게 새하얄 순 없는 것인지. 더럽고 추한 구정물 속에 같이 처박혀 세인世人의 손가락질과 격려를 동시에 받고 있었지만, 타인의 따뜻한 눈길조차 아무런 의미 없이 느껴진다. 평생 안고 갈 그림자였고 상처였으니. 단숨에 치유하고 회복하기엔 그 상처가 너무 깊고 아팠다. 그래서인지 오랜만에 집에 왔는데도 여전히 잠을 이룰 수 없었다.

눈 속을 뚫고 누군가 종종걸음으로 걸어온다. 라온은 창에 조금 더 가까이 고개를 내밀고 점점 가까워져 오는 밀레를 응시했다. 발밑을 내려다보느라 미처 라온을 보지 못한 밀레는 곧장 2층으로 올라가 버리고, 라온은 이내 사라진 밀레 때문에 환상을 본 양 아득한 기분에 휩싸였다.

밀레.

생각만 해도 웃음이 나는 그녀와 하고 싶은 게 참 많았었다. 하지만 그 여자마저 탐내기에는 인간적으로 못할 짓이었다. 그는 밀레에게까지 마음의 짐을 짊어지게 하고 싶지 않았다.

"다 됐다."

뒤에서 들리는 슬우의 음성에 라온은 밀레 생각에 잠겨 있다가 고개를 돌렸다. 주방 입구에 서 있다가 슬우가 다시 안으로 사라졌다.

라온이 주방으로 들어갔을 때 슬우는 식탁 중앙에 방금 끓인 라면을 내려놓고 있었다. 그 앞으로 다가간 라온이 의자에 앉자 슬우가 그의 앞으로 그릇을 놓아주었다. 그리고 맞은편에 앉아 라면을 덜어 먹기 시작했다. 밥은 싫다더니 갑자기 라면이 먹고 싶다 하여 손수 끓여주었던 참이다.

말없이 라면을 먹는 라온을 흘끗 쳐다보던 슬우는 약간 걱정이 되었다. 좀처럼 먹지 않다가 라면을 먹으면 속이 부대끼지 않을까 해서였다.

"속 괜찮아?"

"맛있네."

무미건조한 대답이었다. 먹고 있으나 정신은 딴 데 가 있는 것처럼 표정이 없었다.

"형 어머닌 어떤 분이셨어?"

기껏 한다는 말이 돌아가신 어머니 질문이라 슬우는 정색했다.

"갑자기 그건 왜?"

"예전부터 궁금했었어. 형이나 나나 아버질 닮지 않아서, 형은 어머닐 닮았겠구나 생각했거든."

"맞아. 어머니 닮았다는 소리 많이 들었어."

"난 엄마 닮았다는 소리가 제일 듣기 싫었었어."

그 고백은 슬우에게 적잖은 충격이었다. 그가 알던 라온은 엄마밖에 모르는 아이였다. 엄마 말이라면 전부인 줄 알고 살아왔다고 생각했었다. 엄마 치마폭에 싸여 사는 줄로만 알았더니 내면 깊숙한 곳에선 엄마에 대한 반감을 안고 있었던 모양이다.

"왜?"

"엄마가 형 어머니 자리를 빼앗았다는 게, 그래서 내가 태어났다는 게 창피했어. 남들 눈에 나란 존재가 불륜의 씨앗이라고만 비쳐지는 게 겁나고 두려웠거든. ……천사 채라온이 아닌 악마 채라온으로 살겠노라고 밀레한테 얘기했었어."

그렇게 말하며 라온은 잠시 밀레와의 추억을 더듬는 듯 눈빛이 아련해졌다.

"엄마한테서 내가 좋아하는 사람들을 지켜주고 싶었어. 착하게만 살아선 지킬 수 없다는 거 알았으니까."

"마네랑 경찰서에 갔던 이유가 그거였어? 되지도 않는 악마 되어보겠다구?"

슬우의 핀잔 섞인 추궁에도 라온의 대답은 담담했다.

"후회는 안 해. 근데…… 형이 마네 누나랑 헤어진 건 신경 쓰여. 정말 돌이킬 수 없는 건가?"

기대와 절망이 뒤섞인 라온의 눈빛을 외면하며 슬우는 하릴없이 젓가락으로 라면을 뒤적거렸다.

"벌집 건드려 놓고 금방 잠잠해지길 바라?"

"내가 봤을 땐 누나, 아직 형 좋아해."

"알아, 나도. 완전히 정 뗀 것처럼 굴더니, 그 여자가 그래."

슬우의 안쓰러워하는 표정에서 라온은 마네를 사랑하는 진심을 느꼈다.

"형이 부럽다."

뜬금없는 부러움 타령에 슬우는 황망하게 라온을 쳐다보았다.

"뭐가?"

"마네 누나가 무른 게 아니라 형이 단단한 거야. 누나를 향한 형 마음이. 누나가 형한테 돌아올 거라고 믿잖아. 믿는다는 건 그만큼 사랑한다는 거구."

믿는다…….

슬우는 라온의 그 말이 좋았다.

라온의 말대로 마음 한구석으로는 그녀를 믿는 것인지도 모른다. 그녀가 느끼는 배신감, 가족에 대한 사랑과 그만큼의 죄책감, 그 모든 걸 이해하니까. 그녀 때문에 좌절했지만, 또 그녀이기에 모든 사건이 마무리되면 마음이 돌아서리라고 희망을 품어보는 것이다. 그것이 단지 혼자만의 생각일지라도. 그렇게

라도 하지 않으면 위안을 얻을 데가 없지 않은가.

지독스레 맛없는 라면을 꾸역꾸역 먹고 있는 라온을 본다.

우울증 약을 먹지 않는다고 했던 녀석의 말은 거짓이었다. 사건이 터지고 주치의에게 전화가 왔었다. 우울증 약을 줄여서 차츰 나아지리라 여겼다가 의사는 몹시 난처해했다. 이럴 때일수록 조심해야 한다면서.

죽도록 힘들어 우울증 약을 먹었고, 이번 사건으로 인해 죽을까 했노라 고백하던 녀석. 그리고 형 때문에, 자기로 인해 돌아가신 형의 어머니 때문에 차마 죽을 수조차 없다던 그 말이 너무나도 가슴 아렸다.

"난 너도 믿는다."

슬우의 간절한 한마디에 라온은 라면을 입으로 가져가려다 멈칫 했다. 시선을 들어 슬우를 바라보았다. 까만 눈동자 속에 담긴 강직함. 모진 시련을 견뎌온 고독감이 그 눈동자 속에 오롯이 담겨 있었다.

그러자 하루에도 몇 번씩 삶과 죽음 사이에서 갈팡질팡하던 라온의 마음이 그의 눈동자를 보는 순간 송두리째 흔들리기 시작했다.

아무런 대꾸도 하지 못한 채 보고만 있는 라온에게 슬우가 씩 입매를 늘이며 투정했다.

"라면 진짜 맛없다."

지하 작품보관실은 꽤나 서늘했다. 아빠의 유작 중에서 아끼지 않는 작품이 어디 있겠는가마는, 유난히 애착이 가는 작품 하나가 있었다.

마네는 그 작품 앞에 의자를 갖다놓고 앉아 가만히 응시했다. '집' 이라는 제목의 그림은 아빠의 소박한 꿈이 담겨 있었다. 월세를 전전하는 가족에게 미안해 어느 날 아빠가 가족이 모인 자리에서 물었다. 어떤 집에서 살고 싶으냐고.

놀랍게도 가족 모두가 한결같이 나무와 연못이 있는 정원 큰 이층집이라고 대답했었다. 이심전심이라며 아빠는 모두가 염원하는 집을 상상을 동원해 그림으로 남겼고, 자세히 보니 지금 살고 있는 슬우의 집과 많이 닮았다. 비록 작은 화폭에 담긴 집이지만, 가족이 한 마음으로 꿈꾸었던 곳. 엄마가 슬우의 집을 보고 식구 수도 속일 만큼 마음에 들어한 이유가 있었다.

'아빤 어떤 나무를 심고 싶어하셨을까?'

훗날 이런 집을 사면 꼭 나무를 심겠다고 했던 아빠의 말이 기억나 마네는 고개를 갸우뚱했다.

사과나무? 배나무? 감나무? 그도 아니면 사시사철 푸르른 나무?

나무와 꽃을 좋아해 화분을 곧잘 사다가 가꾸던 아빠의 모습이 아련히 떠오른다. 아빠가 돌아가시고 엄마는 길거리의 나무만 봐도 울음을 터뜨리곤 했었다. 아빠가 살아 계실 때 좁은 집에 화분만 갖다 늘어놓는다고 구박했던 일을 후회하면서.

아빠 생각에 또 눈물이 날 것 같아 고개를 드는데 도어록이 해제되는 소리가 들렸다. 그림을 케이스에 도로 담을 새도 없이 문이 열리며 슬우가 안으로 들어왔다. 마네는 얼른 고개를 돌려 눈에 고인 눈물을 훔치고 내색 없이 자리에서 일어나 그림을 집어 들었다.

케이스에 다시 담으려는 그녀의 손을 제지한 건 슬우였다. 그는 그토록 궁금했던 장필도의 작품을 볼 기회를 놓칠 수 없었다. 장필도의 그림을 처음 접하는 감격 때문이었을까. 설렘으로 가슴이 두근거렸다.

그림은 생각했던 것보다 훨씬 아름답고 진솔했다. 소시민의 소박함이 담겨 있어 더욱 그랬다. 나무의 이파리 하나하나가 살아 있는 듯 생생했고, 나뭇가지를 투영하는 햇빛의 줄기들이 싱그러웠다. 넓은 정원에 아담하게 자리한 이층집은 푸근하고 정감이 있었다.

"따뜻해."

마네는 마음이 짠해져 그의 손에서 그림을 가져가 케이스에 조심스럽게 넣었다. 그 모습을 지켜보던 슬우가 말했다.

"전시회는 계획대로 열 거야."

"신경 안 써도 돼."

"그거라도 안 하면 마음이 편치 않아서 그래."

습관처럼 가족이 원치 않는다는 말을 하려다 마네는 입을 다물었다. 더 이상 구질구질한 핑계거리를 대고 싶지 않았기에.

그녀는 부러 그를 향해 싱긋 웃어 보였다.

"말은 고마운데, 사양할게. 당신이 아빠 전시회 열어주는 것도 좀 그렇지 않아? 화해 내지는 평화의 의미로 볼 수도 있겠지만, 그거야말로 억지스럽지 않겠어?"

"니가 싫은 건 아니구?"

"그래. 싫어. 나더러 뻔뻔해지기까지 하라는 거야?"

"난 약속을 이행하려는 것뿐이야."

그림을 제자리에 내려놓은 마네는 아예 두 손을 들어 그의 말을 막았다.

"헤어진 남자한테 아빠 전시회를 어떻게 맡겨?"

"나 때문에 아버님이 돌아가셔서겠지."

정곡을 찌르는 그에게 화가 나 마네는 톡 쏘아붙였다.

"그 말을 꼭 내 앞에서 해야겠어?"

"사실이잖아."

"당신 때문에 우리 아빠가 죽은 게 쉽게 할 말이야? 난 그것 때문에 정말 뛰어넘기 힘들 만큼 큰 장벽에 부딪친 느낌이야. 근데 당신은 그걸 뛰어넘는 게 쉬워? 사실이니까, 사실대로 인정하면 당신 죄책감은 덜어지겠지. 하지만, 난? 아직도 혼란스럽고 이게 다 꿈이었음 좋겠는 난?"

연결된 모든 선을 끊어버리려는 그녀 때문에 슬우는 착잡했다. 어떻게든 그녀와 닿아 있는 선 하나만이라도 살려놓으려는 심정이 그를 더욱 절박하게 만들었다. 하지만 아무리 노력해도 안 되는 건가 싶을 만큼 그녀는 냉정했다.

복잡한 감정이 명치를 치받쳐 올라오는 걸 억지로 꾹 누른 슬우는 말없이 돌아섰다. 그리고 그대로 지하실을 나가 버렸다.

다시 혼자가 된 마네는 문이 닫히자 기운이 빠져 털썩 의자에 주저앉았다. 머리가 지끈거리고 어지러워 도저히 일어날 엄두가 나지 않았다.

"후아—!"

폐부가 뻑뻑해졌을 때에야 턱을 들어 크게 심호흡했다.

이 와중에 전시회라니. 가뜩이나 라온 팬들이 부모를 제 손으로 신고하게 만든 거나 다름없게 만들어놨다고 비난하는 마당에.

예상 못 한 일은 아니었지만, 생각보다 비난이 거세 기자들한테만 시달리는 게 아니었다. 레오와 라온까지 신우정에게 한 데 엮이니 화살은 고스란히 엉뚱한 마네에게 향했다. 화를 몰고 다니는 마녀라나? 이럴 땐 피해자고 뭐고 가차 없는 네티즌이 원망스러웠다. 그런데다 아빠 전시회를 슬우에게 맡긴다면 개념 없다며 집중 화살을 날릴 게 분명하다.

사정을 모르지도 않을 텐데 고지식하게 약속대로 전시회를 이행하겠다는 슬우 때문에 마네는 더욱 가슴이 답답했다.

"채 화백도 참 애쓴다, 애써."

비아냥거리는 건지 위로하는 건지 애매하게 투덜대던 샤갈이 심드렁하니 말을 이었다.

"지금은 사정이 달라도 한참 달라. 근데 예정대로 전시회 열자고 하면 엄마가 그러라고 하시겠어? 보나마나 제정신이냐고 호통칠 걸."

심란해진 마네는 말문을 돌렸다.

"가게 문은 계속 닫아서 어떡해?"

"안 그래도 오늘 나가볼까 했는데 기자들이 갈 생각을 않지 뭐야. 빨리빨리 수사나 진행됐으면 좋겠건만. 신우정이 아직도 묵비권 행사 중이라면서?"

"그런가 봐."

"또라이. 이재희도 이재희지만, 그 여자가 더 사이코야. 대체 그동안 사람을 얼마나 죽인 거라니?"

형사에게 얘기 들은 것만도 열 명이 넘는다고 했다. 밝혀지지 않은 것까지 치면 훨씬 더 많은 사람이 희생되었으리라. 생각만 해도 끔찍해 마네는 몸서리를 쳤다. 까딱했으면 슬우도 비명횡사했을 것이다.

"신우정 휴대전화는 왜 공개 안 하는 거래?"

"후우— 검찰에선 이재희랑 채명국 비호하려고 안간힘을 쓰는 모양이야."

슬우에게 듣기론 분명히 담당검사가 신우정의 휴대전화를 입수했다고 했다. 하지만 검찰에선 그에 관한 보도가 전혀 없었다. 검찰이 채명국 편에 있는 이상 신우정이 불리할 것은 자명한 일.

그렇다면 신우정은 자신의 혐의를 인정하고서라도 이재희의 범행을 낱낱이 까발리지 않을까?

지금으로선 검찰을 믿기보다 신우정이 스스로 입을 열기를 기도하는 수밖에 없었다.

"일단 기다려 봐야지."

마네의 말에 샤갈은 다분히 회의적인 얼굴이었다.

"신우정이 입을 열까?"

"이번엔 아빠가 도와주시지 않을까? 그걸 믿고 싶은 거야, 난."

☆ ☆ ☆

"무혐의? 당신들 미친 거 아닙니까?"

지지부진한 수사 끝에 검찰은 이재희와 채명국을 무혐의로 결정 내렸다. 그 소식을 뉴스로 들은 슬우는 분기탱천하여 당장 황 검사에게 전화를 걸었다. 전화가 걸려올지 알고 있었던 황 검사는 이전처럼 할 맛 안 난다는 듯 시큰둥한 태도를 보였다.

〈휴대전화만 가지고는 증거가 되지 못합니다. 신우정이 조작했을 가능성이 더 크니까요.〉

"처음부터 잡을 생각 없었던 거잖아!"

잠시 침묵하던 황 검사는 엄살 반 충고 반을 섞어 말했다.

〈이번 일로 저도 타격이 커요. 이제 막 시작하는 검사가 회의를 느낄 정도니 이쪽 분위기 어떨지 상상이 가시죠? 그보다 채명국 씨가 장마네 씨를 무고죄로 고소하겠답니다. 부자지간에 대화 좀 나눠보십시오. 장마네 씨가 역으로 고소당하는 일만큼은 없어야 하지 않겠습니까? 그냥 합의 보시는 것이 동생과 애인, 둘 다 살리는 길이 아닐까 합니다.〉

"제기랄!"

전화를 끊은 슬우는 전화기를 부서뜨릴 것처럼 손아귀에 쥐었다가 분을 참지 못해 거실을 마구 서성였다. 슬우가 통화하는 동안 그 옆에서 가만히 지켜보던 라온이 불안하여 물었다.

"형, 왜 그래? 무혐의라니? 누가?"

"이재희……. 무혐의로 풀려났어."

"뭐……?"

"검찰에서 나와 마네가 짜고서 널 끌어들인 걸로 결론을 내버렸어."

설마 했던 라온의 얼굴이 새하얗게 질렸다.

"말도 안 돼."

"아버지가 마네를 무고죄로 고소하겠대. 우리더러 아버지를 만나 합의 보래."

"맙소사."

패배감에 사로잡혀 두 사람이 망연자실해 있을 때 초인종이 울렸다. 슬우가 달려가 문을 열자 인상이 굳어진 마네가 휴대전화를 손에 든 채로 들어왔다. 그녀도 황 검사에게 연락을 받은 모양이어서 슬우는 참담함을 금치 못했다.

"어떻게 된 거야? 검사 말이 사실이야?"

"앉아. 대책을 세워보자."

"뻔히 증거 있는데도 불충분으로 돌려 버린 인간들이야. 근데 무슨 대책? 법원 앞에 가서 시위라도 해?"

길길이 뛰는 마네를 억지로 소파에 앉힌 슬우는 분노에 찬 그녀의 두 눈을 지그시 바라보았다.

"무슨 일이 있어도 이재희 잡을 거야."

썩어빠진 검찰도 검찰이지만, 이재희와 채명국이란 인간에 대해 도저히 참을 수 없었던 마네는 이 순간만큼은 슬우와 같은 편이란 걸 인정할 수밖에 없었다.

"……좋아. 대책 세워. 이대로 당하고만 있을 순 없잖아?"

"뭐가 어쩌고 어째? 무혐의! 어이구……."

복장이 터지는지 새복이 가슴팍을 부여잡았다. 아직도 분노를 가라앉히지 못하고 있던 마네는 가족을 생각하여 되도록 침착하게 설명했다.

"채 화백이랑 라온이랑 같이 채명국 만나기로 했어."

"뭐 그런 인간이 다 있냐? 적반하장도 유분수지 무고죄로 고소? 가만히 있으니까 사람을 아주 우습게 아네. 야, 나도 같이 가. 가서 낯짝이나 보게. 이재흰지 미친년인지도 같이 오라 그래."

그동안 영양가 없이 설쳐 댄다고 할까 봐 뒷전에 물러나 잠자코 있었던 샤갈은 흥분을 가라앉히지 못했다. 밀레도 떼꾼한 눈으로 걱정스럽게 마네를 쳐다보았다. 풀려도 모자랄 판에 어떻게 갈수록 일이 꼬여만 가는지 모르겠다.

"그럼 앞으로 어떻게 되는 거야, 언니? 우리가 고발까지 했는데 만난다고 해결되겠어?"

"채 화백 말 들어보니까 합의 볼 생각인가 봐. 사건을 유야무야 덮을 속셈이겠지. 절대 그렇게 되도록 두지 않아. 채 화백이랑 라온이도 끝까지 도와주기로 했어. 어떻게 자식들까지 고소하겠다고 나와? 기가 차서 정말."

새복이 황당무계한 소리를 들은 양 물었다.

"너만 고소하는 게 아니었어?"

"나도 그렇게 알았는데 나중에 채 화백이랑 채명국이 통화하는 거 들으니까 그게 아니었어. 그렇게 해서라도 자식들 기를 꺾어놓겠다 이거지."

채명국의 소행이 가관이라 샤갈도 기가 막혀 한마디 거들었다.

"채 화백이랑 라온이 불쌍해서 어떡하니?"

그러자 새복이 샤갈의 어깻죽지를 세게 후려쳤다.

"불쌍하긴 뭐가 불쌍해? 지 부모가 한 고대로 자식들이 되받는 거야. 나도 같이 만나. 뭐라고 지껄이는지 들어나 보게."

서로 가겠다는 샤갈과 새복 때문에 마네는 고개를 절레절레 흔들었다.

"아유, 엄마. 제발 고정해. 대신 상황 어떻게 돌아가는지 일일이 보고하잖아."

"채 화백이랑 라온이가 널 지켜준다고 어떻게 믿어? 세 부자가 너 하나 두고 무슨 작당을 할지 어떻게 알아?"

슬우와 라온 형제에게 불신감이 팽배한 새복은 정색했다.

"배신할 것 같았으면 처음부터 고발하라고 하지도 않았어. 채명국과 이재희, 고발해 달라고 한 사람, 채 화백이었다구."

"어머머, 진짜? 그래서 라온이가 너랑 같이 간 거였구나."

샤갈이 흥감을 떨었고, 마네가 착잡하게 설명을 덧붙였다.

"둘이는 그때 이미 의기투합한 상태였어. 이재희와 채명국 소행 보고 부모와 인연 끊겠다고 마음먹은 거 같아."

"그렇다고 핏줄이 끊어지는 줄 알아?"

새복이 어림없다는 듯 항변하자, 밀레가 그 말에 토를 달았다.

"낳는다고 다 부모는 아니라고 봐. 솔직히 화가 아저씨랑 라온 오빠도 피해자잖아."

슬우와 라온을 두둔하고 나오는 밀레가 못마땅했는지 새복이 무섭게 인상을 그렸다.

"넌 대체 누구 편이야?"

불똥이 밀레에게 튀자 샤갈이 냉큼 끼어들었다.

"엄마, 채 화백이랑 라온이, 무조건 우리 편 만들어야 해. 엄마 말대로 괜히 지 아버지 편 들어봐. 우리가 옴팡 뒤집어쓰게 생겼잖수."

차근히 상황을 정리해 보던 새복의 얼굴이 그제야 하얗게 질렸다.

"어머, 얘. 니들 아빠 억울하게 죽은 것도 모자라서 무고죄로 고소당하면 난 못 산다. 그런 파렴치한 것들이 활개치고 다니는 거 난 못 봐."

"밀레야."

"어?"

마네는 상처받아 웅크리고 있는 아이처럼 웃음기가 사라진 밀레의 얼굴을 물끄러미 응시했다. 누구보다 초조하게 사건을 지켜보고 있으리라. 밀레의 상처를 아물게 하는 것 또한 이 사건을 깨끗하게 종료하는 일이었다.

"니가 나보다 낫다."

무슨 뜻인지 몰라 식구들이 그녀를 빤히 쳐다봤다. 마네가 식구들 얼굴을 돌아가며 쳐다보다 자조적인 웃음을 웃었다.

"쿨한 언니도 그렇고, 어떤 상황이든 객관적인 밀레도 그렇고 부러워서."

마네의 넋두리에 새복이 콧방귀를 풍 뀌었다.

"이 상황에 쿨하고 객관적인 게 이상한 거지. 뭐? 피해자? 같은 편?"

샤갈과 밀레는 찔끔한 표정을 지었다. 긴 한숨을 늘인 새복은 별안간 측은한 표정으로 마네를 바라보았다.

"너한테만 다 맡겨놓고 이게 뭐 하는 짓인지 모르겠다. 정말 혼자 괜찮겠어?"

"걱정 마. 내가 무슨 수를 쓰든 이재희 잡고 말 테니까."

자신만만한 마네를 보니 위로가 된다. 어려서도 사내애처럼 개구지더니 커서도 아들 노릇을 톡톡히 하는 딸 때문에 새복은 마음이 짠했다.

"그래. ……고맙다."

"어유, 고맙긴. 당연히 해야 할 일을. 집에만 있기 답답하면 셋이 다른 데 가 있든지. 이재희가 무혐의로 풀려놔서 기자들이 더 극성부릴 거야."

새복이 일 없다는 듯 휘휘 손을 저었다.

"아유, 됐어. 딴 데 가도 마찬가지야. 너만 이 집에 놔두면 더 불안해서 안 돼. 니 뒤엔 우리가 든든하게 지키고 있을 테니 아무 염려 말구."

용기를 북돋워 주는 새복 때문에 마네는 콧등이 시큰해졌다. 식음을 전폐할 정도로 충격에서 헤어나오지 못하던 새복도 점점 말이 많아지는 걸로 보아 차츰 회복되어 가는 듯했다.

언제나 집안에 다시 웃음이 찾아올까?

마네는 가족의 웃음소리가 사무치도록 그리웠다.

"그럼! 우리가 뭐 보통 가족인가?"

마네의 씩씩한 말에 밀레가 격하게 공감했다.

"하긴. 우리 집 여자들 극성이야 예전부터 유명했지 뭘."

크나큰 위기가 봉착했음에도 위로하는 가족이 있음에 마네는 불끈 용기가 솟았다. 슬우와 라온에 비하면 자신은 얼마나 행복한 사람인가. 아버지로부터 고소당할 처지에 놓인 형제를 생각하니 불쌍했다.

땅에 떨어진 자기 위신 세우고자 법도 무시하고 혈육이라도 인정사정없는 아버지에게 느끼는 환멸을 두 남자는 어찌 감당하고 있을지 가늠이 되질 않는다. 참담하게 일그러지던 그들의 얼굴이 떠올라 소태를 씹은 양 입안이 썼다.

"얌전히 집에 있다가 조용해지면 한국 떠나."

몹시 지친 모습으로 침대에 쓰러져 있는 이재희에게 채명국이 엄하게 경고했다. 이재희는 멍하니 어딘가를 보고 있었는데 반쯤 넋이 나간 모습이었다. 길고 긴 심문이었고, 자신이 한 행각이 들통 날까 전전긍긍하다 보니 내장이 전부 타들어가고 없는 것 같았다. 신우정이 입이라도 열까 두려웠지만, 남편의 배경이 막강하니 쉽게 무너지지 않으리란 생각은 했었다. 남편이 자신했던 것처럼 결국 무혐의로 풀려났으나 아직 안심하긴 이르다.

그녀는 신우정을 믿을 수 없었다. 또한 검찰도. 슬우는 더더군다나 믿지 못했다.

무혐의로 풀려났다고 해서 과연 슬우가 포기할까?

아니다. 절대 그럴 리 없다. 끝까지 물고 늘어질 게 뻔하다. 왜냐하면, 그놈은 독종 중에 독종이니까.

이제 그녀의 소원은 한 가지뿐.

다신 그 누구에게든 상처를 받지도 위해를 받지도 않는 것이었다. 그리하여 라온을 완벽하고 결점 없는 아들로 만드는 것이었다.

채명국이 방을 나간 후 이재희의 입가에 문득 묘한 미소가 떠올랐다.

☆ ☆ ☆

"청취자 여러분은 사랑을 느낄 때 어떤 기분이 드시나요?"

잔뜩 흐린 날씨 탓인지, 그도 아니면 어둠이라는 제약 탓인지 슬우가 운전 중인 차의 뒷좌석에 앉은 마네는 온몸이 찌뿌듯했다. 그래서인지 라디오에서 흘러나오는 남자 D.J의 나른하면서도 달콤한 음성이 딱히 귀에 들어오지 않았다.

"전 여행을 많이 다니는 편인데요. 여행을 떠나기 위해 집을 나설 때의 기분 같다고나 할까요. 여행지에 가서 무엇을 보고 무슨 일이 벌어지고 어떤 느낌일지 막 설레잖아요. 여자분이 제가 떠나는 여행지 같다는 생각이 들더라구요."

이전보다 세 배는 늘어난 취재진을 따돌리고 채명국과 만나러 가는 길. 다소 늦은 시간에 약속을 잡은 것도 기자의 눈을 피하기 위함이었다. 피로로 안압이 올라 뻑뻑한데 채명국을 만난다고 생각하니 긴장감을 늦출 수 없었다.

라디오에선 D.J의 식상한 이야기가 이어졌고, 곧 흥겨운 노래가 흘러나왔다. 평소 같았으면 음악에 맞춰 손가락이라도 까딱거렸을 터인데, 사건 때문인지 도통 감흥이 일지 않았다.

그렇기는 슬우와 라온도 마찬가지라 세 사람은 가는 동안 별말이 없었다.

얼마간을 더 달려 도착한 곳은 한적한 산 아래에 있는 집이었다. 땅이 여기저기 파헤쳐진 것을 보니 새로 짓는 전원주택 같았다.

마네에 이어 슬우와 라온이 차에서 내려 사방을 두리번거리고는 집 쪽으로 걸어갔다.

실내로 들어가자 겉과는 다르게 화려한 내부가 나타났다. 벽난로에는 장작불이 활활 타오르고, 거실 창가에 뒷짐을 지고 선 채명국이 보였다.

세 사람이 들어오는 소리에 그는 몸을 돌려 거침없이 소파로 와서 앉았다. 세 사람도 나란히 그의 앞으로 가서 앉았다. 부릅뜬 눈으로 채명국이 세 사람을 노려보았다. 그러더니 가운데 앉은 마네를 가소롭다는 듯 쳐다봤다.

마네도 처음 만나는 채명국을 뚫어져라 응시했다. 그녀의 눈빛에 담긴 경멸을 느꼈는지 채명국은 불쾌한 듯 눈가를 실룩였다.

"고소…… 하려면 하십시오."

마네의 도발에 채명국이 어이없다는 듯 웃었다.

"니들이 날 고발하겠다고 생각한 것 자체가 글러먹었어. 그냥 조용히 얘기했으면 애초에 이런 불미스러운 일도 없었을 것을. 고발하면 다 될 줄 알았겠지만, 오히려 일을 키운 건 니들이야. 아무 상관도 없는 라온인 왜 데리고 다니면서 망신을 시켜?"

"남의 이목과 명예가 중요하신 분이 죄를 숨기려 하다뇨. 차라리 사실대로 밝히지 그러셨습니까? 그 편이 명예를 살리는 일이 될 텐데 말입니다."

슬우는 적반하장으로 나오는 채명국에게 치가 떨렸지만 마네와 라온을 생각해 되도록 침착하게 운을 뗐다. 그러자 채명국이 한심하다는 듯 그를 쳐다봤다.

"니가 말하는 명예라는 게 정의를 뜻하는 거라면 니 생각이 틀렸다. 정의가 세상을 구원하는 시대는 지났어. 지금은 강한 자가 세상을 구원하는 시대야. 난 내가 바라고 원하는 정의를 붙잡을 거다. 니들이 생각하는 얄팍한 정의 갖고는 절대 날 이기지 못 해. 니들 힘으론 법을 이기지 못한다는 뜻이다. 왜냐하면, 법은 강한 자들이 약한 자들을 다스리기 위해 만들어졌으니까."

"마치 이 세상 법이 아버지를 위해 만들어진 것처럼 말씀하시는군요."

"당연하지! 내가 법조인들한테 한 해에 쏟아붓는 돈이 얼만지 알아? 정치는 어떻고? 백기환이나 정길상 같은 자들이 누구를 위해 존재한다고 생각하는 거냐? 국민? 절대. 그들은 오로지 자신들이 원하는 정의를 쫓을 뿐이야. 그게 정의고, 그게 힘이다!"

"……."

채명국의 놀라운 궤변에 할 말을 잃은 세 사람이었다. 그들에게 채명국은 틈을 두지 않고 다그쳤다.

"깨끗하게 물러나겠다면 이 일은 없었던 것으로 쳐주겠다. 허나, 또다시 내 심기를 건드린다면 진짜 정의가 뭔지 톡톡히 맛보게 해주마. 그리고 라온이 넌 그만 까불고 유학 가. 시답잖은 연예인 한다고 다니더니 기껏 배운 게 부모를 신고하는 짓이냐?"

"아빠."

"경고했어. 니 눈으로 형이 고소당하는 꼴 보려거든 마음대로 해. 나도 니들 하는 짓거리 참을 만큼 참았어."

기세가 등등한 채명국이 노기를 누그러뜨리지 않고 닦달하자 마네는 정녕 이런 사람이 슬우와 라온의 아버지였나 싶어 억장이 무너졌다.

"저야말로 참아줄 수가 없네요."

"뭐라구?"

"당신 같은 사람이 아버지라는 게 참을 수가 없다구요. 당신이 말하는 정의. 거지발싸개보다 못할지언정 당신처럼 함부로 버리진 않을 겁니다. 우리한텐 정의보다 더 중요한 양심이 있으니까요. 당신 같은 사람은 죽었다 깨어나도 가질 수 없는 양심으로 세상이 돌아가는 것이지 돈과 권력 때문에 돌아가는 거 아닙니다. 착각하지 마세요."

발딱 일어나 나가 버리는 마네를 향해 채명국이 도끼눈을 떴다. 라온 역시 처음부터 기대조차 안 하고 온 터라 곧바로 마네를 뒤따라 나가 버렸다. 혼자 남은 슬우는 추태에 가까운 채명국의 행태에 실소만 나왔다.

"그 말씀 하시려고 이 늦은 밤에 여기까지 부른 겁니까?"

"사람들 눈 피하려면 어쩔 수 없잖아. 이 정도 망신 줬으면 됐지 않니? 고소는 화가 나서 한 말이다만, 이쯤해서 끝내. 니가 원한다면 라온이와 같이 외국에 나가도 돼. 혼자 보내면 라온이 엄마가 가만둘 리 없어."

협박으로 안 되니 이젠 회유인 것인가?

"그렇게 다 외국으로 내보내고 혼자 편하게 사시려구요? 이재희와 아버지 때문에 가장을 잃은 가족도 있습니다."

"합의금 줄 생각도 있다. 아니, 위로금이라고 해 두지."

끝까지 자존심을 내세우는 채명국과 더 이상 말을 섞고 싶지 않아 슬우는 부아를 억누르며 자리에서 일어났다.

"아버진 영원히 기회를 잃으신 겁니다."

"슬우야!"

"아버지가 진심으로 뉘우치기만 하셨어도 오늘 얼마든지 만회할 기회가 있었습니다. 그 기회를 아버지 스스로 버리셨어요. 덕분에 소중한 것들을 전부 잃으셨습니다."

열아홉 개의 별

서울로 돌아가는 길 역시 올 때와 별반 다르지 않았다. 채명국을 만난 것 때문인지 졸음은 싹 사라졌지만, 기분은 더욱 나빠졌다. 긴장감으로 뭉쳤던 어깨가 쑤셔 마네는 주먹으로 콩콩 두드렸다. 돌아갈 때는 라온이 운전 중이라 부러 그녀의 옆에 앉았던 슬우가 은근슬쩍 그녀의 어깨에 손을 올렸다. 아버지 때문에 화가 났을 게 뻔해 어떻게든 위로해 주고 싶은 마음이 컸다.

"많이 아파?"

다정다감한 슬우의 음성을 듣자 마네는 꾹꾹 눌러 참고 있던 울화가 다시금 치미는 듯했다.

"몸살 오려나 봐."

그녀는 대충 둘러댔다. 실은, 가슴이 아파서 견딜 수 없었다. 멋진 갤러리를 가졌고 동경하는 화가이지만, 그리 녹록치 않은 삶을 살아온 그에게 진정으로 위로해 주고 싶었다. 참으로 힘들었겠노라고. 외로웠겠다고. 그의 어깨를 토닥여 주고 싶은 사람은 자신이었다. 이런 사람을 외면했구나, 싶어 그녀는 깊은 자괴감에 빠지고 말았다.

"배고프지 않아? 우리 뭐라도 먹고 갈까?"

침울해진 분위기를 바꿀 겸 부러 쾌활하게 묻는 마네로 인해 조용하던 차 안이 갑자기 활기를 띠었다. 시종일관 말없이 운전만 하고 있던 라온도 침체된 분위기를 살리고자 한층 목소리를 높였다.

"그래요, 누나. 아까 오는 길에 보니까 편의점 있던데. 컵라면 먹을까요?"

"또 라면이냐? 찜질방은 어때?"

슬우의 제안에 두 사람은 솔깃해져 똑같이 물었다.

"찜질방?"

"아, 좋다!"

뜨끈뜨끈한 황토방에 누우니 절로 좋단 소리가 터져 나왔다. 외딴 곳이어서 손님이 많지 않아 휴식을 취하기론 아주 그만이었다. 세 사람은 슬우를 중심으로 아무도 없는 빈 황토방에 나란히 누웠다. 고온이 아님에도 금세 땀에 젖어들었지만, 기분은 꽤 상쾌했다. 찌뿌듯하던 몸이 자글자글 녹아나는 느낌이었다.

"전 이런 데 처음 와 봐요. 촬영할 때 한 번 오긴 했었는데 바로 장소 옮겨야 해서 제대로 누워보지도 못했거든요."

실로 오래간만에 라온의 눈동자가 반짝반짝 빛을 내었다.

"나도 그랬어. 맨날 현장 쫓아다니느라 몇 년 만인지 기억도 안 나."

"난 석현이 형이랑 가끔 다녔는데."

슬우가 자랑삼아 이야기하자 마네가 투덜거렸다.

"팔자 좋은 사람들은 다르구나."

슬우는 예전의 마네를 보는 것 같아 고맙고 예뻐서 그녀를 향해 돌아누웠다. 슬우의 등 너머에 누운 라온이 신경 쓰여 마네는 눈을 동그랗게 뜨고 흘겼다. 아랑곳하지 않고 빤히 쳐다보는 슬우 때문에 반대로 돌아누우려 했으나 그의 손에 저지당하고 말았다. 그가 어깨를 잡아 마주 보도록 돌려놓았던 것이다.

마네가 슬그머니 그의 손을 떨쳐냈으나 슬우는 외려 뺨으로 흘러내린 머리칼을 쓸어 넘겨주었다. 그의 손길에 뺨이 화끈 달아오르는 듯하고 가슴이 뛰었다. 마네는 물끄러미 그를 바라보았다.

마네와 깊게 눈을 맞춘 슬우는 그녀의 손을 꼭 감아쥐었다.

무슨 말로 어떻게 마음을 표현해야 좋을지. 어느 정도 결과를 예상하고 온 자리이지만, 무참히 현실만 깨닫게 해준 것 같아 미안했다. 그런데 도리어 대범하게 대처했을 뿐 아니라 스스럼없이 대해주어 고마웠다. 아버지를 직접 본 후 형제에게 동정심이 발동했을지도 모르겠다고 생각했었다. 그렇더라도 그녀의 속 깊은 위로가 마음 깊이 느껴졌다.

오랜만에 잡아보는 손. 마네는 흉터 많은 그의 손을 안쓰러운 시선으로 바라보다 전화 진동에 얼른 발신자를 확인했다.

"누구야?"

마네는 샤갈이라고 간단히 대꾸하고 전화를 받았다. 잠을 못 자고 기다리기는 그녀의 가족도 매한가지였다.

"언니."

〈어떻게 됐어? 아직 얘기 중이야?〉

"아니. 얘기 끝났어."

〈뭐래?〉

"내일 얘기해 줄게."

〈왜 내일이야? 자고 오게?〉

아닌 게 아니라 몹시 잠이 오던 차다. 채명국을 만나기 전만 해도 엄청나게 느끼던 긴장감이 막상 그의 실체를 본 이후로 이상하리만치 사라지고 없었다. 오히려 가엾은 형제에게 느끼는 애달픈 감정만 더해졌다.

"찜질방 왔어."

〈얘기 잘된 거야? 찜질방에서 자축 파티라도 해?〉

"잠깐 쉬러 들어온 거야. 몸살기 있어서."

〈야, 그렇다고 찜질방에 가면 어떡해? 엄마 기다리고 계시는 거 몰라? 엄마 아는 날엔 지금이 팔자 좋게 어울려서 찜질방 다닐 때냐고 야단하실 걸.〉

"알아. 근데 당장 휴식이 필요해. 그것도 아주 절실하게."

이런 휴식을 취해본 지가 까마득했다. 그리고 휴식은 그녀뿐만 아니라 슬우와 라온에게도 필요한 것이었다.

마네의 뜻을 알아차리고 그제야 샤갈의 목소리도 조금 누그러졌다.

〈알았어. 엄마한텐 잘 말씀드릴게.〉

"고마워, 언니."

〈동생이 발로 뛰는데 언니가 돼서 이 정도는 해야지. 채 화백이랑 라온인 어때?〉

"옆에 있어. 오랜만에 찜질방 오니까 참 좋다. 우리도 나중에 같이 가자, 엄마 모시고."

〈그래. 편히 쉬었다 와. 맛있는 것도 먹구.〉

전화를 끊는데 슬우가 기다렸다는 듯이 그녀의 입술에 뽀뽀를 했다. 화들짝 놀란 마네가 도끼눈을 떴지만, 슬우는 싱긋 웃을 뿐이었다. 짧은 입맞춤에도 심장이 뛰어 마네는 벌떡 일어나 종종걸음으로 황토방을 나가 버렸다. 슬우도 곧장 마네를 뒤따라 나갔다. 라온은 그새 잠이 들었는지 눈을 감은 채 꼼짝하지 않았다.

음료수를 두었던 자리에 가서 앉은 마네는 수건으로 땀을 훔

치며 음료수통을 들었다. 석류음료였는데 색이 발그스름한 게 꽤나 먹음직스러웠다. 빨대로 쪽쪽 빨아 꼴깍꼴깍 들이켠 그녀는 시원한 맛에 입을 하 벌려 감탄했다.

"아유, 시원해!"

슬우도 자리에 두었던 식혜통을 들어 대충 휘저은 뒤 한 모금 들이켰다. 그때 대여섯 살짜리 개구쟁이 남자아이가 달려오다 그의 팔을 툭 치며 지나갔다. 그 바람에 식혜통을 놓친 그의 옷 위로 식혜가 쏟아졌고, 식혜통은 바닥으로 굴러떨어지고 말았다. 남자아이는 아랑곳없이 가던 길로 뛰어가 버렸다.

슬우는 목에 걸쳤던 수건으로 옷에 붙은 식혜 밥풀을 훔쳐 냈다. 마네도 머리에 썼던 수건으로 바닥에 쏟아진 식혜를 닦았다.

"옷을 갈아입어야겠군."

"수건도 더 달라고 해야겠어."

"음료수도."

그렇게 말하며 슬우는 자리에서 일어났다. 마네와 헤어져 1층 남자목욕탕으로 내려와 찜질복과 수건을 다시 달라 해서 갈아입었다.

벗은 옷을 탈의함에 넣으려 걸어갈 때였다. 갑자기 어질 현기증이 일더니 눈앞이 흐릿해지고 속이 메스껍기 시작했다.

'왜 이러지?'

걸음을 옮겼으나 두 다리가 후들후들 떨리고 천 근 만 근 무거웠다. 쌩쌩하던 몸이 일순 기운이 쭉 빠져 비틀거렸다.

"욱!"

역한 구역질에 손으로 입을 틀어막았다. 참을 수 없는 통증이 뱃속에서 느껴졌다. 저녁 내내 먹은 것이라곤 찜질방에서 먹은 식혜가 다였는데 참으로 이상했다. 그것도 아이 때문에 전부 쏟아 겨우 한 모금.

슬우는 흐릿한 시선을 들어 사방을 둘러보았다. 몸을 부들부들 떨던 그는 도움을 요청하려 입을 열었지만, 소리가 밖으로 나오지 않았다. 호흡이 끊기는 듯 숨이 막혔고, 심장이 점점 굳어가는 느낌이었다.

"우욱!"

심한 구토 증세를 보이며 그 자리에 쓰러지듯 주저앉은 슬우는 식혜를 게워내기 시작했다. 식도가 타들어가는 듯이 아파 견딜 수가 없었다.

"우우욱! 우욱!"

누군가 다가와 괜찮으냐고 물었지만, 그마저도 들리지 않았다. 식은땀이 비 오듯이 쏟아졌다.

'마네는 괜찮을까?'

음료에 문제가 있다고 감지한 그는 마네를 걱정하다 마침내 혼절해 버리고 말았다.

"채 화백! 채 화백!"

두려움에 떠는 목소리는 평소에 듣던 마네의 음성이 아니었다. 빠르게 굴러가는 바퀴……. 뭔가 소란하고 어수선한 느낌이다.

'어디로 가는 거지?'

소름 끼치도록 정신이 말짱한데 눈을 뜰 수가 없다니 신기했다.

"형. 형, 제발 정신 차려. 형!"

라온은 거의 울부짖고 있었다.

'사내자식이 걸핏하면…….'

슬우는 속으로 혀를 찼다.

"들어오시면 안 됩니다. 밖에서 기다려 주세요."

낯선 여자의 목소리. 그때서야 슬우는 어렴풋이 기억났다. 찜질방에서 심한 구토 끝에 정신을 잃었다는 걸.

'병원인가?'

그렇다면 안심이다. 죽진 않았다는 것이니.

'또 병원 신세로군.'

투덜대던 슬우는 마네와 라온의 목소리가 더 이상 들리지 않자 기분이 급격히 가라앉았다. 의사와 간호사의 부산한 움직임 속에 홀로 덩그러니 내던져진 것 같은 우울감이 그를 덮쳤다. 하지만 그 후에 이어진 위세척은 그를 더욱 고통스럽게 했다. 찜질방에서 죄다 게워낸 것 같은데 왜 또 이 짓을 해야 한단 건지 도무지 이해할 수가 없었다.

'설마……. 독?'

그때서야 자신이 독극물을 마셨을지 모른다는 공포감이 전신에 엄습했다.

그게 사실이라면 누가?

좀 전 마네와 라온의 목소리가 생생한 걸로 보아 그들은 무사한 듯했다.

떠오르는 사람은 단 한 사람이었지만, 이재희는 무혐의로 풀려난 지 며칠 되지도 않았다. 그런 사람이 또 자신을 죽이려 했단 말인가?

'미쳤군.'

이재희란 확신이 들자 왠지 모르게 깊은 슬픔이 마음속에 스며들었다. 자신이 누군가에게 지독한 미움을 받고 있단 사실이 슬펐고, 그렇게까지 자신을 죽이고 싶어하는 이재희가 저주스럽기보다 불쌍했다.

그가 이 세상에 존재함으로써 불행하다고 생각하는 여자.

남의 남편을 빼앗아 착한 아들까지 뒀건만 왜 그토록 불안하고 불행해하는지 슬우는 되레 그녀가 측은해졌다.

병실 소파에 앉아 머리를 감싸 안고 있는 라온과 암담한 얼굴로 소파에 머리를 기대앉은 마네도 같은 생각을 하고 있었다. 찜질방에 온 구급대원에게 독극물 같다는 말을 들었을 때 번뜩 떠오른 사람이 이재희였다. 그녀의 짓이라고 서로 말을 꺼내진 않았지만 참담함은 이루 말할 수 없을 정도였다. 기껏 무혐의로 풀려나와 또 죽이려 들다니 미치지 않고서야 그런 짓을 하진 못할 터였다.

'정말 끝장을 볼 셈이로군.'

식혜를 쏟게 만든 그 남자아이가 아니었다면 지금쯤 슬우는 이재희의 원대로 저세상 사람이 되었으리라. 새삼 그 남자아이가 고마웠다.

응급처치를 했으니 괜찮을 거란 말을 듣고도 마네는 도무지 진정이 되지 않아 맞잡은 손을 바르르 떨었다.

찜질방과 병원에서 라온을 알아봤으니 곧 인터넷에 퍼질 것이다. 아니나 다를까 석현을 비롯하여 전화가 걸려 오기 시작했다. 라온이 전화를 받을 수 없는 상태여서 마네는 가까스로 마음을 가다듬으며 석현의 전화를 받았다.

〈마네 씨!〉

"안 그래도 연락드리려고 했었는데……."

막막하던 차에 석현의 목소리를 들으니 안도가 되어 마네의 말끝이 흐려졌다.

〈슬우는요? 괜찮아요?〉

"네. 위세척하고 지금 잠들었어요. 다행히 금방 구토해서 독이 전신에 퍼지지 않았대요. 조금만 늦었어도 큰일 날 뻔했다고 하더라구요."

〈이재희 짓입니까?〉

"그런 거 같아요. 경찰에 연락은 했는데 아직 소식이 없어서 기다리던 참이에요. 많이 놀라셨죠?"

새벽 3시. 석현은 이미 이곳으로 달려오는 중이었다.

〈라온인 어때요?〉

마네는 실의에 빠져 있는 라온을 물끄러미 바라보았다. 아무 말이 없는 마네의 마음을 읽은 듯 석현이 재빨리 말을 돌렸다.

〈거의 다 왔어요. 있다 봅시다.〉

전화를 끊고 마네는 덜덜 떨리는 손끝을 내려다봤다. 찜질방에서 어떤 아저씨가 안색이 하얗게 질려 쫓아왔었다. 함께 있던 남자가 쓰러졌다고.

놀라 라온을 깨워 1층으로 내려갔더니 찜질방 직원이 벌써 119에 연락을 취한 뒤였다. 라온이 남탕으로 뛰어들어 갔다가 얼마 후 도착한 119 구급대원과 함께 나왔다. 남탕이라 못 들어가게 해서 밖에서 발만 동동 구르며 기다리던 마네는 들것에 실려 나오는 슬우를 보고 가슴이 철렁 내려앉았다. 안색은 창백하고 입술은 까맣게 죽어 있었기 때문이다.

과거의 뺑소니사고도 그랬고, 강도로 위장한 킬러의 공격을 받았을 때도 그렇고, 단 한 번도 그가 불의의 사고로 죽을 거란 생각을 해보지 않았다. 헌데, 병원으로 향하는 구급차 안에서 응급처치를 받는 그를 보자 참을 수 없이 불안했다. 할 수만 있다면 자신의 심장을 떼어서라도 그를 편안히 숨 쉬게 해주고 싶은 마음이 가득했다.

'젠장. 기분이 씨베리아 같아.'

너무 놀란 탓인지 라온과 다르게 눈물도 나오지 않았다. 아직도 놀란 가슴이 가라앉지 않을 만큼 주체할 수 없이 손이 떨리는데도 눈물만은 이상하게 없었다.

등을 한껏 구부리고 머리를 감싼 채 꼼짝도 하지 않는 라온의 등에 떨리는 손을 가져갔다. 등을 두드려 주며 위로하고 싶은 마음이 컸지만 마네는 머뭇대기만 했다. 끝까지 슬우를 죽이려는 이재희의 악독한 심사가 치 떨리도록 싫었다. 그녀의 아들인 라온에게 아직도 편견을 갖고 있음을 깨닫자 마음이 서글펐다.

손을 거둔 마네는 침대에 누운 슬우를 보며 마음속으로 이재희에게 이를 갈았다. 찜질방에 들르지 않고 곧바로 집으로 갔더라면 하는 후회가 들었다. 몇 번이나 생명의 위협을 받고도 살아난 슬우가 안쓰럽고 가엾었다. 어째서 저 남자는 불행을 타고 났을까.

가슴이 먹먹하고 눈물이 핑 돌았다.

마침 노크와 함께 문을 열고 들어오는 석현 때문에 마네는 멍하니 슬우를 바라보던 시선을 돌렸다. 라온도 굽혔던 상체를 펴 다가오는 석현을 보았다.

빠른 걸음으로 다가온 석현은 먼저 침대 가까이로 가 슬우의 상태를 살폈다. 슬우의 얼굴은 생각보다 편안해 보였다.

석현은 한시름 놓은 표정으로 마네와 라온이 앉은 소파로 걸어왔다.

"밖에 경찰 와 있어요. 나가서 얘기해요."

밖으로 나가자 석현의 말대로 복도에 경찰관들이 서 있었다.

마네와 라온은 경찰관들에게 자세한 상황을 설명했다. 그리고 얼마 후 경찰관들은 찜질방 CCTV 확인작업을 위해 돌아갔다.

경찰관들이 돌아가고 난 후 마네를 비롯한 라온과 석현은 복도 의자에 나란히 앉아 커피를 마셨다. 어느덧 시간은 새벽 5시를 향하고 있었다. 늘 활기차고 유머러스한 석현조차 이 상황에서만큼은 할 말을 잃은 표정이었다. 간혹 깊은 한숨을 내쉬었고, 라온의 얼굴은 끝 간 데 없이 침울했다. 이재희를 잡았다면 서울에서 연락이 왔을 텐데 여태 아무 소식이 없었다. 석현이 수시로 인터넷을 살펴보아도 별다른 속보는 뜨지 않았다.

그렇게 세 사람은 아침이 될 때까지 가슴을 졸이며 이재희의 소식을 기다렸다.

오전 9시가 되어서야 찜질방 CCTV 분석결과가 나왔다. 모자를 깊이 눌러썼지만 이재희와 흡사한 여자가 화면에 포착되었다. 찜질방 입구에서 본 그 여자와 슬우 일행이 황토방 안으로 들어간 직후 그 옆자리에 잠시 앉았던 여자가 같은 사람이란 걸 분석하느라 조금 진을 뺀 듯했다. CCTV를 뒤로 하고 앉긴 했지만, 손의 움직임으로 보아 식혜통을 바꿔치기한 것 같았다. 금방 자리에서 일어난 여자의 손에 같은 음료수통이 들려 있었기 때문이다. 곧 그곳을 나갔기 때문에 시간상으로만 따져 봐도 찜질을 목적으로 온 여자 같지는 않았다. 수건을 길게 머리에 뒤집어쓴 것도 정체를 감추기 위해 의도적이었다라는 생각이 들었다.

그리고 현재 이재희는 잠적한 상태였다.

"미친년."

슬우를 서울에 있는 병원으로 옮긴 후 집에 온 마네에게 새복이 대뜸 욕을 했다. 마네는 자기에게 하는 소리인 줄 알았다가 새복의 시선이 허공에 가 있는 걸 알고 이재희를 두고 한 말임을 깨달았다.

하지만 그것도 잠시, 새복이 느닷없이 마네에게 호통을 쳤다.

"너도 그래! 뭐 좋은 일이라고 그 밤에 찜질방을 가?"

"나도 후회막심이야."

"그 미친년은 왜 못 잡는다니? 도대체 그런 년을 왜 놔준 거야? 기어이 사람이 죽고 나서야 정신 차릴 거라니, 경찰들은? 사는 게 지옥이다, 지옥이야. 아휴!"

밤새 가슴을 졸이긴 새복도 마찬가지였던가 보다.

"미안해. 내가 그냥 가자고 했으면 됐을걸."

자신의 뱅충맞음을 탓하듯 마네는 어깨를 축 늘어뜨렸다.

"채 화백은 어느 병원에 있어?"

바닥에 내려앉았던 샤갈이 물었고, 마네는 심란하게 대답했다.

"오전에 서울대학병원으로 옮겼어. 병원에선 아무 이상 없다는데 혹시 몰라서 며칠 경과 더 보려구. 라온이도 거기 같이 있어."

"그 여자, 병원까지 쫓아오는 거 아냐?"

샤갈이 염려스러운 얼굴을 하자 새복이 뭔가 말을 하려다 화제를 돌렸다.

"밥은 먹었어?"

밥이 목구멍으로 들어갈 리 없으니 마네는 시큰둥하게 대답했다.

"밥이 넘어가? 사람이 죽다 살아났는데."

마네가 은연중에 슬우를 걱정하는 말을 하자, 새복이 어이없다는 듯이 혀를 찼다.

"아직도 정신을 못 차리구……. 쯧쯧쯧."

잔뜩 핀잔 어린 눈초리를 보내던 새복이 밥이라도 차리려는지 일어나 주방으로 가버렸고, 마네와 샤갈도 기다렸다는 듯이 냉큼 방으로 들어갔다. 침대에 마네를 주저앉힌 샤갈은 궁금한 게 많은지 이것저것 캐물었다.

밤새 한숨도 못 잔지라 마네는 쓰러지듯 침대에 드러눕고 말았다.

"언니, 나 정말 피곤하거든. 엄마한테 언니가 말 좀 해줘. 밥은 일어나서 먹겠다구."

"그래, 그래. 얼른 자. 우린 또 너까지 잘못된 줄 알고 얼마나 놀랐게. 우리도 얘, 한숨도 못 잤어. 엄마가 말씀은 저렇게 해도 채 화백 걱정 많이 했어. 괜찮은 거냐고 몇 번이나 물어보셨거든."

"엄마가?"

슬우와 라온에게 마음 문을 완전히 닫은 줄로만 알았다가 슬우 걱정으로 밤새 잠을 못 이뤘다는 얘기를 들으니 마네는 왠지 가슴이 뭉클했다. 샤갈 말마따나 말은 차갑게 해도 속으로는 형제를 걱정하고 있었던 게 아닐까 해서였다. 실은 그녀 역시 슬우가 또다시 생명의 위협을 받자 도저히 이대로는 혼자 둘 수 없다는 생각을 했었다. 세상에 그 아무도 그를 보호해 줄 수 없다는 사실이 견딜 수 없이 가슴을 아프게 했다.

"얘기는 나중에 해. 니 눈, 지금 새빨개서 무서워."

샤갈이 이불을 덮어주고는 방을 나간 후 마네는 고단한 몸을 돌려 벽을 향해 누웠다. 찜질방에서 실신한 채 구급대원에게 업혀 나오던 모습과 구급차에 실려 갈 때 위급하던 상황, 병원 응급실을 거쳐 병실에 올라갈 때까지 가슴이 졸이며 지켜봤던 일이 생생히 떠올랐다.

또다시 살아나 준 슬우에게 비로소 고마운 마음이 새록새록 올라왔다.

마네는 안도의 한숨을 내쉬며 눈을 감았다.

☆ ☆ ☆

〈전원이 꺼져 있사오니…….〉

이재희는 출국 금지 명령이 떨어진 상태라 외국으로 나간다는 건 불가능했다. 라온은 계속해서 전원을 꺼놓은 이재희 때문에 걱정이 이만저만 아니었다. 아무리 엄마와 인연을 끊겠다고 선언했어도 완전히 떨쳐 내기는 힘든 게 핏줄이었다.

슬우는 이상하리만치 잠을 오래 잤다. 처음 정신을 차리고 눈을 뜬 후로도 깼다 잠이 들기를 반복했다. 그런 슬우를 지켜보며 라온은 보조침대에서 새우잠도 청하지 못한 채 수시로 이재희에게 전화를 걸었다.

그의 끈질김 탓인지 아니면 이재희가 전원을 켰다가 우연히 발견한 것인지 몰라도 저녁 9시가 넘어서 마침내 전화가 걸려왔다. 그녀의 휴대전화는 아니었다. 발신자가 뜨지 않기에 혹시나 하고 받았더니 이재희였다.

"어디야?"

라온은 잔뜩 긴장해서 물었다.

〈채슬우 살았다지?〉

이재희의 덤덤한 반문에 라온은 가슴이 철렁했다. 침착하려 부단히 애쓰고 있으나 잘 되지 않았다.

"자수해."

〈……싫어. 안 해.〉

"엄마."

〈엄마라고 부르지 마. 먼저 니가 날 버렸잖니. 너도 니 아버지와 똑같아.〉

깊은 원망에 젖은 이재희의 음성을 들으니 라온은 가슴이 무너져 내렸다.

"그렇다고…… 어떻게 또 죽일 생각을 해?"

〈그놈만 아니었으면 내 인생이 불행해지지도 않았어. 너와 니 아빠도 아무 문제없었어. 모든 게 다 그놈 때문이야. 그놈이 내 인생의 결점이었다구!〉

"엄마 잘못을 형한테 뒤집어씌우지 마! 그런다고 엄마 죄가 깨끗해지진 않아."

〈난 내가 불행하다는 게 참을 수 없어. 내 인생이 이렇게 되어버렸다는 게 너무 끔찍해서 견딜 수가 없어.〉

이재희는 어느새 흐느끼고 있었다. 뭔가 좋지 않은 기색을 감지한 라온은 황급히 그녀를 불렀다.

"엄마! 만나. 만나서 얘기해."

〈내가 감옥에 들어가면 니 인생은 정말 끝이야.〉

뚝!

갑자기 전화가 끊어지자 라온은 소스라치게 놀랐다.

"엄마! 엄마! ……엄마!"

놀란 라온이 병실 밖으로 뛰어나가자마자 잠에서 깨어난 슬우가 스르륵 눈을 떴다. 라온의 격한 목소리를 들은 것 같은데 내용을 알 수 없었다. '라온아' 하고 부르려고 했지만 목이 꽉 잠겨 소리가 밖으로 나오지 않았다. 속이 다 뒤집어지는 통증 때문에 그는 고통스럽게 인상을 찡그렸다.

병실에 라온 말고 마네가 있을까 기대하며 실내를 두리번거렸지만 아무도 없었다. 외로움이 엄습해 그는 빤히 소파를 응시했다.

새벽녘에 잠깐 눈을 떴을 때 그곳에 마네가 앉아 있었다…….

그녀가 있어 얼마나 안심이 되던지. 하지만 빈자리가 너무나 커서 마음에 동굴이라도 생긴 것마냥 허전했다.

다들 어디로 가버린 걸까?

그는 혼자라는 게 몸서리쳐지게 싫었다. 혼자로 산다는 건 참으로 불행하다는 생각이 뇌리를 지배했다.

그저 짐이라고만 생각했던 라온. 그 불쌍한 녀석이 곁에 없다는 게 이상하리만치 슬펐다.

사랑하는 마네의 빈자리는 더더욱 컸다. 그는 자신이 생각보다 훨씬 그녀를 사랑한다는 걸 깨달았다.

그녀가 보고 싶었다. 그녀의 미소를, 그녀의 향내를.

그녀의 손을 잡고 따뜻한 체온을 느끼고 싶었다. 그렇게만 한다면 이 불안한 마음과 끔찍한 고통이 깨끗이 사라질 것 같았다.

기운이 없었지만 그녀의 목소리를 듣고자 협탁 위에 둔 휴대전화를 들었다. 번호를 누르고 컬러링을 들으며 그녀가 받기를 기다렸다. 하지만 받지 않는다.

무얼 하는 걸까?

슬우는 실망하며 전화를 끊었다. 가슴이 답답해 가만히 호흡을 가다듬은 뒤 다시 통화버튼을 누르려는데 전화가 걸려 왔다.

삐에로.

휴대전화에 뜬 그녀의 이름은 '삐에로' 였다. '인생' 을 주제로 그녀를 모델 삼아 그림을 그리면서 그렇게 입력해 놓았었다. 처음 작정했던 그림 열 점은 고사하고 하나도 완성하지 못한 지금, 늘 보던 '삐에로' 라는 이름이 왜 그리도 반갑고 정겹게 느껴지는지 몰랐다.

통화가 연결되자마자 마네의 톡 튀는 음성이 들렸다.

〈채 화백!〉

마네의 음성을 들으니 목이 꾹 메어 슬우는 아무 대답도 하지 않은 채 그녀의 말에 귀 기울였다.

〈……채 화백! 왜 말이 없어? 무슨 일이야?〉

걱정에 싸인 마네의 목소리가 떨렸다. 슬우는 통증을 참으며 간신히 말을 꺼냈다.

"얼른 와. ……보고 싶다."

전화를 끊자마자 한달음에 병원으로 달려온 마네는 슬우를 보는 순간 가슴에서 뜨거운 것이 울컥 솟구쳤다. 핏기가 하나도 없던 얼굴이 드디어 제 색으로 돌아왔고, 눈동자에도 단단한 힘이 느껴졌다. 이제 정말 살았구나, 하는 안도감에 마네는 기쁨을 감추지 못하고 다다다 그에게 달려갔다.

그녀의 손을 잡은 슬우가 있는 힘껏 잡아당겨 품에 안았다. 얼마나 급하게 뛰어왔는지 마네의 몸이 뜨거웠다. 가쁘게 내쉬는 숨소리가 귓가에 고스란히 들렸다. 슬우는 빙그레 미소 지었다.

"이제 봤더니 채 화백 불사조였구나."

슬우는 소리 내어 웃었다.

"사랑해."

뜬금없는 고백이었지만 가슴 깊이 진심이 느껴져 마네는 눈물을 글썽였다.

"심장 뛰는 소리가 이렇게 좋은 소리인 줄 처음 알았어."

그의 가슴에 귀를 대고 쿵쾅대는 심장 소리를 듣던 마네는 그가 살아 있음에 전율했다.

"난 있지. 어렸을 때도 동화책 보면 너무 시시했었어. 주인공들이 얼토당토않게 미움받다가 왕자님 만나 행복하게 오래오래 살았습니다. 그런 내용, 되게 식상했거든. 근데 지금은 나도 행복하게 오래오래 잘살았으면 하고 바라게 돼."

"그 왕자님이 나야?"

"아니."

"그럼?"

"로미오."

"난 죽지 않아."

"알아. 나도 더 이상 어리석은 줄리엣은 되지 않을 거야."

마네는 슬우를 꼭 끌어안았다. 방 침대에 누웠을 때 금방 잠에 곯아떨어질 줄 알았는데 많은 생각으로 끝내 잠을 이루지 못했다. 병원에 두고 온 슬우 때문이었다. 라온이 곁에 있음에도 불안했다. 이재희가 불쑥 나타나 그를 또다시 해할 것만 같았다. 그녀의 행방이 묘연했기에 더더욱 그러했다.

경찰에서 그녀를 공개 수배했고, 채명국은 다시 소환되었다. 재수사가 이뤄진 것이다.

그녀는 어디로 숨어버린 것일까?

슬우에게 전화가 온 것은 그녀가 불안감에 다시 병원으로 갈 준비를 하고 있을 때였다. 잠시 세수를 하고 온 틈에 그에게 전화가 와 있었다. 전화할 정도로 상태가 좋아진 것 같아 기쁘면서도 가슴이 뭉클했다. 그를 얼마나 사랑하는지 깨달았기에.

잃고 싶지 않다. 오로지 그 마음뿐이었다.

"미안해."

마네는 그의 가슴에 얼굴을 댄 채 조용히 읊조렸다. 슬우가 그녀의 등을 쓰다듬었다. 다정한 손길에 마네의 마음이 더더욱 뜨거워졌다.

"미안한 건 나지. 내가 너와 니 가족을 힘들고 아프게 했어."

"나야말로. 당신 잘못이 아니란 거 알면서도 편견이란 게 참 무섭더라. 한순간 사랑도 의심할 만큼 말이야. 라온이에게도 그래. 모든 걸 다 가졌다고 생각했는데, 실은 너무나 많은 걸 잃으면서 살았던 거야. 너그럽게 대해주지 못한 내가 원망스러워."

"라온인 자기 인생을 산 게 아니니까 나보다 더 불행한지도 몰라. 허수아비 같은 자신을 보는 것도, 끔찍한 엄마를 둔 것도 큰 고통이었을 거야. 내겐 그저 짐이라고만 생각했는데 난 어느새 녀석의 보호자가 되어버렸어."

"진짜 형제가 되었다는 뜻이야?"

"녀석을 보면 안타깝고 안쓰러워. 이런 게 형제애라면 맞는 거겠지."

마네는 그의 가슴에서 얼굴을 떼고 그를 바라보았다. 상한 얼굴을 손으로 어루만졌다. 그리고 애잔하게 그의 시선과 맞추었다.

슬우와 다시 시작하기로 했다고 얘기하면 엄마가 뭐라고 하실지, 또 자매들은?

언니와 밀레는 둘째 치고 엄마가 걱정이었다. 샤갈의 말로 슬우의 상태를 여러 번 물으며 밤을 샐 정도로 걱정했다지만, 마음을 완전히 열기는 무리일 터.

어떻게 엄마의 마음을 돌려놓을까 고민하며 마네는 활짝 웃는 낯으로 씩씩하게 말했다.

"이제부터 채 화백 보호자는 나야! 그러니까 아무 염려 마."

"니가 채 화백 보호자라도 돼? 뭐하러 또 병실에서 밤을 새?"

새복의 불같은 호통에도 마네는 도통한 사람처럼 앉아 있었다. 라온이 어딜 갔는지 전화도 받지 않고 병원에 오지 않기에 슬우의 곁을 지키겠다고 했다가 엄마의 호출을 받은 것이다.

"라온이가 없으니까 그렇지. 전화도 안 받는단 말이야. 무슨 일 생긴 거 아닌지 걱정도 되구."

새복이 정신 사납다는 듯 인상을 구겼다.

"아니, 걔는 왜 지 형 옆에 안 붙어 있고 돌아다녀? 그러다 이재희 그 여자가 나타나 해코지라도 하면 어쩔 거야? 너까지 다치면 어떡하려고 그래?"

"엄마."

"왜?"

마네는 속 시원히 털어놓기로 결심했다. 숨기는 성격도 못 되지만 이럴 땐 차라리 솔직해지는 게 더 낫겠다 생각한 것이다. 먼저 맞는 매가 아프긴 해도 말이다.

"정말 오래오래, 깊이깊이 생각해 봤는데 도저히 안 되겠어."

"뭘?"

"채 화백 말이야. 도저히 혼자 못 놔두겠어, 엄마."

"라온이 있잖아."

"라온인 지금 자기 하나 건사하기도 힘든 애야. 내가 채 화백 옆에 있으면 그만큼 힘이 될 테고, 나도 그러고 싶어."

새복은 그럴 줄 알았다는 듯 콧방귀를 뀌었다.

"또 그놈의 오지랖이 발동했지."

새복의 핀잔에도 마네는 꿋꿋하게 자신의 생각을 이야기했다.

"엄마한텐 정말 미안해. 아빠 생각하면 채 화백이랑 라온이랑 인연 딱 끊어버려야 맞는데……. 마음이 안 편해. 목에 걸린 가시 같아."

"내 가슴에 박힌 대못은?"

"그래서 헤어지려고 했는데 당장 내 목에 걸린 가시가 아픈 걸 어떡해? 더 이상은 나 때문에 엄마가 속상해하는 거 보고 싶지 않았어. 근데, 엄마. 밀레처럼 엄마도 채명국이랑 이재희만 미워하고, 채 화백이랑 라온이는 우리와 똑같은 피해자라고 생각해 주면 안 될까? 시간이 지날수록 그런 생각만 드네. 처음엔 그 두 사람이 나도 끔찍하고 싫었거든. 내가 그런 사람을 사랑했다고 생각하니까 화가 나고 분해서 견딜 수가 없었어."

"근데 왜 마음이 변했어? 채 화백이 또 죽을 뻔해서? 다음엔 너까지 당할 수도 있어, 이것아!"

새복이 안타까운 마음에 마네의 어깨를 쥐어박았다. 아픈 시늉이던 마네는 금세 웃으며 대꾸했다.

"엄만 내가 그런 여자한테 당할 거 같아? 어림도 없지."

호언장담하는 마네를 새복이 어이없게 쳐다봤다.

"채 화백은 뭐 당할 사람이라서 그렇게 당하고 사냐?"

"엄마가 몰라서 그래. 채 화백이 겉으로만 깐깐하고 철두철미해 보이지, 알고 보면 허당이거든."

"허당이 넌 뭐가 좋아서?"

"채워가는 맛이 있잖아. 쌀독에 쌀 채우듯이."

"하여간 말이나 못하면. 지 맘대로 이랬다저랬다. 안 돼! 절대 안 되니까 그렇게 알아. 어디 남자가 없어서 지 아빠 죽게 한 사람을……."

새복이 말할 가치도 없다는 듯 잘라 버리고 일어서자 마네가 절박하게 그녀의 허리를 붙들었다.

"엄마!"

하지만 새복은 두말하지 않고 마네를 홱 밀어낸 뒤 주방으로 횅하니 가버렸다. 주방으로 쫓아가려는 마네를 문을 열고 빼꼼 내다보고 있던 샤갈이 급히 손짓하여 불렀다.

"마네야."

마네는 주방을 시무룩하게 쳐다보다가 터덜터덜 샤갈이 있는 방으로 들어갔다.

침대에 털썩 걸터앉는 마네에게 샤갈이 자기 침대에 올라앉더니 호기심 가득한 얼굴로 캐묻기 시작했다.

"채 화백이랑 다시 시작하기로 한 거야?"

"언니도 반대야?"

"전에 말했잖아. 나 때문에 헤어지겠단 생각은 하지 말라구. 그렇다고 찬성하는 건 아니야. 난 어디까지나 중립이야."

"어떡하냐, 엄마 땜에? 절대 안 받아줄 태세인 거 언니도 봤지?"

"그럼 잘했다고 할 줄 알았어? 그건 차츰 해결하기로 하고, 이재희는 어디 숨었길래 경찰도 못 찾는다니? 외국으로 밀항한 거 아냐?"

샤갈의 말을 듣자니 그럴싸해 마네는 가슴이 쿵 내려앉았다. 정말 밀항한 거라면 영영 못 잡을 수도 있기에. 게다가 또다시 나타나 슬우의 목숨을 노린다면…….

그렇게 되기 전에 이재희를 찾아야 한다. 반드시!

의지를 다지듯이 마네는 입술을 꾹 깨물었다.

☆ ☆ ☆

이재희가 숨은 곳을 찾기 위해 종일 돌아다닌 라온은 결국 허탕을 치고 병원으로 돌아왔다. 전국에 수배령은 내려졌는데 당최 어디에 있는지 감을 잡을 수가 없었다.

'엄마를 만나 이야기라도 할 수 있었으면…….'

실의에 빠진 라온은 터벅터벅 1층 엘리베이터로 향했다. 그리고 이제 막 엘리베이터에 올라타는 한 여자를 발견했다.

"엄마……?"

커다란 선글라스를 끼고 모자로 얼굴을 가리고 있었지만 틀림없는 이재희였다. 새벽이라 사람이 없는 틈을 타 찾아온 모양이었다. 라온은 정신없이 엘리베이터를 향해 달려갔다.

다행히 문이 완전히 닫히기 전 엘리베이터에 올라탈 수 있었다. 뒤늦게 라온을 발견한 이재희는 흠칫 놀라며 한 발 뒤로 물러섰다. 하지만 이내 입술을 꼭 앙다물고 그를 노려봤다. 비록 검은 선글라스에 가려져 보이지 않았지만 짙은 원망과 배신감으로 점철된 표정이었다.

라온은 재빨리 꼭대기 층을 눌렀다. 옥상으로 올라가 이야기하기 위해서였다.

웬일로 이재희는 엘리베이터가 멈출 때까지 얌전했다. 라온은 전연 동요가 없는 이재희 때문에 의심과 걱정으로 가슴이 두근거렸다. 그녀 모르게 심호흡을 하여 마음을 가다듬었다. 어떤 말을 해야 좋을지 머릿속이 뒤죽박죽이었다.

슬우를 죽이려는 집념이 무서웠다. 그런 사람이 엄마라는 게 마음을 아프게 짓눌렀다. 왜 그럴 수밖에 없는지 도저히 이해가 가지 않았다.

'엄마는 미친 것일까?'

그렇지 않고서야 무혐의로 풀려나고도 금방 슬우를 죽이려 할 수는 없을 것이다.

엘리베이터에서 내린 두 사람은 약속이나 한 듯이 옥상으로 올라갔다. 슬우의 집에서 보는 하늘과 마찬가지로 엄청나게 많은 별들이 금방이라도 후드득 떨어질 듯 반짝였다.

쉼터처럼 만들어 놓은 공간에 벤치가 있어 그곳으로 걸음을 옮겼다.

벤치에 앉은 그녀는 선글라스를 벗어 모자에 걸쳤다.

먼 하늘을 바라보는 이재희의 모습은 왠지 모르게 처량해 보였다. 슬우를 죽이려고 살기등등한 그녀도 이해하기 어렵지만, 처량한 모습은 더더욱 어울리지 않았다. 라온은 그녀가 낯설어 물끄러미 바라보았다.

"별이 참 아름답지 않니?"

이재희는 돌아보지 않은 채 혼잣말처럼 물었다. 라온은 그녀의 마음 상태가 몹시 혼란스럽다는 것을 깨달았다.

"엄마."

라온의 안타까운 음성에 이재희가 낮게 웃었다.

"넌 저 하늘의 수많은 별보다 더 빛나고 아름다운 별이었어, 라온아. 난 니가 날 닮지 않아서 더 좋았고, 니가 내 아들이란 게 늘 자랑스러웠어. 너만 있으면 내 과거가 다 덮어질 거라 생각했어. 그런데 결과를 봐. 난 전부를 잃고 말았어. 난 더 이상 저 하늘의 별을 보면서 슬퍼하고 싶지 않아. 내 별을 잃어버렸는데 수많은 별이 있은들 무슨 소용이야? 난 바라보기만 하는 별은 싫어."

"여긴 왜 또 왔어? 기어이 형을 죽이려구?"

"널 만나러. 마지막으로."

마지막이란 말에 라온은 심장이 뛰었다. 너무 뛰어서 현기증이 일 정도였다.

"자수할 거야?"

"후후후."

이재희의 웃음소리가 허망하게 허공으로 날아갔다.

자수가 아니면 평생 몸을 숨긴 채 살아갈 생각인가?

"자수해. 지금으로선 그것만이 그나마 모두에게 용서를 구하는 길이야. 내가 이렇게 부탁할게."

이재희가 고개를 돌려 라온을 바라보았다. 그녀의 눈은 붉게 충혈되어 있었다. 당당하던 모습은 사라지고 깊은 원망과 한이 그 속에 담겨 있었다.

걷잡을 수 없는 수렁에 빠진 눈빛에 라온은 가슴이 미어졌다. 스스로도 어쩌지 못 하는 저 심정을 어찌하면 좋단 말인가.

"라온. 너도 결국엔 내 것이 아니었어. 손으로 잡지 못하는 저 별들처럼."

"난 엄마에게 별이 아니라 그냥 아들로 살고 싶었어."

엷게 웃던 이재희는 손으로 자신의 긴 목덜미를 쓸어내렸다.

"목이 마르구나. 음료수 마실래?"

라온은 문득 찜질방에서 슬우가 마신 독극물을 탄 식혜가 생각났지만, 자기도 모르게 고개를 끄덕였다.

이재희가 가방을 열더니 조그마한 음료수병을 건넸다. 뚜껑을 따는데 보니 새 것이었다. 그녀에게 건네려는데 벌써 다른 음료수 뚜껑을 연 이재희가 단숨에 들이켰다. 그녀가 들이켜는 걸 보고서야 라온은 하는 수 없이 들고 있던 음료수를 마셨다.

"라온……."

이재희의 부름에 라온은 음료수병을 입에서 떼고 쳐다보았다. 어둠 속에서도 안색이 창백한 그녀의 얼굴을 보는 순간, 라온은 들고 있던 음료수병을 놓치고 말았다. 부들부들 떨리는 그녀의 손에서도 반쯤 남은 음료수병이 굴러떨어졌다. 음료수병 두 개가 서로 부딪쳐 뱅그르르 맴을 돌다 멈췄다.

"엄마!"

라온이 스르륵 옆으로 쓰러지는 이재희를 품에 안았다. 급격한 신경 마비로 인해 그녀의 몸이 뻣뻣해졌고, 그러면서도 그녀는 안간힘을 써 라온의 손을 붙잡았다.

"미…… 미안…… 해……."

"엄마…… 엄마! ……엄마!"

라온의 절규가 별이 반짝이는 하늘까지 길게 울려 퍼졌다.

☆ ☆ ☆

이재희의 사망 소식을 듣고 새복은 갑자기 이사를 서둘렀다. 이재희의 자살로 세상이 떠들썩했고, 마네 가족을 비롯해 슬우와 라온도 안정을 찾지 못하고 마음이 어수선할 때였다.

처음 약속했던 것처럼 재판이라도 끝나고 이사하면 좋겠건만, 새복은 이재희가 죽음으로써 모든 게 끝났다고 생각하는 듯했다.

"정말 이사 갈 거야?"

마네가 묻자 새복은 방바닥에 주저앉아 서랍장을 열고 옷을 정리하다가 말했다.

"김 대표가 그랬다면서? 신우정이랑 백기환한테 혐의 인정 받았다구. 채명국 그놈이야 처음부터 백이 든든해 풀려날 거 알았다지만, 나머지 관련된 사람들은 죄다 걸려들어 갔으니 됐어."

"그래서 신우정 최종공판 때도 안 가볼 거야?"

"거긴 가야지."

후련함과 심란함이 뒤섞여 복잡한 얼굴인 새복을 보며 마네는 재우쳐 물었다.

"이사 꼭 가야겠어, 엄마?"

다그치는 마네가 불편하고 성가셨는지 새복이 들고 있던 옷을 바닥에 탁 팽개쳤다.

"그 망할 년 죽었다고 앙금이 다 풀릴 줄 알어! 가뜩이나 심란해 죽겠는데 자꾸 치근대. 가서 짐이나 정리해."

"고집두."

"너나 잘 해, 이것아! 물색없이 불쌍하다고 받아줄 걸 헤어지겠다고는 왜 해? 하여간 믿을 인간이 하나도 없어."

"마음 둘 데 없는 형제, 내가 좀 거둘까 했더니 서슬 퍼런 엄마 때문에 글렀네, 글렀어. 라온이 지금 초주검이야."

"그게 내 탓이야? 자업자득이지. 부모가 그 모양인데 자식이 잘될 턱이 있어? 아이고, 세상에. 미쳐도 단단히 미쳤어. 어떻게 자식 앞에서 약을 처먹어? 전처도 그렇게 해서 죽게 만들더니,

그거 봐. 원래 자기가 한 짓 고대로 돌려 받게 되어 있는 게 세상 이치야."

마네는 새복의 구구절절 옳은 말에 냉큼 동의했다.

"지당하신 말씀! 채 화백이랑 라온이만 불쌍하게 된 거지."

"뭐?"

"엄마가 늘 하는 말이잖아. 부모가 한 대로 자식이 물려받는다구. 가뜩이나 불행한 사람들, 평생 불행하게 살다가 불행하게 인생 끝나는 거지 뭐. 안 그래?"

"그러든지 말든지."

새복은 관심 없다는 듯 마네에게 눈을 흘기고는 신경질적으로 옷을 한쪽으로 내던졌다. 마네가 그중에서 멀쩡한 옷들을 골라내어 새복의 코앞에 들이댔다.

"이건 엄마가 즐겨 입는 옷 아냐? 아직 멀쩡한데 왜 버려?"

슬우와 라온 생각에 빠져 무심코 옷을 버렸다가 무안해진 새복은 마네의 손에서 도로 옷을 홱 낚아채 갔다.

"안 나가?"

입을 삐죽한 마네는 손을 탁탁 털고 일어났다.

"집, 구하러 갈 때 얘기해. 같이 다니게."

이사를 만류하더니 포기했는지 순순해진 마네가 의아해 새복은 옷을 분류하다 말고 고개를 들어 올려다봤다.

"일은 어쩌구?"

"나야 라온이 전담인데 라온이가 저러고 있으니 일도 손에 안

잡히구……. 재판이나 끝나고서 대표님이랑 다시 의논해 봐야지. 그동안 바빠서 집안일 손 놓고 있었던 거 만회할 겸 이번엔 같이 구하러 다녀보자구."

마네가 나가고 나자 새복은 옷을 든 손을 툭 내려놓았다. 이재희의 자살 소식에 마음이 후련할 줄만 알았다. 헌데 시간이 갈수록 더욱 무겁기만 했다.

어쩌자고 자식이 보는 앞에서 약을 먹었을까?

놀라고 아팠을 슬우와 라온을 생각하니 자신이 악한 마음을 먹어 그런가 싶은 게 좋지만은 않았다. 마네 말마따나 말이 씨가 되어 그 형제가 불행한 삶을 이어간다면 그 또한 자신이 저주한 탓이리라. 그 부모에게 느꼈던 분노가 자식들에게 고스란히 향했음을 깨닫자 새복은 마음이 싱숭생숭했다.

스무 개의 별

"우리 엄마 고집을 누가 꺾어? 끝내 이사 가야겠대."

지하작업실로 내려온 마네는 슬우에게 푸념을 늘어놓았다. 슬우는 상태가 호전되어 이재희가 사망한 직후 퇴원 수속을 밟았다. 갑작스러운 비보에 편안히 병원 신세를 지고 있지도 못할 상황이었다.

이재희의 장례를 치른 후 라온은 집안에만 박혀 두문불출했다. 정신은 피폐하고 몸도 점점 쇠잔해져 갔다. 하여, 슬우와 마네는 만나면 라온을 걱정하느라 바빴다. 저러다 라온까지 잘못되는 게 아닐지 노심초사였다.

창 안으로 스며들던 햇살이 점점 사그라져 작업실 안은 어둠이 깃들었다. 창가 아래에 놓인 긴 나무의자에 앉은 슬우는 마네의 어깨를 감싸 안았다. 마네의 마음을 다시 얻은 것은 다행이지만, 새복의 마음을 돌리기에는 아직 역부족인 모양이었다. 새복의 마음이 꿈쩍도 하지 않으니 비로소 그간 그녀에게 받은 사랑이 얼마나 큰 것이었는지 깨닫는다.

"어머니가 해주신 삼겹살 먹고 싶다."

라온과 함께 있는 자리가 불편해 먹는 둥 마는 둥 했던 일이 후회스러웠다. 두 번이나 식사할 기회가 있었음에도 어색해하기만 했던 게 참으로 미련했다.

왜 좀 더 곰살궂게 대하지 못했을까? 이제 다시는 기회가 없는 것일까?

슬우의 허리에 팔을 두른 마네가 그를 다정한 시선으로 올려다보았다.

"당신은 정말 괜찮아? 일부러 내색 안 하는 거면 내 앞에선 안 그래도 돼. 당신이랑 다시 시작했을 때 결심했거든. 다른 사람 때문에 내 마음 속이는 짓 하지 않기루."

"후후. 그나저나 재판이 끝나야 다시 작업할 텐데. 이러다 정말 몇 년 걸리겠는걸."

두 사람은 건너편 벽에 세워진 캔버스를 바라보았다. 캔버스에는 그리다가 만 피에로가 담겨 있었다. 이제 어느 정도 정리가 되어가는 시점이라 그런지 슬슬 전시회 걱정이 되었다.

"아빠 전시회랑 같이 하려면 서둘러야 하는 건 맞는데 마음이 어수선해서 제대로 작업이나 하겠어?"

"그런가?"

마네의 음성이 문득 조심스러워졌다.

"전부터 궁금한 게 있었어."

"뭐가?"

"채 화백이 본 우리 아빠 마지막 모습은 어땠어? 돌아가시기 전에 말이야."

슬우는 찬찬히 기억을 더듬었다. 그녀의 아버지를 생각하면 인자한 미소가 가장 인상 깊었었다. 보기만 하여도 참 좋은 아버지구나, 싶을 만큼.

슬우는 마네를 꼭 껴안고 대답해 주었다.

"좋은 아버지 같았어. 우리 아버지도 저런 분이셨으면 좋겠다, 그런 생각 했어. 나중에 전시회 하시게 되면 연락 달라고 했었던 거 기억나."

"그러니까 뭐라고 하셔?"

"만나서 쇠주 한잔하자구. 그 말씀이 그렇게 좋더라. 소박하고 따뜻한 게."

슬우의 이야기를 듣고 있자니 아빠가 더욱 그리워 마네의 두 눈에 맑은 눈물이 차올랐다.

"맞아. 계실 땐 몰랐는데 빈자리가 너무나 커서 그때야 알았어. 최고의 아빠였다는 걸."

"그런 분을 너무 빨리 데려가셨어."

아쉬움이 가득한 슬우의 말을 듣고 마네는 자조했다.

"그래서 채 화백을 대신 보내주신 거지. 별난 가족 맡기려구."

초인종을 누를까 말까 망설이던 밀레는 용기를 내어 검지 끝으로 꾹 초인종을 눌렀다. 클래식 음악이 묵직하게 들려왔다. 하지만 안에서는 기척이 없었다.

다시 초인종을 누르고 기다렸지만, 함흥차사. 뻔히 집안에 있는 거 아는데 열어줄 생각을 하지 않는다.

오기가 생긴 밀레는 연거푸 초인종을 눌러댔다. 그러자 드디어 띠리리, 문이 열리는 소리가 들렸다.

안으로 들어가자 국민남동생은 오간 데 없이 폐인 하나가 멀거니 서서 그녀를 쳐다봤다. 가뜩이나 마른 사람이 툭 치기만 해도 쓰러질 몰골이자 밀레는 가슴 한켠이 알싸하게 아려왔다.

테이블로 가 집에서 가져온 죽그릇을 주섬주섬 꺼내 놓았다. 그때까지도 멍하니 서 있기만 하는 라온의 팔을 끌어다가 소파에 앉혔다. 라온의 손에 수저를 쥐어주었지만, 수저는 힘없이 테이블 위로 떨어져 버렸다. 먹을 의사가 전혀 없는 듯했다. 초점은 없고 표정도 없고 누구와 있는지조차 모르는 듯한 태도에 밀레는 직접 죽을 떠 그의 입으로 가져갔다.

"먹어."

라온은 아무 소리도 들리지 않는 것처럼 그녀를 망연한 눈빛으로 쳐다보기만 했다.

"먹으라구."

그제야 겨우 말귀를 알아들은 양 라온은 고개를 저었다. 음식을 거부하는 라온 때문에 밀레는 애가 타 억지로 그의 입술 새로 수저를 들이밀었다. 마냥 귀찮은 표정으로 인상을 찡그린 라온이 거부하듯 고개를 돌렸다. 그리고 앉아 있기도 버거운 양 비척거리며 자리에서 일어났다.

밀레가 도톰한 손으로 그의 허리를 부여잡아 억지로 주저앉혔다.

"그냥 내버려 둬."

기운이 하나도 없는 목소리로 라온이 사정했다.

"먹기 싫어도 먹어야 돼. 오빠가 이러고 있으니까 다들 걱정하잖아."

"……."

"이 죽, 엄마가 끓여준 거야."

"엄마가……?"

"어. 그러니까 다 먹어야 해. 엄마가 이거 다 먹기 전엔 오빠 얼굴 안 본다고 했거든."

어쩐 일일까?

라온은 새복이 직접 죽을 쒀 보냈다는 사실이 믿기지 않았다. 원수처럼 대하더니 왜 마음이 바뀌었는지 모르겠다. 엄마의 자살이 그녀의 마음을 조금이나마 풀어지게 한 것일까?

엄마의 죽음을 눈앞에서 지켜보던 충격은 말로 형용할 수 없는 고통이었다. 슬우는 그 어린 나이에 같은 일을 겪은 것이다. 그런 심정으로 살았으니 마음을 열지 못한 게 당연했다.

장례와 경찰에서의 조사를 차례로 치렀지만 아직도 꿈만 같았다. 모든 게 자신의 탓 같아서 순간순간 눈 뜨고 산다는 것이 너무나 지옥이었다. 마음씨 좋은 새복은 다만 자신을 동정한 것이리라. 그 동정심마저 큰 위로가 되는 걸 보면 마음이 허하긴 한 모양이었다.

"오빠."

"……."

"난 말이야. 난 그러니까……."

사실, 내려오기 전까지 할 말을 몇 번이고 반복해 준비한 밀레였다. 그런데 또 막상 하려니 머릿속이 하얗게 변하여 아무 생각도 떠오르지 않았다. 많은 일을 겪는 동안 그에게 아무런 위로의 말조차 하지 못했던 그녀는 죽을 핑계로 그를 만나러 온 것이었다. 여기서 더 지나치면 영영 기회를 놓칠 것만 같아서. 초조하고 애타는 마음을 부여안고 그에게 왔다.

그런데 해야 할 말이 떠오르지 않으니 입안이 바짝바짝 말랐다. 이제 와서 위로의 말 따위가 무슨 소용 있으랴.

답답한 마음에 한숨을 폭 내쉰 그녀는 무슨 말을 할지 기다리는 라온에게 투정하듯 말했다.

"난 왜 꼭 결정적인 순간에 이러나 몰라. 분명히 아까 다 생각해 놨었는데. 아이 참."

통통한 볼을 붉히며 민망해하는 밀레를 보자 라온은 점점 흐릿했던 머릿속이 맑아지는 느낌이었다. 생기가 도는 그녀와 함께 있어서일까?

새복처럼 실망하여 마음이 돌아섰으리라 여겼건만, 아니어서 고마웠다.

라온은 조용히 수저를 들어 죽을 떠먹었다. 며칠째 먹은 것이라곤 물뿐이어서 죽이 들어가자 몇 수저에도 기운이 났다.

"맛있다."

인사치레가 아닌 밝아진 표정이 진심이란 걸 알 수 있었다. 밀레는 안도감에 환하게 웃음을 머금었다.

"그치? 나도 두 그릇이나 먹고 왔어. 엄마가 엄청 많이 끓였더라구. 더 먹고 싶으면 말해. 솥째 갖다줄게."

솥째 갖다주겠다는 말이 우스워 라온은 자기도 모르게 엷게 미소를 지었다.

'와아! 웃었다.'

밀레는 그의 미소를 정말 오랜만에 본지라 감개무량하여 눈물이 다 날 지경이었다. 어떻게 마음을 표현해야 할지 모르겠으나, 지금은 이렇게 그의 곁에 있어주는 것만이 최선이라는 생각이 들었다.

그날 오후, 2층 마네의 집에서는 짙은 적막이 깔렸다. 거실에 마네의 가족뿐 아니라 새복의 호출을 받은 슬우와 라온도 함께 빙 둘러앉아 있었다. 슬우와 라온은 고개를 떨군 채 새복의 말이 떨어지기만을 기다렸다.

새복의 시선이 수척해진 라온의 얼굴로 향했다가 천천히 슬우에게로 옮겨졌다.

"이사……."

마네는 끝내 이사 얘기를 꺼낼 심사인가 보다 생각하며 속으로 깊은 한숨을 내쉬었다. 그런 얘기를 할 거면 굳이 라온은 왜 불렀는지 모를 일이다.

"……안 갈 거야."

뜻밖의 선언에 모두 놀란 얼굴을 했다. 새벽부터 일어나 죽을 한 솥 가득 끓이더니 밀레 편에 라온에게 갖다준 것도 웬일인가 했었다. 원체 정이 많은 사람이니 이재희의 죽음으로 앙금이 조금은 풀렸나 보다 했다. 정말 그게 다라고 생각했다. 설마 이사도 안 간다고 할 줄은 몰랐다가 서로 눈치만 보던 마네 자매들은 웃을 듯 말 듯 어정쩡한 표정을 지었다.

"대신…… 내가 지켜볼 거야. 너나 니 형이나…… 니들 부모처럼 살았다간 가만히 안 둬. 재판 끝나면 라온인 외국에 가겠다고 했다지?"

"네."

"그래. 가서 다 털어내 버리고 와. 기다리고 있으마."

"……."

라온은 고개를 숙이고 있다가 희뿌옇게 흐려진 눈으로 새복을 올려다봤다. 새복도 어느새 붉어진 눈으로 슬우와 라온을 바라보았다.

"남의 새끼 저주하면 고스란히 내 새끼에게 돌아오는 법이지. 나도 자식 키우는 사람인데 니들한테 무슨 죄가 있어서 부모들의 업보를 지라 하겠어. 이것도 내 업보라면 업보겠지."

그토록 완강하던 새복의 마음이 무슨 이유로 바뀌었는지는 그 누구도 알 수 없었다. 하지만 마네는 왠지 엄마의 마음을 알 것만 같았다. 자식 마음 아프게 하는 엄마가 아니라는 걸 아니까. 지금까지 가족을 위해 희생한 엄마가 아니던가. 그 커다란 사랑과 희생에 마네는 그만 눈물이 핑 돌았다.

"고맙습니다."

목이 메기는 슬우도 매한가지라 그 말 한마디만 간신히 건네고는 눈시울을 붉혔다. 이심전심이라 라온도 갑자기 감정이 복받쳐 왈칵 울음이 터져서는 굵은 눈물을 뚝뚝 흘렸다. 막상 새복이 감싸주자 비참하게 죽은 엄마 생각이 더했던 모양이었다.

그 마음을 아는 듯 새복이 다가가 라온을 와락 끌어안았다.

"아이고, 어쩌냐? 가엾어서……."

결국엔 새복도 참았던 눈물을 터뜨리고, 집안은 온통 울음바다가 되고 말았다.

"형은 그냥 있어. 나 혼자 갈게."

라온은 처음부터 그럴 작정이었는지 계획대로 하겠다고 고집을 피웠다. 새복이 마음을 열어준 걸로 끝났다고 생각했는데, 라온의 선택이 슬우는 미덥지 않았다.

"라온아."

라온이 한결 밝아진 표정으로 웃음을 비췄다. 마네 가족에게 가졌던 무거운 마음의 짐이 덜어진 듯이.

"형은 마네 누나 곁에 있어야지."

"형이랑 같이 가."

"단기간이 아니잖아. 형까지 가면 나중에 돌아올 때 더 어색해. 내가 딴 짓이라도 할까 봐 그래? 그럴 거면 벌써 했지. 말했잖아. 형 때문에 안 죽을 거라구. 마네 누나 가족 때문에라도 못 죽어."

라온은 마네 가족을 보며 더 이상의 원망과 미움도 소용없음을 깨달았다. 사랑과 용서만큼 큰 것은 없으니. 그래서 더 꿋꿋하게 살아야겠다고 생각했고, 곁에 있는 사람들의 소중함도 절실하게 느꼈다.

"돌아올 거지?"

"글쎄."

"약속하지 않으면 못 보내."

"군대는 가야 하잖아."

라온은 싱겁게 대답하곤 샤워하겠노라 욕실로 가버렸다. 거실 소파에 혼자 남은 슬우는 라온의 결정에 따를 수밖에 없음에 가슴이 답답했다. 큰마음으로 라온과 자신을 받아준 새복과 그 가족 때문에 가까스로 살 희망은 생겼으나, 굳이 혼자 떠나겠다는 라온 때문에 마음이 놓이지 않았다.

☆ ☆ ☆

경찰 수사에서 속속들이 드러나는 혐의로 세상은 하루가 멀다 하고 발칵 뒤집어졌다. 문어발처럼 얽힌 사건들이 많아 재판까지 시간은 꽤 걸렸지만, 그 모든 사건의 중심에는 이젠 이름만 들어도 오싹한 '신우정'이 있었다. 그리하여 모든 사건을 통틀어 검찰은 '신우정 사건'으로 종합해 명명했다.

신우정은 기소 죄목이 한두 가지가 아니었다. 청부살인만 해도 여러 건인데다 성범죄 위반, 뇌물, 탈세, 불법 사채, 증권 조작, 스토킹까지 모조리 혐의가 드러났는데도 반성의 기미가 전혀 없어 모두의 공분을 샀다.

청부 살해에 희생된 사람들을 조사하는 과정에서 더욱 기막혔던 일은 그녀의 첫사랑이 끼어 있었다는 점이다. 그녀의 첫 희생자였던 셈인데, 실종된 줄로만 알았던 경찰에서는 뒤늦게 그 사실을 알고 기함했다. 더군다나 레오와 닮았다는 첫사랑의 남자를 죽인 혐의에 대해서 그녀는 알 듯 말 듯한 미소로 일관했다.

국민은 마지막으로 남은 신우정의 판결이 과연 어떻게 날지

촉각을 곤두세웠다. 죄수복을 입고도 여유 있는 미소를 띠고 있어 사람들을 더욱 섬뜩하게 했다. 정신 감정상 사이코패스의 기질이 다분한 것도 새삼 주목이 되었다. 그렇다고 해서 그녀의 형량이 가벼워지는 건 아니었다. 그녀는 최종 공판에서 모든 혐의를 합해 가석방 없는 무기징역을 받았다. 그럼에도 피식 웃음을 보여 좌중을 소름 끼치게 만들었다.

그녀는 법정을 나가기 전 무슨 일인지 고개를 돌려 방청석에 앉은 레오를 쳐다보았다. 레오는 그녀와 눈이 마주치자 간담이 서늘해졌고, 이어 그녀의 매혹적인 미소를 보는 순간 머리끝부터 발끝까지 죄다 얼어붙는 듯했다. 어떻게 무기징역을 선고받고도 저리 웃을 수 있는지 그가 본 또라이 중에 최강이란 생각이 절로 들었다.

그렇게 몇 달을 끌며 엎치락뒤치락하던 재판이 전부 끝나고, 슬우와 라온을 비롯해 마네 가족과 석현, 그리고 레오까지 밖으로 나왔을 때였다. 앞서 나갔던 채명국을 둘러싸고 취재진이 서로 앞다투어 취재하느라 정신이 없었다.

슬우와 라온을 기다리던 취재진이 몰려오자, 경호원들이 재빨리 그들을 둘러싸 보호했다. 서로 질문하기에 바쁜 기자들을 제치고 앞으로 나선 사람은 새복이었다. 그녀는 모든 재판이 끝날 때까지 이를 악물고 기다렸었다. 이재희가 죽고 모두가 형을 받은 이때에 혼자만 미꾸라지처럼 쏙 빠져나간 채명국 때문이었다. 그녀는 경호원들에 둘러싸여 기자단을 뚫고 자신의 승용 차로 걸어가는 채명국을 큰 소리로 불렀다.

“나 좀 봅시다! 채명국! 나 천새복이요! 10년 전에 뺑소니로 죽은 장필도 아내 천새복!”

그녀의 부름에 모두 일제히 돌아보았다. 채명국의 경호원들이 기자단을 막고 있다가 기세 좋게 달려오는 그녀와 경호원들을 보자 움찔했다. 그들 뒤로 슬우와 라온, 그리고 다른 사람들도 혹시 생길지 모를 불상사에 급히 쫓아왔다.

새복이 다가오자 자기도 모르게 길을 터준 기자들이었다. 어쩌면 기자들의 속성상 채명국과 천새복의 만남이 흥미로웠을지도 모를 일이었다.

채명국 앞에 당당히 나선 새복은 이때만을 기다렸다는 듯 큰 눈을 부라려 그를 노려보았다.

“내 남편 장필도에게 사과하세요. 내 남편 때문에 당신 아들 죽을 뻔했다고 비서 보내서 막말하고 모욕했던 거 사과하란 말입니다.”

사람들의 시선을 느끼고 채명국이 무척 곤란한 듯 험험, 헛기침을 뱉었다. 그러더니 새복을 무시하듯 지나치려 했다. 새복이 놓칠세라 그의 멱살을 잡아챘다.

“사과하라구! 내 남편을 억울하게 죽여놓고도 적반하장으로 군 거 사과해, 이 망할 놈의 인간아!”

그녀를 채명국에게서 떼어놓으려 경호원들이 붙잡자, 새복을 에워쌌던 경호원들이 저지함으로써 일대 소란이 일었다. 그 틈을 타 채명국은 허둥지둥 차로 도망쳤다. 하지만 누군가 차 문을 잡는 통에 휙 고개가 돌아갔다. 슬우였다. 아들의 경멸스러운 눈빛에 채명국은 창피하긴 했는지 외면하듯 시선을 돌려 버렸다. 채명국으로서도 이재희가 자살할 줄은 꿈에도 몰라서 여간 당황스러운 게 아니었다.

"이렇게 끝나진 않을 겁니다."

슬우의 싸늘한 경고에 채명국은 몹시 불쾌한 듯 얼굴이 붉으락푸르락하더니 아무 말도 못한 채 부리나케 차에 올라탔다. 그러고는 매몰차게 차 문을 탁 닫았다.

하마터면 차 문에 손을 찧을 뻔했던 슬우는 혼자만 살겠다고 버러지처럼 도망가는 아버지를 보자 속에서 뜨거운 것이 치밀어 견딜 수가 없었다. 새복에게 무릎은 못 꿇을지언정 사과 한 마디만 했어도 이토록 참담하진 않으리라.

원수의 자식을 가슴으로 품어준 마네 어머니 같은 분도 있는데, 끝까지 자기 잘못은 없이 이재희에게 속고 당하고만 살았다는 아버지가 너무나도 혐오스러워 참을 수가 없었다. 기대하지도 않았지만, 역시 아버지는 아버지였다.

경호원들끼리 몸싸움이 벌어지고, 그걸 또 찍으려는 취재진의 모습은 그야말로 아수라장을 방불케 했다. 사람들에게 이리 치이고 저리 치이는 마네 가족과 그들을 보호하려 온몸으로 막아선 라온과 석현, 그리고 레오를 보던 슬우는 이내 그들 속으로 거침없이 뛰어들었다.

긴 재판과 때아닌 몸싸움까지 벌여 다들 기진맥진한 상태였다. 채명국의 판결은 아쉽지만, 신우정 사건이 세상에 까발려진 건 천만다행이었다. 백기환 의원은 신우정이 임 형사에게 흘린 말 한마디로 모든 게 끝이 나버렸다. 백 의원이 자신을 비호해 주기는커녕 혼자만 빠져나가려는 걸 알고 신우정이 역으로 공격한 것이다. 그녀에겐 백 의원도 모르는 치명적인 증거물이 있었다. 여자 연예인들과 변태 행위를 한 비디오와 뇌물을 바쳤던 장부가 바로 그것이었다. 그로써 도덕적으로 치명타를 입은 백 의원은 완전히 재기불능이 되어버리고 말았다.

석현이 미리 예약해 놓은 식당에 온 사람들은 새복을 제외하곤 음식을 앞에 놓고도 하나같이 수저를 들 생각을 하지 않았다. 혼자 식사하던 새복이 넋 놓고 앉은 모두에게 채근했다.

"왜 다들 그러고 앉았어? 어서 먹지 않고서."

그러자 하나둘 수저를 들기 시작했다. 특제 갈비탕을 뜨다 말고 새복이 문득 차분히 목소리를 낮추었다.

"라온이 고생 많았다. 채 화백도."

그 말에 라온이 수저를 드는 둥 마는 둥 하다가 눈가가 촉촉해졌다. 슬우는 다소 쾌활하게 감사의 말을 전했다.

"마음고생 심하셨을 텐데 고맙습니다."

"아버지 일은 너무 신경 쓰지 말어. 니 아버지 보란 듯이 내가 니들 엄마 노릇할 거니까. 내가 생각하는 복수는 그거야. 멀쩡한 남편 잃은 대신 장대 같은 아들 둘 빼앗아 온 걸로 칠란다. 고까운 사람 있음 얘기해."

새복의 호탕한 말에 슬우가 조금 웃음을 비췄다.

"어머니께는 평생 갚으며 살겠습니다."

"허이구. 까칠까칠 밤톨 같더니만, 어머니? 참 내. 하하하."

새복이 싫진 않은지 모처럼 유쾌하게 웃자 그제야 모두 긴장이 풀어지는 듯 너도나도 따라 웃었다. 낯빛이 어둡던 라온마저 해사하게 웃어서 맞은편에 앉은 밀레의 가슴을 두근거리게 했다. 마주 앉아서도 눈을 마주치지 않아 서운했는데 웃는 모습을 보니 한결 마음이 놓였다. 하지만 부러 그러는지 끝내 밀레에겐 시선을 주지 않는 라온이었다. 그때도 죽만 먹고는 방으로 들어가 버려서 서운했었는데…….

"역시 제가 본 여자들 중에 어머님이 짱이십니다."

석현이 엄지까지 치켜들며 새복을 추켜세웠다. 샤갈도 흥감스럽게 말을 거들었다.

"우리 엄마가 보통 사람이야? 언론에서 얘기하는 거 다들 봤지? 최고의 어머니상. 난 정말 그 말 듣고 눈물 났지 뭐야."

"시답잖은 소리 말고 밥이나 먹어."

새복이 부끄러운지 핀잔을 주었다.

"난 엄마가 정말 자랑스러워."

마네까지 뿌듯한 얼굴이자 새복은 마지못해 수긍했다.

"아유, 그래. 나 잘났다. 됐냐? 그만 떠들고 배고플 텐데 어서

들 먹어. 언제 날 잡아서 집에서 삼겹살 구워먹자. 안 그래도 라온이 먹이려고 그랬는데."

기회를 엿보던 라온이 슬그머니 말을 꺼냈다.

"저, 곧 떠나려구요."

이미 알고 있는 일이었으니 새복은 개의치 않다는 듯 갈비탕을 먹으며 그 말을 받았다.

"알어. 떠나기 전에 먹고 가면 되지 뭐가 걱정이야? 오늘 당장 갈 건 아니잖어."

"모레쯤 갈까 해요."

그렇게나 빨리, 하는 얼굴로 새복이 심란하게 라온을 쳐다봤다. 결국 슬우 없이 혼자 가기로 결정한 모양이어서 더욱 마음이 애잔했다.

"그래. 내일 저녁에 먹자, 그럼."

제일 끝자리에서 불청객처럼 어색하게 앉아 있던 레오가 넌지시 물었다.

"저도 가도 되나요?"

☆ ☆ ☆

다음 날 저녁이 되자 마네의 집에 모두 다시 모였다. 왁자지껄한 분위기 속에서 새복이 불판 위의 고기를 집으며 말했다.

"채 화백."

"예, 어머니."

"수고 많았어."

그러더니 상추쌈을 푹푹 싸 쑥 내민다. 황공무지로소이다, 하는 얼굴로 슬우가 새복의 손에서 쌈을 받아먹었다. 새복은 또다시 상추쌈을 싸려다 얼른 다른 채소로 바꾸었다.

"맞다. 우리 라온이는 상추 안 먹는다 그랬지. 자, 어서 먹어. 많이 야위었어. 여행 가서도 밥 잘 챙겨 먹구. 걱정 안 하게. 알았어?"

라온이 무릎걸음으로 다가와 새복이 싸주는 쌈을 받아먹었다. 새복이 마음이 찡해서 라온의 수척해진 얼굴을 쓰다듬었다.

"라온아, 우리 행복하게 살자, 응?"

라온은 마음이 뭉클해져 쌈을 씹으며 고개만 끄덕였다. 밀레와 샤갈은 고개를 돌려 눈물을 닦았고, 마네도 목이 메어 딴청을 피웠다. 레오도 감동적인 모습에 코를 훌쩍거렸다.

"뭐 해? 먹지 않고서."

새복이 모두에게 외치자 석현이 내심 기대하는 눈빛으로 있다가 실망한 표정이 역력했다.

"전 쌈 안 주세요? 저도 진짜 고생 많았는데요."

뻔뻔한 석현이 황당하고 어이없어 새복은 입을 하 벌리다가 구시렁거렸다.

"시샘도 많은 인사가 장가는 왜 안 갔는지 모르겠네."

그러더니 하는 수 없다는 듯 상추쌈을 싸서 그의 입에다 밀어 넣었다. 아구아구 씹으면서 석현은 엄지를 척 들어 올렸다. 새복은 기가 차서 웃다가 레오와 시선이 딱 마주치고 호기롭게 말했다.

"혼자만 빠질 수야 없지. 내가 하나 싸줄 테니까 먹어요."

이전에 마네를 골탕 먹인 걸 생각하면 두고두고 괘씸하지만 신우정에게 당한 게 또 불쌍해 새복은 선심을 썼다. 이번 일을 계기로 여성편력증도 싹 고쳐지길 바라는 염원도 함께 쌈에다 꼭꼭 쌌다.

레오는 안 그래도 부럽게 보고 있다가 입이 헤벌쭉해졌다. 냉큼 일어나 새복 옆으로 온 그는 그녀가 싸준 쌈을 먹고는 자리로 돌아가 앉았다.

화기애애해진 분위기에 슬우와 마네는 서로를 바라보며 흐뭇한 미소를 지었다.

"다녀오겠습니다."

오전 10시. 새복과 샤갈은 라온을 배웅하느라 출근도 미뤘다.

"밀레는?"

슬우의 물음에 마네는 착잡하게 얼버무렸다.

"학교 갔어."

어제도 밥을 먹는 둥 마는 둥 방으로 들어간 후 자리를 파할 때까지 내다보지 않던 밀레였다. 그래도 인사는 해야 하지 않겠느냐고 아침에 얘기했더니 대꾸도 없이 학교에 간다며 나가 버렸다. 끝끝내 밀레에게 손을 내밀지 않은 라온의 마음이 조금은 이해가 가서 마네는 중재할 수도 없었다. 지금은 라온이 복잡한 마음을 정리할 시간이 필요하기에.

"갈게요, 누나."

"공항까지 데려다 줄게."

슬우의 차를 타고 마네와 라온은 인천 공항으로 이동했다. 다행히 라온이 출국한다는 정보를 알 리 없어 취재진을 피할 수 있었다. 이곳에서까지 도망치듯 보내고 싶진 않았다.

출국장으로 들어가기 전 많은 생각이 교차하는 듯 라온의 눈빛이 한층 깊어졌다. 심란한 듯 보이는 슬우 대신 마네는 내색 없이 라온의 어깨를 툭 쳐주며 싱긋 웃었다.

"소식 전해. 안 그럼 누나가 잡으러 가는 수가 있어."

마네의 장난스런 으름장에 라온이 활짝 웃었다.

"누나가 온다면 저야 언제든 환영이죠. 저 없는 동안 우리 형 잘 좀 부탁할게요."

"그래. 잘 다녀와. 종종 소식 전하구."

"네. 이만 들어갈게요."

"벌써? 아직 시간 30분 남았어. 생각보다 차가 안 막혀서 빨리 왔다, 야."

라온이 아프리카행 비행기 표를 부채질하듯 흔들며 말했다.

"할 일이 있어서요."

그러더니 슬우에게 시선을 옮겨 신뢰 가득한 눈으로 바라보았다. 슬우도 가만히 라온의 시선과 마주했다.

긴 여행이 되리라. 슬우는 영영 먼 곳에 보내는 것처럼 라온과 작별하기 싫었다.

"전화할게."

고작해야 3, 4일 다녀오는 듯이 덤덤하게 인사하는 것도 그래서였다.

"좋은 소식 기다릴게."

라온이 곧 두 사람에게 등을 돌렸고, 슬우와 마네는 출국장을 빠져나가는 라온을 서운하게 지켜보았다. 라온이 마지막으로 돌아보더니 손을 흔들었다. 마네도 한 손을 높이 들어 힘껏 흔들어주었다. 그러고는 '너에겐 우리가 있어!' 하듯 주먹을 불끈 쥐고 코끝을 찡긋하여 힘을 북돋웠다.

하지만 라온의 모습이 완전히 보이지 않게 되자 갑자기 밀려오는 허전함에 높이 치켜들었던 팔을 힘없이 툭 아래로 떨어뜨렸다.

라온의 말대로 혼자 보내는 게 낫겠다 생각했지만, 막상 보내고 나니 잘한 결정이었는지 새삼스레 의문이 들었다. 친동생 멀리 보내는 것처럼 콧날이 시큰하여 마네는 울적하게 돌아섰다.

수업도 없는데 일찍 학교에 온 밀레는 도서관 앞 잔디에 누워 푸르른 하늘을 올려다봤다.

지금쯤 왕자님은 비행기에 탔을까?

야속한 마음에 인사도 안 하고 학교로 와버린 게 조금 후회스러웠다. 죽을 갖다줬던 날, 마음에 있던 말만 제대로 했어도 이런 사태까진 오지 않았으련만. 늘 그랬던 것처럼 묵묵히 곁에서 지키기만 하면 되는 줄 알았는데 완전히 오산이었다.

밀레의 눈가로 눈물 한줄기가 또르르 굴러떨어졌다. 푸른 하늘이 너무 시려서가 아니었다. 마음이 너무나도 시려서였다.

오늘에라도 소극적인 마음일랑 던져 버리고 그를 배웅했어야 하는 건데.

아직 늦지 않았는지 모른다. 아직 비행기에 타지 않았다면 전화를 받겠지.

벌떡 일어나 앉은 밀레는 손에 꼭 쥐고 있던 휴대전화의 잠금장치를 풀려 검지를 가까이 가져갔다. 문자가 온 것은 그때였다.

'오빠?'

휴대전화에 찍힌 이름이 '왕자님' 이어서 밀레는 눈물이 범벅된 채로 문자를 열었다. 라온이 보내온 건 뜻밖에도 동영상이었다. 화면 안에는 공항 대기실에서 찍은 듯한 라온의 모습이 담겨 있었다.

〈꼬마야, 잘 있어. 잘해주지도 못하고 상처만 주고 가서 미안하다. 인사는 하고 가야 할 것 같아서……. 고마웠다는 말, 하고 싶었어. ……안녕.〉

"……."

동영상은 거기서 끝이었다.

너무도 짧은 인사, 그리고 긴 이별.

가슴이 세 조각, 네 조각으로 갈라지더니 어느 순간 파스스 먼지가 되어 사라지는 듯했다.

이 정도로 아플 줄 몰랐다. 그저 까마득히 멀고도 멀게만 느껴지던 월드스타, 채라온. 그를 이렇게나 많이 좋아하고 있을 줄은 몰랐다. 왜 곁에 있을 때 좀 더 용기 내어 고백하지 못했을까?

떠난 후에야 깨닫는 미련한 사랑이 밀레는 너무나 고통스러워 가슴을 쥐어짰다. 하염없이 솟구치는 눈물도 그녀의 애절한 마음을 대신할 수 없었다. 이미 떠나 버린 그에게 전화해 본들 아무 소용없다는 걸 알기에. 우는 모습만 보여줄 게 뻔하니 줄줄 흐르는 눈물을 닦아가며 한 자 한 자 정성스럽게 답장을 썼다.

〈오빤 어디에 있든지 가장 빛나는 별이야. 난 오빠의 영원한 팬이자 친구라는 걸 잊지 마.〉

"어디 가는 거야?"

공항을 나와 외곽으로 달리기에 마네는 의아했다.

"좋은 데."

슬우가 간단히 대답하고는 의미심장한 미소를 지었다.

그렇게 한 시간 가량을 달려 도착한 곳은 일전에 라온, 밀레와 함께 왔던 별장이었다. 두 사람은 2층 발코니로 올라가 강을 내려다봤다. 햇빛에 반짝이는 수면을 보자 답답하던 가슴이 탁 트이는 기분이었다.

"흐음. 좋다!"

그녀의 옆에 나란히 서서 슬우도 맑은 공기를 흠뻑 들이마시며 강을 바라보았다. 네 사람이 함께 했던 추억이 떠올라 만감이 교차했다. 시간은 흘렀으나 그날의 행복했던 밤을 고스란히 기억하고 있는 마네는 감회에 젖어 코끝이 찡했다. 그가 왜 이곳으로 왔는지 알기에.

슬우는 번쩍 그녀를 안아 올렸다.

"어머."

마네가 엉겁결에 그의 목에 팔을 둘렀고, 슬우는 곧장 별장 안으로 들어갔다. 아직 한낮이라 이전처럼 촛불은 없었지만, 실내에 가득 밴 꽃향기는 분명 장미였다. 바닥이 아닌 천장에 거꾸로 매달린 빨간 장미. 그리고 곳곳에 놓은 화병도 장미들로 풍성했다. 온통 장미꽃밭이 되어버린 실내에 마네는 흠뻑 장미향에 취했다.

그녀의 풍부한 표정에 슬우는 침실로 걸음을 옮기며 슬며시 미소를 지었다.

침실도 마찬가지로 천장엔 하트 모양의 장미가, 침대까지 가는 길만 제외하곤 붉은 장미들로 가득 차 있어 하얀 침대보가 더욱 새하얗게 보였다.

침대 끄트머리에 마네를 내려놓고 슬우는 그 아래 한쪽 무릎을 굽히고 앉아 그녀의 발에서 구두를 벗겼다.

"뭐 하는 거야?"

"이거 준비하느라 어제 라온이한테 연습도 했어."

'뭐길래 라온이한테 연습까지 해?'

슬우는 곱게 벗긴 구두를 한쪽에 가지런히 두었다. 그러더니 침실에 달린 욕실로 가 무언가를 들고 나왔다. 그녀의 앞에 내려놓은 건 뜻밖에도 물이 담긴 세숫대야였다. 그 앞에 두 무릎을 꿇고 앉아 마네의 발을 그곳에 담갔다.

미지근한 물과 그의 따뜻한 손길에 마네는 할 말을 잃고 말았다. 손수 발을 씻겨주리라고는 생각지도 못했던 터라 작은 감동이 가슴에 스며들었다.

"이걸 라온이한테도 해줬어?"

슬우가 마네의 작은 발을 두 손으로 감싸 쥔 채 부드럽게 매만지며 대답했다.

"어. 라온이 발을 처음 만져 본 거 같아. 씻겨주는데 기분이 되게 이상하더라."

모르긴 몰라도 라온이 역시 같은 기분이었으리라.

"그랬구나."

"내가 평생 이렇게 니 발 씻어줄게."

감동적인 고백에 어느덧 눈가가 촉촉해진 마네는 물끄러미 슬우를 바라보았다. 갑자기 무슨 생각이 들었는지 슬우가 입매를 늘여 씩 웃었다.

"고백할 거 또 있어."

"뭔데?"

"나 예전에…… 니 누드 봤어. 뭐 뒷모습뿐이긴 했지만."

"헉! 어, 언제?"

마네는 전연 몰랐던 일이라 깜짝 놀랐다.

"이사 오고 얼마 안 돼서. 석현이 형 언제 올지 알려주려고 갔다가 욕실에서 나오는 거 봤지. 어휴, 덜렁이. 몸 가렸던 수건이 떨어지는 바람에 그날 밤에 잠 한숨도 못 잤다."

으악!

아무리 지금은 사랑하는 사이가 되었다손 쳐도 그때라면 서로 만나기만 하면 싸우던 때가 아닌가.

창피해서 얼굴이 붉어진 그녀를 보더니 슬우의 눈빛이 갑자기 몽롱하게 변했다. 그때 생각에 그의 몸에서도 기민한 변화가 시작되었기 때문이다.

물속에서 발을 꺼내어 수건으로 꼭꼭 눌러 닦은 후 쪽 입맞춤을 했다. 입맞춤은 점점 진한 스킨십으로 변하며 하얗게 드러난 그녀의 종아리와 허벅지를 타고 올라왔다. 커다란 손바닥으로 미끈한 종아리를 쓸어 올리며 허벅지를 약간 힘주어 주무르더니 이내 그의 입술이 허벅지 안쪽을 파고들었다.

아아!

눈앞이 아찔해진 마네는 그의 머리카락 속으로 손가락을 집어넣었다. 나풀거리는 얇은 스커트를 젖히고 팬티 위로 입술을 갖다 댄 슬우는 가늘게 어깨를 떨었다. 입술은 또다시 그녀의 둔덕을 지나 옷 안에 가려진 가슴으로 올라왔고, 목덜미가 훤히 드러나 옴폭 팬 쇄골과 가느다란 목을 애무했다. 그의 입술이 드디어 다다른 곳은 장미향보다 진한 그녀의 입술이었다. 애가 타게 목말랐던 입술을 축이며 두 사람은 몇 번이고 서로를 탐욕스럽게 머금었다.

격정적인 키스 후 잠시 입술을 뗀 슬우는 뜨거운 시선으로 그녀를 바라보며 속삭였다.

"평생 니 곁에 있을게. 사랑한다, 장마네."

마네는 대답 대신 그의 이마에 자신의 이마를 갖다 댔다. 그리고 힘주어 그를 껴안았다.

그날 밤, 창밖에는 유난히 많은 별들이 두 사람을 축복하듯 찬란하게 하늘을 수놓았다.

Postlude

6개월 후 12월 중순 어느 날.

밀레는 가족에게 편지 한 장만 달랑 써놓고 가출하는 소녀처럼 집을 떠났다. 공항으로 가기 전 그녀가 제일 먼저 한 것은 각종 질병을 대비한 예방접종이었다.

라온이 있는 곳은 'Horn of Africa(소말리아, 에티오피아, 케냐가 위치한 아프리카 북동부 지역. 지형이 코뿔소의 뿔처럼 튀어나온 데서 유래한 이름)'였다. 그는 그곳에서 봉사활동을 하고 있었다. 일체 언론과 접촉하지 않은 터라 그곳에 봉사하러 온 사람들의 입을 통해 간간이 소식이 전해지고 있을 뿐이었다.

라온에게 그곳에 가겠노라 메일을 보내고 무작정 찾아간 길은 설렘과 두려움을 동시에 안겨다 주었다. 사회복지학과에 다니는지라 간간이 해외로 봉사활동을 다니긴 했지만, 아프리카는 처음이었다. 그 무엇보다 라온이 반갑게 맞아줄지 의문이었다.

이런 용기가 어디서 났는지 스스로도 믿기지 않았다. 아마도 그에 대한 그리움이 초월적인 힘을 준 게 아닐까 싶다.

근 이틀에 걸쳐 도착한 현지 공항.

무모한 짓을 한 게 아닐까 걱정은 되지만 후회스럽지는 않았다. 그녀는 목적이 있었고, 그것 한 가지 외에는 다른 생각을 할 여력이 없었다. 그를 만나 직접 얼굴을 보며 얘기하고 싶었다. 기다리고 있다고.

그녀의 마음속에 있는 별. 그녀는 그 별을 보기 위해 먼 타국으로 지체 없이 날아왔다.

비행기 안에서 한국인 봉사단을 만난 것은 천우신조였다. 그들도 마침 그곳 캠프로 가는 길이라 밀레는 쉽게 정보를 얻을 수 있었다. 그들과 함께 라온이 있는 캠프로 향했다. 한국 날씨와는 비교도 할 수 없게 후텁지근한 기후. 먼지투성이의 비포장도로를 한참이나 가서야 그곳에 도착했다. 캠프는 생각보다 크고 사람도 많아서 그를 찾기란 쉽지 않았다.

물어물어 그를 찾았을 때,

어젯밤, 별이 그리 반짝이더니 내게 사랑이 왔네.

눈이 선하고 예쁜 아프리카 아이들 틈에 끼어 앉아 기타로 노래를 불러주는 라온의 모습이 매우 평화로웠다. 까맣게 그을린 피부와 떠날 때보다 살이 올라 무척이나 건강해 보였다. 해맑게 웃는 아이들 사이에서 그는 이전보다 훨씬 성숙한 남자가 되어 있었다.

한 아이가 밀레를 발견하고 라온을 툭툭 쳤다. 연주를 멈추고 라온이 고개를 돌렸다.

"어!"

그의 눈이 동그랗게 커졌다. 배낭 하나만 멘 채 동그마니 서 있는 밀레를 보자 환영이 아닌지 자기 눈을 의심했다. 기타를 바닥에 내려놓고 천천히 몸을 일으킨 라온은 이내 큰 걸음으로 그녀에게 다가왔다.

점점 가까워져 오는 그를 보며 밀레는 안도의 한숨을 내쉬었다. 드디어 찾았구나, 하듯.

"밀레야."

라온이 놀라 그녀의 이름을 불렀다. 밀레는 그의 음성을 듣는 순간 자기도 모르게 왈칵 눈물이 솟구쳤다. 그동안 혼자 보고 싶고 그리워했던 일, 한마디 못하고 그를 떠나보냈던 일, 이곳까지 찾아오는 동안 긴장하고 설레었던 마음들이 한꺼번에 설움과 기쁨으로 터져 버린 것이다.

"으어어엉!"

별안간 대성통곡하는 밀레 때문에 라온은 매우 당황했다.

"어, 미, 밀레야."

"나쁜 놈아! 우아아앙!"

밀레가 라온의 가슴팍을 주먹으로 탁 쳤고, 라온은 그만 멍해져 펑펑 우는 그녀를 내려다봤다. 한국을 떠나올 때보다 몸이 반쪽이 된 밀레를 보자 긴가민가했다가 그녀의 음성, 그녀의 눈물을 보자 조금 실감이 났다. 여기가 어디라고 왔을까 싶어 가슴이 아릿했다. 가만히 긴 팔을 뻗어 그녀의 머리를 끌어당겨 안았다.

"울지 마."

그가 안아주자 밀레는 서러움이 더했는지 그의 가슴에 얼굴을 묻고 꺼이꺼이 울었다.

"미안해, 오빠가 미안해. 미안해, 밀레야."

라온이 그녀를 꼭 껴안으며 달랬다. 이곳에서 지내는 동안 이따금 메일로 소식을 주고받지만, 그 이상의 마음을 내비친 적은 없었다. 처음엔 그것이면 족하다 생각했으나, 날이 갈수록 그녀가 너무나 보고 싶었다. 어느 날엔 밤에 잠이 안 올 정도로.

그런데 어떻게 이곳까지 왔는지, 무슨 마음으로 왔는지 이젠 확실히 알 것 같았다. 얼마나 마음 졸이며 왔을지, 얼마나 그리운 마음으로 왔을지 알 것 같았다.

그녀의 체온을 느끼며 라온은 외롭고 고달팠던 삶에 비로소 깊은 위로를 받았다. 형과 마네네 가족에게 받는 위로와는 또

다른 영혼의 충족감. 그의 마음이 사랑으로 짙게 물들어 갔다.

☆ ☆ ☆

이듬해 5월.

고 장필도 화백과 슬우의 전시회가 열리는 야외 결혼식장. 한쪽에선 전시회가, 한쪽에선 결혼식이 열려 독특했다.

전시회뿐 아니라 결혼식까지 앞둔 슬우는 긴장한 표정이 역력했다.

"니가 긴장할 때가 다 있구나."

석현이 이마에 진땀을 흘리는 슬우를 놀리자, 슬우가 정색했다.

"더워서 그래."

"야외인데 뭐가 더워? 하나도 안 더운데."

"난 더워."

"결혼식이 긴장되긴 하지. 안 그러냐, 레오?"

"안 해봐서 모르겠는데요."

오늘 라온과 함께 축가를 부르기로 되어 있는 레오가 얼결에 대꾸했다. 신우정 사건이 마무리되고 몇 달간 소속사 문제로 골치를 앓았던 그는 얼마 전 극적으로 석현의 소속사로 옮겼다. 큰Keun 기획사가 도산으로 최종 분해되었던 것이다.

늘 제2의 채라온이라는 불명예를 달고 살았던 레오는 석현의 기획사로 옮긴 후 한층 업그레이드되어 아시아를 넘어 세계가 바라보는 스타로 발돋움했다. 당연히 그의 곁에는 비주얼 디렉터 마네가 있었다.

"그걸 꼭 결혼해 봐야 아냐?"

슬우는 진행 상황을 살펴보다가 문득 생각나는 것이 있어 석현을 돌아보았다.

"형은 영 진도 안 나가?"

"누구? 샤갈 씨?"

"친구로만 지내는 거 아쉽지 않아?"

"안 그래도 생각 중이다."

석현이 정말로 고민에 잠긴 얼굴이자 레오가 알 만하다는 듯이 이죽거렸다.

"슬우 형 결혼한다니까 자극받은 거지 뭐."

석현은 아는 체하는 레오를 얄밉게 쳐다보다가 곧 슬픈 표정으로 바뀌었다.

"이제 밤에 난 누구랑 노냐?"

결혼식은 비공개로 진행되었다. 라온 때문에 살이 쪽 빠졌다가 라온의 불만으로 다시 통통해진 밀레와 동생을 먼저 시집보내는 샤갈이 마네의 들러리로 나섰다. 사회는 석현이, 축가는 라온과 레오가 불렀다.

연예계를 떠난 후, 그리고 동생이 불러주는 축가이니만큼 세

간의 화제가 되기도 했는데, 잘 울지 않는 마네도 감동되어 절로 눈물을 주르륵 흘렸다. 아닌 게 아니라 미국으로 신혼여행을 다녀오면 라온이 군에 입대할 예정이라 섭섭함도 한몫했다.

그의 귀국 소식에 항간에는 연예인 복귀가 아니냐는 소문이 나돌았으나, 오자마자 입영 신청을 해 소문을 일축해 버렸다. 그는 여전히 복귀 의사가 없어 보였지만, 군대를 다녀오면 마음이 달라지지 않을까, 많은 팬과 이젠 그의 가족이 되어버린 마네네 식구들은 내심 기대하고 있었다.

그런 이유로 그가 군대에 가는 날 그 어느 때보다 많은 취재진이 몰렸고, 해외에서 온 팬들과 국내 팬들로 장사진을 이루었다. 1년간의 공백과 앞으로 또 2년여의 공백을 앞둔 그로서는 매우 부담스럽고도 황송한 인파였다.

취재 열기에 잔뜩 긴장한 라온은 취재진의 몇 가지 질문에 간단히 대답했다. 그리고 이내 한쪽에 서 있던 새복을 모셔와 박박 깎은 머리에 썼던 모자를 벗고 그 앞에 큰절을 올렸다. 그 장면은 두고두고 사람들 입에 회자되었다. 사돈어른임과 동시에 불우했던 형제의 어머니가 된 새복은 친아들을 군에 보내는 것처럼 라온을 꼭 끌어안고 등을 두드려 보는 이로 하여금 눈시울을 뜨겁게 만들었다.

어느덧 두 사람 옆으로 모여든 가족.

라온은 누구보다 형을 사랑하는 동생이었다. 그리고 지금까지 그의 동생으로 살게 된 것이 감사했고 감격스러웠다. 슬우는 그런 동생을 힘껏 껴안아주었다. 형제의 포옹에 팬들뿐 아니라 취재진까지 일제히 박수를 치는 진풍경이 벌어졌다.

라온은 빙긋이 웃고만 있는 밀레를 보며 마주 웃었다. 아프리카에 가서 안 사실이지만, 라온이 말한 '친구'의 의미가 실은 '여자친구'였다. 그것도 모르고 혼자 소심하게 땅만 파고 있었던 밀레는 이래서 많은 대화가 필요하다는 걸 깊이 깨달았다. 워낙 말이 없는 라온이라서 어쩔 땐 혼자 떠드는 느낌이지만 말이다.

밀레는 떠들고, 라온은 웃고.

어젠 극적으로 키스까지 했다. 아프리카에서 오자마자 곧바로 군대에 가버려서 속상한 밀레가 어디서 고무신을 사다가 그에게 보여주었던 것이 발단이었다.

"절대 고무신 거꾸로 안 신을 테니까 오빠도 군화 거꾸로 신지 마."

그녀의 엉뚱함에 라온은 언제나처럼 폭소했다. 남의 애끓는 속도 모르고 웃기만 하는 라온 때문에 밀레는 고무신을 연못에다가 냅다 집어던지려 하다가 이왕이면 신어보고나 버리자 싶어 두 발에 꿰어 신었다. 마침 벤치에 앉았던 그녀는 짧은 다리를 휙 올려 고무신 신은 발을 보더니, 언제 버릴 마음이 있었던가 싶게 큰 눈이 뎅그래졌다.

"앗! 예쁘다. 이거 오빠 제대할 때까지 신고 다닐까? 헤헷."

앙증맞은 자기 발을 보며 웃고 있는 밀레의 입에 라온의 촉촉

한 입술이 와 닿았다. 덕분에 밀레는 두 다리를 앞으로 뻗은 채 그대로 얼어버렸다. 잠깐 입술을 떼었던 라온은 따뜻한 입김을 흩날리며 그녀의 입술 새로 혀를 밀어 넣어 간질였다.

그렇게 달콤한 키스는 시작되었고, 억겁의 시간이 흐른 양 멍해진 밀레는 그의 입술이 멀어진 후에야 앞으로 뻗었던 두 다리에 힘이 빠져 턱 바닥에 내려놓았다.

☆ ☆ ☆

"여기야, 니가 공부했다는 데가?"

슬우와 마네는 미국 샌프란시스코의 AAU(Academy of Art University) 건물 앞에 서 있었다. 감회에 젖은 마네가 고개를 끄덕였고, 슬우는 그녀가 신혼여행을 왜 이리로 오자고 했는지 궁금했다.

"신혼여행 왜 여기로 오자고 했어?"

"처음 미국에 왔을 때 생각났거든. 우리 결혼생활도 그때 마음으로 하고 싶어서."

포부만 있었지 아무것도 모르던 시절, 그녀의 미국생활은 그리 녹록치 않았었다. 말도 잘 통하지 않고 외로웠으며 경제적으로도 넉넉지 않아 하루하루가 가시밭길이었다. 하지만 아무런 성과도 없이 중도에 포기하고 싶지 않았다. 화가의 꿈도 접고 선택한 길이었기 때문이다. 무엇보다 가족을 실망시키고 싶지 않았다.

"그땐 혼자였지만, 지금은 당신과 함께라서 더 잘할 수 있을 거야."

슬우는 그녀의 말에 동조하듯 잡은 손에 힘을 꽉 주었다. 그리고 마네와 눈을 맞추고 환하게 웃었다.

"내년 결혼기념일엔 프랑스로 가야겠다."

프랑스에서 유학한 슬우는 문득 자기가 살던 곳이 떠올랐다. 마네처럼 외롭고 힘들었던 유학생활. 그녀 말마따나 이젠 둘이 함께이니 마음 편히 갈 수 있지 않을까?

"미 투!"

유쾌하게 외친 마네는 호텔로 발길을 돌렸다. 내일이면 두 사람은 뉴욕에 가 있을 것이다. 맨하탄에 있는 근현대 미술관 MoMA(모마)에 방문하기 위해서다. 그곳에는 고흐의 '별이 빛나는 밤'을 대표로 근현대 미술의 거장들 작품이 총망라되어 있었다.

신혼여행이 그렇듯이 그들의 여행은 앞으로도 미술 관람 목적이 가장 크리라. 사실, 마네가 신혼여행지로 미국을 택한 것도 평소 슬우가 고흐 작품을 좋아하기 때문이었다. 그에게 특별한 여행을 선물해 주고 싶었다.

예상대로 고흐 작품을 본 슬우는 흥분을 감추지 못했다. 그림 속에서 보여주는 고흐의 강렬한 메시지는 꽤 깊은 인상을 남겼다. 늘 알던 작품인데도 진품으로 봐서 그런지 느낌이 색다르다.

"고흐의 별은 참 특별나구나."

마네가 감상에 젖어 중얼거리자 슬우가 공감한다는 듯 후후 웃었다.

"나도 방금 그 생각 했는데."

그러더니 살짝 어깨를 기울여 그녀의 귀에 자그맣게 속삭였다.

"우리의 밤도 특별나지만."

관람객이 죄다 외국인이라 한국말을 알아듣지 못함에도 마네는 얼굴이 발갛게 달아오르는 느낌이었다. 아닌 게 아니라 슬우의 끝없는 정력에 튼튼한 체력을 자랑하는 마네도 혀를 내두를 정도였다.

서로 은밀한 시선을 주고받은 두 사람은 낮 동안의 관광으로 지칠 만도 한데 호텔로 돌아오자마자 그들만의 특별한(?) 밤을 보냈다.

무르익는 밤, 두 사람의 사랑도 그렇게 깊어만 갔다.

Outro

"인경이 걔랑은 진짜 일 못 하겠어. 그냥 누나가 좀 해주면 안 돼?"

"넌 지금 내 배를 보고도 그런 소리가 나와?"

여기는 2층 할머니댁입니다. 거실에 앉아 엄마에게 투덜대는 사람은 레오 삼촌이랍니다. 엄마의 뱃속에는 8개월 된 아기가 있습니다. 아기는 두 사람이 나누는 대화에 가만히 귀를 기울입니다.

"그리고 인경이 너보다 나이 많아. 걔가 뭐야? 누나라고 부르기 싫으면 실장님이라고 부르랬잖아."

"겨우 한 살 많은 거 갖구. 아, 몰라, 몰라. 차라리 새로 들어

온 애랑 일할래. 인경이 잔소리 때문에 내가 얼마나 스트레스 받는지 알아?"

"으이그. 스트레스는 너 때문에 내가 더 받아. 아니, 뱃속에 아기가 니 목소리만 들어도 경기하게 생겼다구."

솔직히 경기할 정도는 아니지만, 아기는 엄마의 말에 수긍하는 듯 고개를 끄덕입니다. 레오 삼촌은 못 말리는 투덜쟁이이거든요. 걸핏하면 엄마에게 짜증부리고 힘들다고 칭얼댑니다. 엄마가 자기 엄마인 줄 아나 봅니다.

게다가 집에는 어찌나 뻔질나게 드나드는지 아주 자기 집 같습니다. 할머니가 마음이 넓어 죄다 받아주니 버릇이 없습니다. 이따금 지나치다 싶으면 따끔한 소리를 듣기도 하는데 그럴 땐 또 새겨듣는 것 같습니다. 비록 사흘을 못 가지만 말입니다.

그나마 다행이라면 할머니의 염원대로 신우정 사건 이후에 여성편력증이 거짓말처럼 싹 사라졌답니다. 라온 삼촌과 한 소속사가 되면서 나름 이미지 쇄신에 들어간 모양이에요. 그 뒤에는 소속사의 특별 관리가 한몫했지만요.

"형이 늦네요?"

'앗! 라온 삼촌이다.'

아기는 반가워 연신 발을 움직입니다. 입가에 반가운 미소를 담습니다. 아기가 아빠 다음으로 좋아하는 삼촌입니다.

"좀 전에 오는 중이라고 전화 왔어. 이게 얼마만이야? 온 식구가 모여 식사하기 쉽지 않는데. 참! 축하해. 형부한테 백상예

술대상 후보에 올랐다는 소식 들었어."

라온 삼촌은 군에서 제대하기도 전에 연예계의 러브콜이 끊이지 않아 결국 가족의 설득과 전 세계 팬들의 열화 같은 성원으로 우여곡절 끝에 복귀했습니다. 얼마 전 찍은 영화가 그야말로 대박이 나는 바람에 또다시 신드롬을 일으키는 중입니다. 국민남동생이 어디 가겠어요?

라온 삼촌과 레오 삼촌이 같은 소속사가 되면서 이모부 또한 즐거운 비명의 연속입니다.

아빠, 엄마보다 1년 늦게 결혼한 이모부와 샤갈 이모는 벌써 아이가 있습니다. 허니문 베이비를 가졌기 때문이지요. 그에 비하면 아빠와 엄마는 결혼한 지 3년 만에 아기를 가져 가족의 애를 태웠답니다.

주방에서 할머니를 도와 저녁 준비 중이던 샤갈 이모와 밀레이모도 거실로 나왔습니다. 이제 아빠와 이모부만 오면 전부 모이는 겁니다.

아기는 아빠 목소리가 빨리 듣고 싶습니다. 밤에 자기 전 아빠가 늘 동화책을 읽어주기 때문에 아빠 목소리를 들으면 마음이 편안해지고 기분이 좋아져요. 아기는 조금 졸리지만 오랜만에 온 식구가 모이는 자리라 덩달아 흥분이 되어 잠을 이룰 수가 없습니다.

얼마 후 호쾌한 웃음소리와 함께 이모부의 목소리가 들리고, 모두 반갑게 맞이하는 통에 금세 왁자지껄해집니다.

'아빠! 아빠!'

아기는 아빠를 불러봅니다. 아빠 목소리가 들리지 않아요.

그때 그윽한 음성이 들립니다.

"발길질 심해서 배 아프다더니 괜찮아?"

아기가 원체 활동적인 성격이라 그런지 엄마는 자주 배가 아프다고 고통을 호소합니다. 어쩔 땐 숨이 턱 막힐 만큼 아프다고 해요.

아기는 미안하지만 어쩔 도리가 없습니다. 엄마 뱃속은 너무 작고 답답하니까요. 조금만 발을 뻗어도 엄마 배를 걷어차는 형국이 되어버립니다. 아기는 하루라도 빨리 세상 밖으로 나가고 싶습니다. 그래서 이곳에 모인 가족의 얼굴을 보고 싶어 안달이 납니다.

아기가 갑자기 또 흥분하여 발을 뻗는 바람에 울룩불룩해진 배를 어루만지며 엄마가 앓는 소리를 냅니다.

"아유, 이거 누구 닮아 뱃속에서부터 극성이야?"

아기는 피식 웃습니다. 누굴 닮았겠어요? 보나마나지.

"아들이면 채 화백 닮고, 딸이어도 채 화백 닮아야 할 텐데."

할머니는 진심인 듯 매우 진지합니다.

"엄마!"

버럭 소리를 지르는 엄마 때문에 아기는 자기도 모르게 꿈틀합니다. 8개월쯤 되니 적응이 될 만도 한데 엄마 목소리는 정말 우렁찹니다.

"아기 놀란다고 소리 좀 지르지 말래도. 쯧쯧쯧."

할머니가 혀를 차는데도 엄마는 아랑곳없습니다.

"난 내 아이를 연약하게 키우고 싶지 않아."

아기는 태어나자마자 특별훈련을 받아야 할지도 모른다고 생각합니다. 엄마 성격을 보아 하니 그러고도 남을 사람입니다.

샤갈 이모는 사촌을 방목하듯 키웁니다. 하지만 엄마는 다를게 분명합니다. 그럴 땐 조금 불안해지기도 하지만, 다행인 것은 아빠를 위시해 할머니와 이모들, 삼촌들이 있다는 사실입니다. 그들이 엄마의 만행(?)을 가만히 두고 볼 리 없을 테니까요.

세상에 나가려면 아직 두 달을 더 기다려야 한답니다. 지금 당장이라도 나가고 싶은데 말이죠.

이윽고 지글지글 익는 삼겹살냄새가 코를 찌릅니다. 아기가 제일 좋아하는 겁니다. 침이 꿀꺽 넘어갑니다. 엄마가 삼겹살을 먹으니 아기도 그 영양분을 받아 포만감을 느낍니다. 아기는 기분이 좋아 입을 헤에 벌리고 웃습니다.

엄마는 그날 엄청난 양의 삼겹살을 먹어치웁니다. 아기는 대식가인 엄마를 둬서 행복합니다.

"안녕? 정말 오래오래 기다렸다."

감격에 겨워 어쩔 줄 모르는 아빠입니다. 아기는 그렇게 세상에서 나와 처음으로 아빠와 대면합니다.

간호사가 아기를 안아보라고 아빠에게 건네줍니다. 아빠는 조심조심 아기를 받아 안습니다. 너무나 작은 아기가 신기합니다. 가슴이 이루 말할 수 없이 뭉클합니다. 눈물이 왈칵 날 것 같습니다. 아빠는 마음속으로 아기를 축복합니다. 그리고 좋은 아빠가 되어야겠다고 다시 한 번 다짐합니다. 부모로부터 받은 상처가 아직 아물지 않았기 때문이지요.

사실, 아기는 이 세상에 오기 전 외할아버지를 만났습니다. 외할아버지는 참 좋은 분입니다. 간절히 바라고 바라다가 얻은 아기이니 더욱 귀하게 여길 것이라며 행복하게 살라고 당부했습니다.

그래요. 아기는 어른의 모습으로 외할아버지를 만났고, 이 세상에는 아기의 모습으로 왔답니다.

외할아버지는 처음 아기를 만났을 때 아빠를 쏙 빼닮았다고 했습니다. 그래서 아기는 더더욱 아빠가 어떤 사람일지 궁금했습니다.

외할아버지에게 아빠에 대해 여쭸더니 웃으며 이야기해 주었습니다.

"니 아빠는 나처럼 화가야. 마음에 상처가 많으니 니가 위로가 되어주어야 한다."

마음에 상처가 많다는 말에 아기는 가슴이 아팠습니다. 그래서 아빠를 더더욱 사랑해야겠다고 결심했습니다.

"엄마에 대해서도 말씀해 주세요, 할아버지."

외할아버지는 별안간 크게 웃으셨고, 아기는 어리둥절해졌습니다. 웃음 속에 큰 의미가 담겨 있는 게 분명하니까요.

"미리 알려주면 재미없을 걸."

대체 어떤 엄마이기에 외할아버지가 알려주지 않는 걸까 의아했습니다. 그런데 막상 엄마를 알고 나니 이해가 됩니다. 성격이 참으로 버라이어티합니다. 병원에서 임신 진단을 받았을 때 딱 알아봤다니까요.

아무리 3년 만이라지만 병원이 떠나가라 환호성을 지르며 만나는 사람마다 임신했노라 유난을 떨었지 뭡니까!

그러더니 자축 파티를 하겠다며 아빠 몰래 집안을 꾸며놓고 기다렸답니다. 아무것도 모르는 아빠는 여느 날처럼 집에 왔다가 사실을 알고 멍한 얼굴을 했습니다. 좋아서 어쩔 줄 모르는 엄마를 품에 안고 감격에 겨운 음성으로 이렇게 말했어요.

"고맙다. 정말 고마워."

그때 아기는 아빠의 진심을 알 수 있었지요. 아빠가 얼마나 아기를 기다렸는지 말이에요.

아기는 기쁜 마음으로 화답해 주었습니다.

'반가워요. 아빠, 엄마. 저도 정말 오랫동안 기다렸답니다. 두 분을 만나기를요.'

마침내 세상 밖으로 나온 아기는 이제 무럭무럭 자라 아빠의 생김새와 엄마의 성격을 닮아 잘생기고 씩씩한 남자가 될 겁니다. 아빠와 엄마의 유전자를 물려받아 그림에 소질이 많을 테구요. 라온 삼촌처럼 노래도 잘할 거예요. 할머니와 이모들, 그리고 이모부와 레오 삼촌까지 애지중지하니 사랑도 담뿍 받고 자라겠지요.

아기는 좋은 가족을 만나 행복합니다. 외할아버지의 말씀이 딱 맞았어요. 아기가 외할아버지를 만났을 때의 나이가 되면 가족에게 이야기할 날이 있을까요?

외할아버지는 그곳에서 편안히 잘 계신다고. 가족을 너무나도 끔찍이 사랑한다고 말입니다.

The End...

*** '어젯밤, 별이 그리 반짝이더니' 가 생겨난 배경은?**

삼청동에 갈 때면 슬우와 라온이 많이 생각난다. 동네가 관광명소라 예쁘기도 하지만, 카페에 앉아 거리에 지나는 사람들을 바라보면 실제 슬우와 라온이 지나가는 듯한 착각이 든다.

지난 가을, 그렇게 삼청동에서 형제의 이미지를 구상하는 것부터 시작되었던 소설은 여름을 앞두고 마침내 끝이 났다.

연예인을 대입해 소설을 쓰기는 처음이라 잘될까 반신반의했었는데, 처음부터 드라마처럼 기획을 잡은 거라서 재미있었다.

슬우 역엔 소지섭, 라온 역엔 유승호.

두 사람이야 닮은꼴로 유명해서 그런지 슬우와 라온 역에 가장 잘 어울린다는 생각이 들었고, 쓰면서도 몰입도가 꽤 있었다.

다음엔 어느 동네로 가볼까?

그곳에 가면 또 새로운 인물들을 만날 수 있겠지?

소설 한 편을 끝내고 나면 늘 그렇듯이 여행 생각이 굴뚝같다. 새로운 인물을 만난다는 것은 새로운 길을 찾아 떠나는 것과 같으므로. 본문에 나오는 여행지의 의미가 꼭 연인만 뜻하는 것은 아니다.

***제목과 장르는 어떻게 정해졌는가?**

라온이 가수여서 노래 가사를 짓다가 우연히 떠오른 것이 제목으로 정해졌다.

Intro와 Outro를 동화풍으로 쓴 것은 어려서 읽은 동화책들에 기인한 것이고. 덕분에 복합장르가 되어버렸다. 말 그대로 코믹 로맨스 미스터리 스릴러물이다.

***특별히 애정이 가는 인물이 있다면? 또는, 그 반대의 인물은?**

슬우와 마네도 그렇지만, 유난히 신경 썼던 인물이 라온이었다. 보기 드물게 착하고 순수한 캐릭터여서 그랬던 모양이다.

반대로 가장 고민이 많았던 인물은 신우정이었다. 사이코스러운 인물은 쓰기가 쉬웠는데, 진짜 사이코는 분석부터 굉장히 힘들다는 생각을 했다.

그 외에도 인물 한 사람 한 사람 다 애정이 가는 건 당연하고, 그래서 인지 퇴고를 끝내고 나니 홀가분함보단 아쉬움이 더하다.

***하고 싶은 말은?**

재밌게 작업했던 것만큼 독자들도 같은 마음이길 바란다. 쓰면 쓸수록 어려운 것이 소설을 짓는 일이어서 매너리즘에 빠지지 않기 위해 다른 공부도 겸하고 있다. 공부하는 것도 같은 맥락이긴 하다. 장르가 다를 뿐. 공부에 전념코자 당분간 소설을 쓰진 못하겠지만, 또 매력적인 인물들을 만나게 된다면 어김없이 글을 쓰게 될 것이다.

연재 때 많이 응원해 주신 독자들에게 지면으로나마 감사의 인사를 전하며 좋은 느낌의 책으로 남길 소망한다.